U0523235

云南大学 1962 年藏族民间文学调查资料集

Collection of 1962
Tibetan Folk Literature
Survey of Yunnan University

云南大学文学院 编

商务印书馆
The Commercial Press

本书出版获云南大学一流大学"中国语言文学"学科建设项目资助

本书系国家社科基金项目"云南少数民族民间文学稀见资料整理与研究（1958—1983）"（20CZW059）阶段性成果

云南大学 少数民族民间文学调查资料丛刊

顾　问

张文勋　李子贤　李从宗　张福三　冯寿轩

编委会（按姓氏笔画排列）

王　新　王卫东　伍　奇　杜　鲜　李生森
杨立权　张　多　陈　芳　罗　瑛　段炳昌
秦　臻　高　健　黄　泽　黄静华　董秀团

云南大学少数民族民间文学调查资料丛刊
前　言

王卫东

这套丛书的整理出版是一件偶然的事——准确说，是源于一件偶然的事。2006年5月的一天，杨立权冲进我的办公室，兴冲冲地对我说："王老师，挖到宝了。"他迫不及待地告诉我，在四楼中文系会议室旁边小房间的乱纸堆里发现了云南省民族民间文学调查的资料，我和他跑上去，看到杂物堆上的少数民族民间文学调查资料，有署名"云南大学中文系少数民族语言文学教研室编"的1964年和1979年版的《云南民族文学资料集》，有署名"云南大学中文系"的1979年12月版的《民族文学作品选》，有署名"云南大学中文系少数民族文学概论师训班编"的1980年6月版的《民族民间文学资料》，有署名"云南大学中文系"的《云南民族文学资料》，还有署名"云南大学中文系印"的1980年4月版的《云南民族文学资料》、署名"云南大学中文系翻印"的《云南民族文学资料》，此外还有很多"云南大学中文系翻印"的各少数民族文学作品选，最为珍贵的当然是云大中文系调查整理的云南少数民族民间文学资料。大家都非常高兴，这纯属意外之喜。2005年8月份我任中文系主任后，有两项重点工作：文艺学博士点申报和教育部本科合格评估。博士点获批，我就全力以赴做评估的准备。除了常规的教学档案整理之外，我希望借此机会把我之前做的科研档案扩展为人员档案和中文系系史，于是就请杨立权把中文系资料室和其他地方的东西清一清，图书杂志造册上架，供师生查阅；教材著作如果数量多，部分留存后可以给愿意要的学生，不必堆在那里浪费；涉及中文系历史的资料分类整理，作为历史档案保留。没想到整理过程中惊喜连连，在图书杂志之外，发现了很多会议记录、规章制度，还有讲义、教案、课程表、历届学生名单、毕业论文、学年论文、课程作业，甚至还有入党申请书……出乎意料又令人惊喜的是，还发现了《阿诗玛》的多个版本。这次的发现，更是令人想不到的大喜事。杨立权带着学生把四楼和一楼彻底清理后，将名为"云南民间文学资料"的油印版单独归类，我和他审查后确认，主要有1964年、1979年和1980年三批。随后我和杨立权给中文系所属人文学院院长段炳昌老师汇报了这事。段老师对中文系的历史以及民间文学调查比我和杨立权更为熟悉，也更了解这些资料的价值。我也给黄泽兄说了这事，他是专家，为此很是高兴。过了一段时间，我和段老师去见张文勋先生，告诉他这个发现。张先生极为兴奋，说1964年中文系印出来以后，部分进行交流，大多用作教学。这套资料主要留存在云大中文系和云南省文联。"文革"期间，省文联的全都流失不存，中文系的也不见踪影。他也曾动过寻找的念头，但"文革"后百废待兴，1984年初他离任中文系主任后不再参与管理，中文系的办公室、资料室地点屡迁，资料室人员变动频繁，他以为这些资料已经消失，没想到竟然从杂物堆里打捞了出来。

资料有了，下一步就是整理和出版的事。但就在这个环节大家出现了分歧。我力主出版，认为署名不是问题，少数民族民间文学调查是政府主导，各个单位安排的，属于职务成果，不是任何个人的，统一署名云南大学中文系调查整理，把所有署名者列出即可。但不少人还是有所顾虑甚至是顾忌，担心到时出现署名权的争议。编纂出版是出于公心，是为云大，是为学术，但最终责任由个人承受，这就不值。2004年至2005年曾任文学与新闻学院党委书记，时任云大宣传部长的任其昆老师认同我的看法。但当时有顾虑的人毕竟更多，这事也就搁下了。

虽然出版被搁置，但这套资料的价值在那里，谁都清楚。杨立权还带着学生整理，段炳昌老师和董秀团老师等会讨论这书的处理方式，老先生们也不时会提到这事，主要是李子贤先生。每年去见李老师时，他都会说到这套书。他基本同意我的看法，但也担心出问题，毕竟有前车之鉴。一次，我与何明兄聊天时说到这事，他马上就表态，经费由他担任院长的民族研究院解决，中文系和民族研究院联合整理出版，作为中文学科和民族学学科的共同成果。遗憾的是最终没有落地。那些年虽然我在很多场合都在说这套书，告诉大家这是不可复现、不可再得的，强调它的唯一性、不可替代性，说明它在史学、文学、民族学、社会学以及学术史等方面的学术价值和社会价值，但出版的事一直拖而不决。2015年学校给中文系50万的出版经费，我准备抓住这次机会把书出了，不再左右顾虑。请学校把出版经费直接划拨给云南大学出版社，同时把全部资料给了他们，希望他们先录入，再组织人员进一步整理、出版。但没想到年底，学校进行教学科研机构调整，我调到云大艺术与设计学院主持行政，这套书自然就离开了我，虽然我还时时惦记着它。

没想到，这套书确实与我有缘。2020年，学校把我调回文学院主持行政。在了解文学院近几年的情况时，我得知这套书仍未完成整理，决定借助云南大学百年校庆把这事解决了。在学院党政联席会上我提出文学院百年校庆的活动内容，包括编写院史、口述史和整理出版这套书，这个想法得到文学院班子的支持。几经波折，这套书的整理出版终于露出了曙光。

在文学院校庆活动的会议上，确定由何丹娜副书记具体负责院史，陈芳副院长负责口述史，张多、高健负责这套书的整理，我整体统筹。后因资料从出版社取回后由张多管理，张多做了很多的整理工作，还以此申报2020年的国家社科基金项目并获批，就由张多具体负责，并以百年中文课题立项的形式组建团队进行整理、录入和校对。

我原来希望这套书由云南大学出版社出版，但由于云大出版社五年内换了三任社长，社内领导班子也几经变动，编辑变化很大，直到2020年再次启动时，这套书与2015年我离开时几无区别。（负责这套书的副社长伍奇老师在2015年底调整时调离了出版社，也无法再管这套书的整理出版，更不清楚这套书的着落，直到2021年她还提醒我把资料从出版社取回以免遗失。）我担心云大出版社在 2023 年百年校庆时不能完成这套书的编辑出版，有老师推荐商务印书馆。应了好事多磨这话，这套书确实否极泰来，遇上了一个好编辑，冯淑华老师了解到这套书的情况后，以极高的效率完成了报批，使这套书进入出版程序。虽然这两年中诸多波折，但冯老师都以她的超常耐心和毅力，忍常人所不能忍，迎来了最终的圆满。在此对冯淑华老师致以最高的感谢！

这套书能够面世，首功当归杨立权老师。他是当时不多、现在罕见的只为做事不问结果的人。他发现了这些资料，才有了这套书的出版。包括这套书在内的所有中文系少数民族民间文学调查资料最初都是他带着学生整理的，从杂物中找出来，分类归档，标明篇目，顺序陈放。没有杨立权老师，就不可能有这套书。

另外要感谢张多老师。这套书整理的工作量和难度是没参与的人难以想象的。首先是工作量，当初谈论这套书的整理，大家都认为应该以 1964 年版为基础，1979 年、1980 年版为参考和补充。段炳昌老师和我们也讨论过，认为应以云大中文系师生调查整理的资料为原则，至少是云大中文系师生为主调查整理的文本才能纳入，杨立权老师找到的资料从 1958 年一直到 20 世纪 80 年代中期，除了 1977 年以后是云大中文系师生调查整理的，参与调查整理的人员来自云南省的各个地区和单位，全部纳入，体量太大。即便如此，内容仍然十分庞杂，一则上述三个资料集之外的资料还有很多，二则三个资料集以及其他资料都混杂着不同单位的搜集整理者的文本，有一些并没有云大中文系的师生参与，需要仔细甄别。这就需要了解和熟悉那个时期云大中文系师生以及他们参与调查、整理的情况。其次是难度，编辑整理这些资料对学术水平的要求很高，要有学术眼光，有学术史的标准，有严谨的学术态度，有细心和耐心。整理时应该忠实于材料，尽可能呈现出最初的样貌，不能依据自己的立场观点，或者为了文雅、结构的"合理"、避免"重复啰唆"等随意增减删改，否则就成为改写本，这也是对整理者的考验。（其实，民间文学中的重复是其非常重要的结构特点，是文本的必要构成。我在给学生讲课时,曾提及《诗经》的"风"和后来的"乐府"诗,保存了民间歌谣,但有得亦有失,得是如果没有当时官府的搜集整理,我们无法窥见当时的民间文学;失是人们见到的文本都是经过雅化的,这就大大降低了这些作品的价值。1964年版的"前言"里说"对这些原始资料,除字句不通加以适当修改外,一律不予删改,保持原始面貌,以提供研究之用",这体现了老一辈学者的学术智慧。)此外,1964年的版本是手刻油印的,1979年、1980年版部分文字是当时的简化字,没有经过那个时代教育的师生可能不认识,等等,这也增加了录入和校对的难度。感谢张多老师和他的团队,给我们呈现出一个较为理想的文本。

还要感谢李子贤先生。我和黄泽兄管理中文系后,于教师节以中文系的名义去慰问两位老师,又让中文系办公室恢复了他们的信箱,请他们参加中文系的活动,李老师也就顺势回到中文系。(2005年他告诉我,以后他的会议就由中文系主办,之后他主导的学术会议确实都交给了中文系。)整理这些资料时发现1964年、1979年、1980年版各有问题,1979年版少了两册(已记不住哪两册,好像是18册和21册)。幸运的是,去看望李子贤老师时,说起这事,李老师说他家里也保存了一部分,放在老房子里,刚好有这两册。这又是一个意外之喜,看来老天爷也想促成此事。之后几年去看他,他都与我谈起这些资料,支持整理出版。2015年底,我调到云大艺术与设计学院。随后几年我与李老师和任老师联系较少(李老师给我打过电话),直到2020年确定回文学院,我给李老师打了个电话。他听到我的声音,第一句话就是"卫东,这么多年,你终于想起我们了"。听我说回到文学院后准备出这套书,他叹道:"早就该出了。"

感谢张文勋先生。张先生是云南省民族民间文学调查的全程参与者,也是1977年以后把少数民族民间文学调查作为毕业实习主要项目这个传统的决定者。1979年、1980年版的资料集,1980年为"全国《少数民族民间文学概论》师资培训班"编印的《民族民间文学资料》都是在他任上编印的。

感谢段炳昌老师和黄泽老师。他们从学理上明确了这套书的学术价值和现实意义，提出了不少有关整理的原则和方法。段老师一直是这套书整理出版的推动者。

感谢董秀团、高健、伍奇、段然各位老师。他们在不同时间、不同程度，以不同方式参与了这套书的整理，推动了这套书的出版。尤其是段然老师，由于出版单位的变换，给她的工作带来了不便和冲击，但她了解到整个过程后，表示对调整的理解。我们以1980年为界，之前的交由商务印书馆出版，之后的云南少数民族民间文学调查资料以及所有年代的影印版交给云大出版社。感谢小段老师的理解和支持。

还要感谢云南大学校领导的支持。校党委林文勋书记今年7月到文学院调研时，我把这套书的出版经费作为第一项诉求，得到他的明确表态支持。感谢于春滨和张林两任"一流办"主任，得知这套书的价值后，他们都表示支持。张林兄去年年底上任后就把这套书作为重点支持项目，这次在省财政经费未足额下拨的情况下，他把这套书的出版经费单列，才保证了这笔钱没在最后关头被争先恐后的报账者们"抢走"。

最后，要感谢上世纪三十年间进行云南少数民族民间文学调查的各位前辈，是他们不畏艰辛，克服重重困难，才给后人留下了一批无法复现、不可替代的一手资料，让我们能隔着半个多世纪的时光，触摸到那个时代的脉搏，感受那个时代人们的情感，得以重现那个时代的社会面貌。那个时代的人们借助于这些资料而复活，各位调查整理的前辈因了这些文字而永恒！向各位前辈致敬！

六十年，这套资料从口头文本到纸质文本；十六年，这套资料从重新发现到出版。与这套书结缘的人或有始无终，或有终无始，只留下我经历从重新发现到出版的始终。终于得以出版，为这套书做出贡献的所有人也可以心安了！

2022年12月23日于云南大学映秋院

编纂说明[1]

张 多

2023 年是云南大学建校满 100 周年的重要节点，同时也是云南大学中国语言文学学科办学 100 周年。民间文学是云南大学文科的重要组成部分和特色专业方向，自 1937 年徐嘉瑞先生到中文系[2]执教开始便一直贯穿在中文系教学、科研、文化传承的脉络中。

民间文学注重到民间去采风，或曰搜集整理。这里主要指的是将民众口头讲述或演唱的散韵文学，转化成书面文字，这其中包含录音、记音、听写、记录、誊录、移译、转译、整理、汇编、校订、注释、改编等若干技术性手段。当然，对云南来说，对各民族书面典籍的搜集整理和翻译也同样重要。

云南大学中文系在 20 世纪开展了若干次大规模少数民族民间文学调查，积累了一大批原始资料。这些资料有的已经先期单行出版，有的被纳入了一些民间文学选集，但遗憾的是一直没有集中公开呈现。这套"云南大学少数民族民间文学调查资料丛刊"便是弥补缺憾的一项重要工作。

---

[1] 本文撰写承蒙段炳昌教授指导，专此致谢。
[2] 云南大学中文、历史二科在很长时期内为合并建制，或为文史学系，或为人文学院。这一时期即为文史学系。

一、影响深远的几次大调查

1940年，时任云大文史系主任徐嘉瑞（1895—1977）完成了我国第一部研究云南民间戏曲花灯的专著《云南农村戏曲史》[①]。在写作过程中，他开展了广泛的实地田野调查，常请昆明郊区农村的花灯艺人讲剧本。徐先生1945年的大著《大理古代文化史》也具备系统的田野调查基础，包含大量民间文学资料和分析方法。这种实地调查的传统在云大中文系特别是民间文学学科一直保持至今。

在这一时期，云大文科各系的学者如闻宥、方国瑜、陶云逵、邢公畹、光未然、岑家梧、杨堃等，都开展过或多或少的民间文学实地调查，并且兼备语言学、历史学、社会学、民俗学的方法，这对当时文史学系的学生产生了重要影响，其中包括后来的著名民间文艺学家朱宜初、张文勋等。

1958年9月云南省委宣传部牵头组织了大规模"云南民族民间文学调查"。这次调查是当时云南省最大规模、最专业的一次民间文学调查，由来自云南大学中文系、昆明师范学院中文系、中国作家协会昆明分会等单位共计115人组成7支调查队，分赴大理、丽江、红河、楚雄、德宏、文山、思茅（今普洱市）调查。这次调查涉及苗族、彝族、壮族、瑶族、白族、哈尼族、傣族、傈僳族、佤族、拉祜族、纳西族、景颇族、阿昌族、怒族、德昂族等民族。调查队在各地又与地方文化干部、群众文艺工作者、本民族知识分子百余人合作，搜集到万余件各类民间文学文本。云大中文系是这次调查活动的最主要力量，当时绝大多数教师和学生都参与了调查。参加调查的一些成员后来成了云大民间文学学科的重要成员，如张文勋、朱宜初、冯寿轩（当时在省文联）、杨秉礼、李从宗、郑谦、张福三（当时为本科生）、杨光汉（当时为本科生）、傅光宇（当时为昆明师院本科生）等。

---

① 徐嘉瑞：《云南农村戏曲史》，国立云南大学西南文化研究室，1940年。

这次调查云大师生所获成果颇多。比如在采录文本基础上，张文勋先生领衔的大理调查队撰写了《白族文学史》、丽江调查队撰写了《纳西族文学史》初稿，作为"三选一史"①的示范本，堪称中国少数民族文学研究的里程碑。此外还出版了许多单行本，比如彝族创世史诗《阿细的先基》②、纳西族创世史诗《创世纪》③、彝族创世史诗《梅葛》④、彝族经籍史诗《查姆》⑤等。这次调查从搜集文本的数量来说，傣族文本数量最多，比如叙事长诗《千瓣莲花》《线秀》《葫芦信》《娥并与桑洛》等傣文贝叶经和口头演唱文本都得到详细整理。⑥ "1958 年调查"这一时期，李广田（1906—1968）校长非常重视民间文艺，同时张文勋、朱宜初开始在学坛崭露头角，他们借助大调查，顺势推动了民族文学、民间文学学科建设。

1959 年，在著名文学家、时任云南大学校长李广田的主持下，云大中文系开办了中国首个中国少数民族语言文学本科专业，并于 1959 年、1960 年、1964 年招收三届学生 100 余人。这三届学生中走出了秦家华、李子贤、左玉堂、王明达等一批民间文学家。1962 年和 1963 年，少数民族语言文学专业的师生组织了两次毕业实习，也即民族文学调查。由于这两次毕业实习调查去的地方多为"1958 年调查"未涉足且交通艰险的地区，因此两次实习得到云南省人民政府和云南大学的强力支持。其中 1962 年实习分为三个队，赴小凉山彝族地区、迪庆藏族地区和西双版纳傣族地区，由朱宜初、

---

① "三选一史"是 1958 年中宣部的计划，包括中国民间文艺研究会主持的各地歌谣选、各地民间故事选、民间叙事长诗选，中国科学院文学研究所主持的少数民族文学史。
② 云南省民族民间文学红河调查队搜集翻译整理：《阿细的先基》，云南人民出版社，1959 年。
③ 云南省民族民间文学丽江调查队搜集翻译整理：《创世纪：纳西族民间史诗》，云南人民出版社，1960 年。
④ 云南省民族民间文学楚雄调查队搜集翻译整理：《梅葛》，人民文学出版社，1960 年。
⑤ 云南省民族民间文学楚雄、红河调查队搜集，郭思九、陶学良整理：《查姆：彝族史诗》，云南人民出版社，1981 年。
⑥ 1958 年调查的原始资料现主要收藏于云南大学文学院，另有部分资料藏于云南省民间文艺家协会。

杨秉礼、张必琴、杨光汉等教师带队；1963年实习赴彝族撒尼人地区、独龙江独龙族地区、怒江怒族和傈僳族地区调查，由朱宜初、杨秉礼，以及毕业留校的青年教员李子贤、秦家华带队。这几次实习采风的原始资料，包括彝族撒尼人长诗《阿诗玛》、怒族《迎亲调》，以及钟敬文极为重视的藏族神话《女娲娘娘补天》[①]等，现藏于云南大学文学院。

李子贤是1962年和1963年调查的主要成员。他于1959年考入云南大学首届少数民族语言文学本科专业。1962年2—7月，他以学生身份参加了小凉山（宁蒗彝族自治县）调查队到泸沽湖区采录彝族、纳西族摩梭人的民间文学。正是这次调查改变了他的文学观，他开始将兴趣转入少数民族民间文学，尤其是神话学。1963年他毕业后留校任教，又以教师身份带领独龙江调查队进入独龙族地区。

独龙江流域是20世纪中国疆域内最封闭的地区之一，地处我国滇、藏和缅甸交界处。进入独龙江，需要先进入怒江大峡谷，沿江而上到达贡山县城，再翻越高黎贡山脉，一年中有半年大雪封山。1963年7月到1964年2月，李子贤带领调查队历经磨难进出独龙江峡谷，这是中国学者首次对独龙族民间文学进行专题调查。这次调查成果中比较有代表性的，如1963年11月在独龙江畔孟丁村搜集的，独龙族村民伊里亚演唱的韵文体《创世纪》史诗文本，[②]这一口头演述传统在今天已近乎绝唱。

同一方向上，朱宜初、杨秉礼带队进入怒江大峡谷，对沿线傈僳族、怒族民间文学开展调查，取得丰硕成果，为研究怒江民间文学存留了宝贵历史档案。当时进入怒江大峡谷交通条件极为危险，调查队员向峡谷深处走了很多村落，一直到丙中洛的秋那桶村（近滇藏界）。这样的调查力度，即便在今天也是不容易办到的。

[①] 钟敬文：《论民族志在古典神话研究上的作用——以〈女娲娘娘补天〉新资料为例证》，《北京师范大学学报》（社会科学版）1981年第2期。

[②] 李子贤：《再探神话王国——活形态神话新论》，云南人民出版社，2016年，第207—227页。独龙族《创世纪》原始调查资料现藏于云南大学文学院。

另一边,秦家华带队到宜良、石林一带彝族撒尼人中间,不仅采录了经典叙事长诗《阿诗玛》的有关文本,还对撒尼民间文学做了全面搜集,留下宝贵资料。

在1978年之后,云大的民间文学学科得到恢复,时任中文系主任张文勋先生大力支持民间文学学科的发展,在原有师资朱宜初、李子贤、秦家华[①]的基础上,先后调入冯寿轩、张福三、傅光宇等,大大加强了师资力量,有效地支撑了民间文学调查和研究。

正是在民间文学研究特别是少数民族民间文学人才培养和研究方面的突出成就,加之1956年到1964年间的大规模调查成绩,1980年教育部委托云大中文系举办"全国《少数民族民间文学概论》师资培训班"。[②]1980年3月,来自中央民族学院、吉林大学、吉林师范大学、中山大学、新疆大学、贵州大学、西藏师范学院、青海师范学院、西北民族学院、西南民族学院、广西民族学院等16所高等院校的20多名中青年教师参加了学习。钟敬文亲临昆明为学员授课,发表题为《谈民间文学的收集记录整理和出版问题》的演讲,他认为"收集就是田野调查"[③],是科学性的体现。为了配合师训班,云大中文系又编选了28卷《云南民间文学资料集》,将上述几次民间文学调查的文本加以汇编。此次师训班的学员还在朱宜初、冯寿轩、杨秉礼、秦家华等云大教员的带领下,到德宏和西双版纳进行了民间文学调查,采录到一批傣族、阿昌族、景颇族、德昂族等的口头文本及贝叶经,比如《九颗珍珠》《遮帕麻和遮米玛》《神鬼斗争》等。后来,《少数民族民间文学概论》经过两届学生试用后于1983年正式出版,[④]系中国首部该选题教材。

此后,从20世纪80年代到90年代初,云大中文系的每一届本科生,

---

① 秦家华先生此时主要在云南大学《思想战线》编辑部工作。
② 1978年教育部召开文科教学工作座谈会,即决定委托云大举办该师训班。
③ 钟敬文:《谈民间文学的收集记录整理和出版问题》,1980年6月30日,手抄本,云南大学文学院藏。
④ 朱宜初、李子贤主编:《少数民族民间文学概论》,云南人民出版社,1983年。

都进行过民间文学搜集整理的专业实习。中文系教师朱宜初、李子贤、张福三、傅光宇、冯寿轩、杨振昆、邓贤、周婉华、李平、刘敏、段炳昌、秦臻、张国庆、木霁弘等教师先后作为带队教师,参加了民间文学调查。当时,朱宜初先生已年近六旬,仍远赴丽江、德宏等地的偏远山村,早起晚归,亲力亲为,率领学生深入调查。这一时期每次实习调查的时间通常在一个月左右,所获不少,留下了一批调查资料。

后来,民俗学、中国少数民族语言文学、中国民间文学专业的硕士研究生,以及中国少数民族艺术、中国少数民族语言文学、中国民间文学专业的博士研究生,在他们的学位论文研究过程中,也积累了一些新采录的民间文学文本。也就是说,到民间去调查、采录民间文学的传统,在云南大学中文系一直没有中断过。

二、1964 年和 1979 年的内部油印本

1958 年调查所搜集整理的数以万计原始资料,仅有少数得以出版或内部油印。1963 年以中国科学院云南分院的名义内部出版了《云南民族文学资料》,选用了部分文本。1964 年云南大学中文系内部油印了 21 卷《云南民族文学资料集》,多为手写字体,选辑了较多高质量文本。1976 年到 1979 年云南大学中文系内部陆续油印了 20 余卷《云南民族文学资料集》,主要是在 1964 年基础上增补了白族等的文本。这批油印本主要是 1979 年印制,个别是在 1976 年和 1977 年印制。1964 年、1979 年的两批资料集成为当时中国重要的少数民族民间文学一手资料,但因油印数量少,不易得见。

本次集中出版的文本,正是以 1964 年和 1979 年两批油印本为主要底本,整理过程中也参考了原始手稿。这其中筛除了个别不合时宜的文本。①

在 1964 年油印本每册的扉页上,都印有一段"前言",说明了编选的基

---

① 例如不是云大主导的团队的文本或者有碍民族团结等的文本。

本原则和工作方式。"前言"落款为"云南大学中文系少数民族语言文学教研室",时间是"1964 年 5 月中旬"。其原文如下:

> 在党的领导下,我教研室教师将几年来调查的各族文学原始资料汇编成目,并选其中较好的作品以及具有较显著民族风格的作品油印成册。对这些原始资料,除字句不通加以适当修改外,一律不予删改,保持原始面貌,以提供研究之用。因此,这些资料只宜供少数做研究工作的同志用,不宜广大读者传阅。在研究时也应根据毛主席关于批判继承文化遗产的精神,分清精华与糟粕,加强我们研究工作中的战斗性与现实性。使我们所编选的这些原始资料在研究工作者的手中,能为社会主义服务,能为今日的工农兵服务。
>
> 我们对编选各族文学原始资料,还缺乏经验,其中一定还存在着不少缺点,还希望同志们提出意见。
>
> 并希望你们单位如果有少数民族文学、社会历史、风土人情等方面的资料,也请寄给我们。

也就是说,这次编选的原则是"选其中较好的作品以及具有较显著民族风格的""能为社会主义服务,能为今日的工农兵服务",因此原始手稿中许多与此相悖的文本未选入,这些筛选痕迹在原始手稿档案中都有记录。当时的少数民族语言文学教研室,1978 年升格为"云南大学中文系少数民族文学研究室",一词之易,却是当时比较前沿的尖端系设研究机构。后来,研究室的建制几经调整,形成了今天文学院的民间文学教研室、西南少数民族文学研究所、神话研究所的"一室两所"格局。

1979 年油印本也有一个扉页"说明",原文如下:

> 编印《云南民族文学资料》,目的在于:为民族文学工作者和爱好者提供原始资料,使它在整理云南民族文学遗产和发展民族新文学这

个艰巨又光荣的任务中，起到垫一块砖的作用。因此，我们在编辑时，对原始记录材料一般不作更动，精华糟粕并存，除非原文确实看不懂，或有明显的记录笔误，我们才做些变动。

资料的内容，包括云南各民族传统的和现代的有重要价值或有一定价值的叙事长诗、民歌、情歌、儿歌、神话传说、民间故事、历史故事、寓言、戏剧、曲艺等文学作品，以及对研究云南民族文学有相当价值的部分其它资料。

资料集今后将陆续编印出版。我们希望搜集和保存有这类资料的有关单位和个人，将你们的资料寄（或借）给我们编印；并且，希望你们对我们的工作随时提出批评和改进意见，我们将是非常欢迎和感谢的。

从这里可以看出，1979年油印本更强调学术价值，并且对公开出版已经有了规划。但遗憾的是，这一公开出版的工作计划，一直持续了40年都未能付诸实施。

三、"丛刊"问世的始末

1979年油印本实际上是在为1980年的全国"师训班"做准备，因此只选了小部分文本。而1956年以来若干次少数民族民间文学调查的原始手稿资料，多达数千份，还沉睡在中文系资料室。有鉴于此，历次调查的亲历者张文勋、李子贤、秦家华、冯寿轩、张福三，以及此时进入民间文学学科任教的傅光宇教授，都很看重系里这一笔资料遗产。但囿于经费和人手、资料规模庞大且千头万绪、出版条件制约等因素，在1980年"师训班"结束后，一直没有启动资料整理工作。这一阶段资料保存在东陆园的熊庆来、李广田旧居，这是会泽院后面的一幢中西合璧的小别墅。

1997年中文系参与组建人文学院，2004年又改组文学与新闻学院。这一阶段包括这批资料在内的中文系大量旧资料，已经转移到英华园北学楼，但由于资料管理人员变动频繁，此时已经无人知晓民间文学资料的确切情况，处于"消失"状态。

2006年，中文系再次参与重组人文学院，由段炳昌教授任院长、王卫东教授任中文系主任。正是2006年在杨立权博士的清理下，这批民间文学资料得以重见天日。这一阶段及此后数年，段炳昌、王卫东、黄泽、秦臻、董秀团等教授，都为这批资料的整理和出版计划贡献了很大心力。人文学院的建制一直维持到2015年底，其间还涉及学院整体搬迁到呈贡新校区。但因为中文系办公地点几经变更、出版意见存在分歧、经手工作人员也几经易替，资料的整理一度搁浅。

直到2015年12月，以中文系为主体组建文学院，学院又搬回东陆校区，进驻东陆园映秋院办公。李生森、王卫东两任院长以及李子贤、段炳昌、秦臻、黄泽、董秀团教授再次将这批资料的整理和公开出版提上议事日程，列为学院重点工作。为此，学院多次召开座谈会，张文勋、李子贤、李从宗等老先生在会上回忆了当时调查和整理的情况，并为出版这些资料献计献策。在资料识别录入工作早期，由时任云南大学出版社编辑伍奇博士经手整理；后期高健博士做了大量工作。

2019年，笔者正式接手主理此项工作。在上述老师以及赵永忠、陈芳、王新、黄静华、杜鲜、罗瑛等老师的支持下，组织本科生、研究生开展大规模的系统整理。并且，我们通过多种途径补齐缺漏文本、建立了档案和目录体系、在映秋院建立了资料贮藏室。在这一过程中，文学院李道和、何丹娜、卢云燕老师，云大出版社的王昱泮、段然老师，云大档案馆的宋诚老师，都不同程度提供了帮助。尤其是高健博士2021年接任民间文学教研室主任后做了很多幕后贡献。商务印书馆的冯淑华、张鹏、肖媛等编辑老师也在最后阶段给予了专业的支持。

从2004年算起，该项整理工作，先后获得了云南大学211工程项目、云南大学一流大学建设项目、国家社科基金项目、国家"十四五"出版规划项目、云南大学文学院"百年中文"项目、云南省"兴滇人才支持计划"青年人才项目、云南大学高层次引进人才支持项目等的资金支持。

需要说明的是,"1958年调查"有一部分文本出于不同原因未纳入"丛刊"的首批出版。第一种情形是先期已经公开出版。例如纳西族史诗《创世纪》在1960年由云南人民出版社出版,1978年、2009年再版。第二种情形是搜集整理工作不是云南大学师生主导(但有不同程度参与)。例如《查姆》主要是云南师范大学师生搜集整理,但其中云南大学学生陶学良、黄生富等人参与了整理。而《阿细的先基》则主要是云南师范大学中文系师生搜集整理。第三种情形是后人重新整理,但原稿不全。例如壮族逃婚调《幽骚》,系刘德荣(云大中文系1970届毕业生)、张鸿鑫(云师大中文系1959届毕业生)在1958年调查油印本资料的基础上,于1984年重新搜集整理出版,但原稿已残缺。这些文本清理和研究也很重要,留待日后再做。

"云南大学少数民族民间文学调查资料丛刊"第一辑的分册安排如下:

《云南大学1958年白族民间文学调查资料集》,主要是1958年云南省民族民间文学大理调查队(张文勋先生领衔)搜集整理的白族民间文学文本,但实际上该册白族文本采录的跨度是从1950年到1968年。1956年到1958年的少量文本采录为"1958年调查"奠定了基础,1959年到1963年的调查实际上是"1958年调查"的延续,有些也是在撰写《白族文学史》的过程中的补充调查。其中也包括怒江地区的白族勒墨人、白族那马人的文本。

《云南大学1958年傣族民间文学调查资料集》,主要是1958年云南省民族民间文学西双版纳调查队(朱宜初先生领衔)、红河调查队在西双版纳、临沧、普洱、红河等地区搜集整理的傣族民间文学文本。

《云南大学1959—1962年傣族叙事长诗调查资料集》,主要是"1958年调查"西双版纳调查队于1959年在西双版纳采录的叙事长诗,以及1962年云南大学中文系中国少数民族语言文学专业本科毕业实习,在傣族地区采录的长诗,包括《章响》《苏文》《乔三冒》《苏年达》《千瓣莲花》《召香勐》《松帕敏》《姆莱》《召波啦》等长诗。

《云南大学1962年藏族民间文学调查资料集》,主要是1962年云南大学中文系中国少数民族语言文学专业本科毕业实习，在迪庆、怒江等藏族地区采录的民间文学文本。

《云南大学 1963 年怒江民间文学调查资料集》，主要是 1963 年云南大学中文系中国少数民族语言文学专业本科毕业实习，在怒江和独龙江流域傈僳族、独龙族、怒族地区采录的民间文学文本，本册还包括迪庆州维西县傈僳族的资料。

《云南大学 1962—1964 年彝族、哈尼族、壮族民间文学调查资料集》，主要是 1962 年、1963 年云南大学中文系中国少数民族语言文学专业本科毕业实习，在宁蒗、石林、红河、金平等地采录的彝族、哈尼族、壮族民间文学文本。

《云南大学 1980 年德宏民间文学调查资料集》，主要是 1980 年"全国《少数民族民间文学概论》师资培训班"教师和学员，到德宏傣族景颇族自治州采录的傣族、阿昌族、德昂族、景颇族民间文学文本。此外还附有田野调查笔记。

四、跨越 70 年的师生代际协作

20 世纪五六十年代的几次大调查，是师生合作的成果。那个时代，研究和教学条件简陋，外出调查的交通和后勤条件非常艰苦。但在青年教师和青年学子的通力合作之下，这几次调查反而是取得成果最丰硕的。20 世纪七八十年代及此后的调查，大体也采取师生合作的方式。

从 1964 年和 1979 年油印本的署名情况来看，可以大致整理出从 1958 年到 1963 年参与历次调查活动的师生名单，这也是本"丛刊"所收入文本的来自云南大学的调查者名单。需要说明，由于当时具体调查人员的细节难以考全，以下名单是不完全名单。

时任教师：

张文勋、朱宜初、张必琴、张友铭、杨秉礼、李子贤、秦家华、郑谦、徐嘉瑞[①]等（当时还有其他教师参与，暂未考出）

本科生：

1944 级汉语言文学：陈贵培

1947 级汉语言文学：朱宜初

1948 级汉语言文学：张文勋

1951 级汉语言文学：杨秉礼

1954 级汉语言文学：赵曙云

1955 级汉语言文学：张福三、杜惠荣、杨天禄、魏静华、喻夷群、李必雨、王则昌、李从宗、杨千成、史纯武、景文连、朱世铭、张俊芳、戴家麟、向源洪、吴国柱、刁成志、杨光汉、佘仁澍、戴美莹、"集体署名"[②]

1956 级汉语言文学：周天纵、余大光、李云鹤、"集体署名"

1957 级汉语言文学：高连俊、余战生、陈郭、唐笠国、罗洪祥、仇学林

1958 级汉语言文学：陶学良、陈思清、吴忠烈、陈发贵、黄传琨、黄生富

1959 级中国少数民族语言文学：李仙、李子贤、秦家华、曾有琥、田玉忠、李荣高、郑孝儒、马学援、杨映福、周开学、吴开伦、马祥龙、符国锦、罗组熊、李志云、翁大齐、梁佩珍、朱玉堃、王大昆、段继彩、杞家望、陈列、孙宗舜、卢自发、曹爱贤、雷波

1960 级中国少数民族语言文学：杨开应、李承明、马维翔、胡开田、吕晴、苗启明、李汝忠、左玉堂、张华、吴广甲、肖怡燕、何天良、李蓉珍、

[①] 徐嘉瑞在 1958 年这一时期，已经调任云南省文联主席，但他对云大师生的"1958 年调查"亦有诸多指导和帮助。

[②] 也即署名了班级，未署名具体人员。

董开礼、夏文、张西道、冷用刚、李中发、李承明、陈荣祥、杨海生、张忠伟

2019年底接手整理工作之后，文学院专门划拨实训场地存放这批资料，又以百年校庆和百年系庆为契机，为组织学生参与整理提供了制度和资金支持。在突遇新冠肺炎疫情全球大流行的困难条件下，首批出版整理工作到2022年夏天正式完成，并提交商务印书馆。在这一阶段，笔者带领学生，将科研与教学相结合，高效推进了文字电子录入、校对的巨量工作。参与资料整理、录入、校对的学生名单如下：

本科生：

2018级汉语言文学：张芮鸣

2019级汉语言文学：高绮悦、常森瑞、施尧（白族）、李江平（彝族）、张乐、王正蓉、李志斌（回族）、丁斯涵、赵潇、王菁雅、赵洁莉（壮族）、杨丽睿、任阿云、张芷瑄

2019级汉语国际教育：陈佳琪、张海月、李堋炜（白族）、黄语萱、黄婉琪、顾弘研（彝族）、林雪欣（壮族）、罗雯、万蕊蕊

硕士研究生：

2018级民俗学：郑裕宝、陈悦

2018级中国现当代文学：田彤彤

2019级民俗学：刘兰兰、龚颖（彝族）、晏阳

2019级中国少数民族语言文学：王旭花（彝族）

2020级民俗学：梁贝贝、周鸿杨、张晓晓

2021级中国少数民族语言文学：赵晨之、曾思涵、冉苒、茜丽婉娜（傣族）、宋坤元、郑诗珂、夏祎璠、吴玥萱、闵萍、杜语彤、黄高端

2022级中国民间文学：满俊廷、徐子清

博士研究生：

2020 级中国少数民族语言文学：王自梅（彝族）

2021 级中国少数民族语言文学：杨识余（白族）

2022 级中国民间文学：杨慧玲

上述学生，全部听过民间文学有关课程，他们都对民间文学有或多或少的兴趣。在整理工作的第一阶段，本科生对文字录入有重要贡献；整理第二阶段，早期硕士生对校对工作贡献较大；整理第三阶段，后期硕士生和博士生对细节编辑工作贡献了力量。

从 20 世纪 50 年代的师生合作调查，到 21 世纪 20 年代初的师生合作整理，这些半个多世纪以前的文本再次发挥了科研和育人作用。如果从徐嘉瑞先生算起，从调查、油印到再整理、出版的过程，中间大约经历了本系七代学人。目前所呈现的"丛刊"是正式出版的第一批文本。当然，调查、整理的成果和荣誉是属于几十年来参与此项工作的全体师生的，而出版环节如有失误和瑕疵则由编者负责。

五、整理和编辑说明

"丛刊"的整理、研究和出版，经历了一个非常艰难的过程。其"艰难"主要是由于这批历史资料游走于口语和书面、民族语和汉语、原始记录和整理文本之间。对待这种特殊性质的历史文献档案，不仅要具备民间文学和少数民族文学的基础理论素养，还要有对云南现代社会文化史、行政区划史、民族关系史的相当把握。许多学生在整理资料的过程中，不断暴露出知识盲区，这是课堂教学所不具备的锻炼机会，同时对笔者来说又何尝不是呢。

"丛刊"编辑的过程中有一些情况，需要做如下说明：

（一）年份问题

由于20世纪下半叶本系经历过多次民间文学调查，规模大小不一，地区远近不等，因此有些民族的调查时间跨度比较大。比如白族的调查资料时间跨度从1950年到1968年，其中以"1958年调查"的资料为多，其前期预备工作其实从1956年就开始酝酿，那时候中国民间文艺研究会、云南省文联都参与过有关工作。"1958年调查"是从1958年底开始的，一直到1959年底结束。而后来为了编写《白族文学史》又进行过若干次补充调查。在这样的情况下，虽然资料搜集整理的时间年份不一，但由于"1958年调查"这一事件是核心，因此资料集以"1958"为题，以彰显"以事件为中心"的民间文学学术史理念。其他几册的情形也基本如此，年份命名都以学术史眼光来加以判定。

（二）篇名问题

民间文学书面整理文本的题目，或曰篇名，基本上都是搜集整理者根据文本情况起的，多数并不是民间口传演述的题目。在民间演述过程中，往往也不会刻意起一个题目。因此在1964年、1979年油印本中，有很多篇目的标题相互嵌套，比如《开天辟地神话》《开天辟地的故事》《关于开天辟地的传说》，同时使用了三个文类概念。对这种情况，编辑者一律将其改为"神话"，如遇到重名，则采取"同题异文"的编排方法，在同一篇名下区分"文本一""文本二"。有少量标题比如"情歌""儿歌"之类，大量重复，为了区分则用起首句子重起标题。

（三）地名问题

由于从20世纪五六十年代至今，云南省的行政区划发生了巨大变迁，地名变化较多，本次"丛刊"统一采用2022年的地名和行政区划。在必要时对原地名和原行政区划做出标注，以利研究。地名标注统一使用全称，例如红河哈尼族彝族自治州、耿马傣族佤族自治县等。云南省地市级行政区划的地名变更主要涉及"思茅地区——普洱市""玉溪地区——玉溪市""丽江地区——丽江市"，县级行政区划的地名变更主要涉及"中甸县——香格里拉市""路南彝族自治县——石林彝族自治县""潞西市、潞西县——芒市""碧江县——泸水市、福贡县"等。乡镇级行政区划调整主要是合并、撤销居多，统一使用当前区划名称。

（四）族称问题

德昂族在20世纪80年代之前被称为"崩龙族"，本书中一律使用现称"德昂族"。独龙族在20世纪80年代之前被称为"俅族""俅人"，本书中一律使用现称"独龙族"。

对于现有56个民族之下各民族的支系，有的支系在学术研究上常常单另看待，这部分民族支系统一采用"某某人"的写法，例如白族勒墨人、彝族撒尼人、壮族沙人。

（五）语言问题

"丛刊"在整理过程中，语言和文字的识别和订正是最大的障碍。

第一，1964年、1979年油印本使用了大量"二简字"，"二简字"系中国文字改革委员会1960年向全国征集意见、1966年中断制订，到1972年恢复制订、1975年报请国务院审阅，1977年12月20日正式公布的汉字简化方案。"二简字"于1986年6月24日废除。因此，大量笔者以及学生都没有使用过"二简字"。识别并更正"二简字"造成了极大工作量，对2000年前后出生的学生来说更是极大挑战。

第二，许多少数民族民间文学翻译成汉语的时候，采用了云南汉语方言词汇，例如"过了一久""老象""咯是"等。笔者相对精通云南方言词汇，整理过程中全部保留了原词，必要时加注释解释意思。

第三，有些民族语词汇翻译时采用了不同的汉字，比如"吗回""玛悔""妈瑞"都是"穷小子智救七公主"故事的标题，这种情况都保留了原用字，并加以说明。有个别地方采用了通行用字。

第四，油印本中的用字不规范之处，皆予以更正，比如"好象"改为"好像"，"一支老虎"改为"一只老虎"等。

第五，由于油印本年代较久，保存状况较差，有些地方由于纸张破损、墨迹晕染、墨迹淡化、手写字迹潦草等，无法辨认。对无法辨认的字，如果能根据上下文还原的，皆予以补全；如果无法还原，则用脱文符号"□"占位。

第六，由于云南各少数民族普遍通用包括汉语在内的多种语言，故有的文本是用民族语讲述后经过翻译的，有的文本则是讲述者用汉语讲述的，这一点在部分文本原稿中并没有明晰的记录，故无从查证。

第七，本"丛刊"有很多文本涉及傣语、彝语、白语、藏语等民族语的词汇，有的如果用汉语思维去理解会有逻辑瑕疵。对此，我们尽量保留原文面貌，交给有语言背景的读者去判断。

第八，有的同一个词语，原整理者在不同篇章作注，表述上略有差异。为保持原貌，予以保留。

（六）体例问题

"丛刊"文本大多数都有采录信息，包括讲述者、记录者、整理者、翻译者、时间、地点、材料来源等数据项目。这些信息对研究来说意义重大，因此全部保留，有些信息还根据资料整理成果予以补全。个别文本没有任何采录信息，为了体现油印本的收录全貌，也都予以保留。

凡标注为"编者注"的脚注，都是"丛刊"编者所作，没有标明的都是原整理者所作脚注。

（七）表述问题

原文本中，有些文类划分、文类表述有歧义，比如"寓言故事"。这一类问题皆按照当前最新的民间文学理论加以订正，力求表述清晰。对于材料来源的表述，没有特别说明的，都是口头演述。

原文本中有些表述，在今天的学术伦理中属于原则问题的，皆予以删除。例如有一则故事的附记是"内容宣传×教，作反面材料"。这显然是不符合当前学术伦理的。还有有关历史上多民族起义事件的传说，也涉及一些不符合当前民族宗教表述伦理的语汇，也予以删节。

（八）历史名词伦理问题

在个别文本中，原搜集记录者标出了讲述者的"富农""贫农"身份，这是特定历史时期用来区分人的手段，带有对讲述者的政治出身评判，因此出于学术伦理的考量，一律删去。

（九）署名和人员问题

纳入本"丛刊"的文本，都与云南大学中文系有关，或是由云大师生搜集整理，或是由云大组织调查，或是搜集整理工作与云大师生有合作关系。但是涉及的具体人员未必都是云南大学的，例如刘宗明（岩峰）是西双版纳州文化馆工作人员、金云是宜良县文化馆工作人员、杨亮才是中国民间文艺家协会著名学者等。这些民间文艺工作者居功至伟，特此致谢。

1980年"师训班"赴德宏等地的调查人员中也有来自其他高校的学者，这部分学者已尽可能注明其单位。

由此牵涉出的所谓"版权"问题，在此作如下说明：第一，中国民间文学的知识产权划分问题到目前为止并没有形成立法共识，学界、法律界和全国人大为此已经开展了若干次大讨论。如果从有利于传承中华优秀传统文化的角度来说，民间广泛流传的口头文学（包含与口头法则有关的书面民间文学材料）的知识产权不应只属于特定个人（尤其不应专属于搜集整理者），因为"专利化"不利于民间文学在广大人民群众中的再创编、传播、流布和共享。第二，"丛刊"已经尽最大努力还原每一篇文本的讲述者、翻译者、整理者，并标出姓名，如有读者能够提供未署名部分的确凿证据，编者十分欢迎并致力于还原学术史。第三，"丛刊"致力于为学术界、文化界和广大群众提供历史资料，如有读者引用、采用本"丛刊"文本，恳请注明出处和有关署名人员。

有些文本，在云南大学中文系前辈手中经过了二次整理，例如傣族的《岩叫铁》于1958搜集整理，到1985年张福三、冉红又对其重新整理。对此，"丛刊"尽量将两个文本都加以呈现，并对新整理文本有关人员也予以署名。

编者衷心希望和欢迎历次调查、整理的亲历者提供资料。如条件许可，后续我们将继续编选《续编》，出版此编以外的散佚资料和20世纪80年代以后的文本。在此，也要向在调查、整理和编纂各个阶段发挥巨大作用的张文勋、朱宜初、李子贤、秦家华、傅光宇、张福三、冯寿轩等先生致以崇高敬意。在出版过程中，商务印书馆的编辑冯淑华、张鹏、肖媛三位老师付出了许多心力，使得"丛刊"避免了诸多讹误。在此特致谢忱。

2023年2月22日于云南大学东陆园

目 录

一、神话 ·· 001
    关于开天辟地 ·· 001
    创世纪 ·· 003
    开天辟地的神话 ·· 004
    开天辟地神话 ·· 006
    女娲娘娘补天 ·· 007

二、民间故事 ·· 010
    阿克斗玛的故事一 ·· 010
    阿克斗玛的故事二 ·· 014
    青蛙、狐狸和老虎 ·· 017
    兔子和乌鸦 ·· 020
    兔子打猎 ·· 021
    狼和青蛙赛跑 ·· 022
    兔子与老虎 ·· 023
    兔子救绵羊母女的故事 ·· 024
    小虎 ·· 025
    老鼠救东方国王的故事 ·· 026
    猴子与鸟的故事 ·· 027
    种子 ·· 033
    兔子杀老虎 ·· 034

章贾和乌鸦……037
　　吃林甲木的故事……039
　　狠心的大妹动勒追和二妹思勒追……041
　　龙女的故事……042
　　猎人与姑娘……046
　　两个朋友……047
　　老虎和狐狸……048
　　妖怪和女儿……049
　　金瓶子……050
　　我多摩……051
　　算命先生打失的故事……052
　　札西格六……054
　　两姊妹……055
　　三兄弟……056
　　孔夫子……057
　　七颗麦子的皇帝……057
　　吉斯的故事……059
　　奸臣与小孩……065
　　布姆拉萨……069
　　区基农苴……074

三、民间传说……080
　　知麦格德……080
　　区间奴诺……097
　　藏王的传说……138
　　阿肯的玛的传说……139
　　梁祝传说……141

四、笑话……142

五、民歌 ·· 144

    婚歌中的大歌 ·· 144

    对唱 ·· 148

    迁新居之歌 ·· 150

    把鲜花献给毛主席 ·· 151

    新民歌集 ·· 151

    短歌集 ·· 157

    锅庄三首 ·· 160

    拉萨姑娘 ·· 162

    播种歌 ·· 163

    热芭舞歌 ·· 164

    热芭舞（弦子舞） ·· 169

    弦子舞歌 ·· 173

    弦子歌 ·· 175

    留客的歌 ·· 176

    打卦调 ·· 177

    打卦歌 ·· 181

    藏族人民的心 ·· 184

    歌唱新生活 ·· 184

    小中甸都土村情歌对唱 ·· 185

    情歌两首 ·· 189

    吉沙情歌 ·· 194

    和平情歌 ·· 197

    情歌四首 ·· 199

    锅庄歌 ·· 200

    情歌五首 ·· 200

    山歌 ·· 201

    情歌十三首 ·· 202

    长情歌 ·· 204

行朵情歌·说花 207
　　　情舞调 208
　　　四季歌 209
　　　盖房子的锅庄 211
　　　打卦调 212
　　　山歌 214
　　　赞马 215
　　　声音被风吹走了 215

六、六世达赖情歌四十五首 216

七、叙事长诗 223
　　　茶调 223
　　　禾天木与斯玛珍 251

八、格言谚语 265
　　　撒家格言三十则 265
　　　小中甸谚语八则 269

一、神话

关于开天辟地

记录者：曾有琥
翻译者：牛智儒
搜集地点：云南省迪庆藏族自治州香格里拉市

  天地间先是一无所有的空东西，最初世界上出现河水——黄河，出得最早是山，它是生长得最大最高的山峰，山出现以后，又出现树枝。

  黄河是流水之源，百种水流集中之地，热姐塞抹①是世上之王，树中巴桑树为王。

  世界上出现了水山树，然后出现了五个仙人洞：东南西北四个，中间一个。中间就是位于印度地方的都鸡得；东边在北京出现了捷那望树，捷那望树就是五大名山；南边出现一个意娃热那森·奶妈各寨②；西面出现捷布打腊，这是现在的西藏布打腊药；北面出了个奶桑妈娜。

  根据传说，都鸡得是在世界的中间，这里面出现了桑姐商嘉图巴，他

---

① 热姐塞抹：山名，音译。
② 意娃热那森·奶妈各寨：山名，音译。

是天上的神，下凡到世界上来。这五个仙人洞，不管人、禽兽都不能把它消灭掉。在世界上，不论水灾、旱灾，都不能把这五个寺①灭掉。在这时候出现了三个神：一个神是一给向处兴麻。念经已出现在汉人地区，藏族还没有经，汉人的经传到藏区，不然，藏族地区就传不了经，这是汉族帮助传的。现在有个恩法神爷，就是传经这人（一给向处兴麻）。西边有一个恶炎斑麻，他能管几百个妖怪作恶，这是第二个恩德神。第三个神是怯婑娥，他家里祖父年老，因风俗习惯人老还没有死就丢出去，他父亲就将祖父放在篮子里，丢到伊争地里去。父亲就给②儿子说："你把这个篮子带回家去。"儿子说："拿起空篮回去，有什么用处？"父亲说："以后我死，你也要同样拿这篮子把我丢了。"父亲接着说："前辈留下好风俗，老人装篮子。"怯婑娥一下子就回忆起来，感到人生一世，不老就丢，没有道德，于是马上就把父亲背回来，一直抚养到死时才将他埋下去。现在人死后才可以拿出去，这样的恩人就是最爱的恩神——怯婑娥。

世界上山河树木、悬岩峭壁的发现，是缘于当时的梭舒绿给向梦它，是一只猿猴，居住在老箐深山，有一个骂霞森多姆经常在悬岩洞壁里，她想与猿猴接触，猿猴念经为业，当时妖怪去到猿猴住处好多次调戏，猿猴当时想："女怪相当难过，我虽然念经，不如行善，解决女怪的痛苦，也和念经一样。"于是同女怪在一起，他俩变成夫妻后生了六个小孩，人类发展由此起。

全家八人需要粮食，那时麻雀含来六颗种子丢给他家，说种子是由国外来的，然后六弟兄在野兽蹚过的地上种庄稼，这样粮食才出现。

火源的出现。有一个父亲的名字叫札吹给，母亲叫阿给都给，儿子叫西给乌鲁，父母和儿子结合出现了火③。

水的来源。原来以为水是从天上下来的，但它不是天上下来的，不是

---

① 寺：仙人洞。
② 给：此处为方言发音，意为"跟"。——编者注
③ 父亲是铁的化身，母亲是石的化身，儿子是草的化身，铁、石、草相碰出了火。

天上下雨，而是河水变成蒸气上升，到天空以后变成了云，才又下下雨来。不下雨原是由于海干，藏人不敢对天抱怨。现在藏区随时会念求雨经，要在河边、海边去念，原因在此。

创世纪

记录者：郑孝孺
翻译者：松银巴
搜集地点：云南省迪庆藏族自治州香格里拉市三村

从前世界尽是海洋，海洋中积了许多灰尘，便成地球。地球上原没有人，只有两只猴子，公的叫许给相区，母的叫札松罗么。他们有三个儿子，但都不会说话，他们领到天空要去会太上老君，那时天上种着土地，上面种着蔓菁，见马在吃蔓菁，于是三个儿子说了三种话[①]："你们的马在吃蔓菁了。"

于是天上又叫他们下来，大儿子会汉话，到内地，二儿子到藏族地区，三儿子到纳西族地区。

现在汉族地方宽，人也多，就是因为大哥在那儿；藏族地方人适中，就是因为老二在那儿；纳西族人少，就是老三在那儿。

那三弟兄到天上取经，先是大哥到了天上，天上念经是用纸，所以他取到纸，现在汉族地方念经用纸。二哥到天上取时，纸已被大哥取了，所以藏族地方念经尽用酥油糌粑。纳西族只取到木头，上面画上牛头马面，故他们念经最俭省。

地球形成不会倒，是因为有宝石山，南京五台山，拉萨布达拉山，印度陆机台山，两边有烧嘛啦山、香格里拉大宝寺的山。由于这五宝山[②]，地球

---
① 分别是汉语、藏语、纳西语。
② 山的数量原资料如此，予以保留。——编者注

就不会烂，不会倒了。

以后，地球上种庄稼、养牲口……就是这三只猴子创造了。并且，先创造婚歌，创者父名扎个滚泼，母名扎拉姆墨，大儿子梨向洛因，第二个梨白洛锥，小儿子梨撒格姆。赵牙李区①专门传达婚歌，梨白洛田②就专门创作。小儿子就专门负责念经，小妹妹星赵爱鲁专门负责织布。

这五男一女就分工种地、唱歌、讲经……慢慢地延续下来的就是这六姊妹③。

开天辟地的神话

从前世上无天、地，只有海洋，四方八方只有风。后来海中有一点金刚钻，上有大洋，于是大洋中有了地球，④后来地球上分东、南、西、北、中五个村。

东村王子鲁基齐玛，南王梨格洛，西王洛汪太依，北王顿雨祝巴。⑤自有这四大天王之后，人类才出现了，人类的父母是猴子，父是猴，母是岩妖，媒人是青香树。后来海中有鳌鱼，它先站起背了地球，地球支在它背上，后来它一天在动，庄稼就长不好。于是观音在它背上射了一箭，中肩膀，自中箭后，它翻了一个身，地球就掉到它肚子上。

它的肋巴支着的地方会长，手放在东边，故太阳才从东边出，脚支在

---

① 赵牙李区：此处指第三子。——编者注
② 梨白洛田：此处指第四子。——编者注
③ 原本为"六姊妹"，实际包括兄弟姐妹。
④ 此处指金刚钻上另有大洋，这个海洋不是地球上的海洋，而是创世之初的原始大水。——编者注
⑤ 即四大天王名。

西边，上有热气，故今风从西边来，是因为脚上有热气，它的尾巴倒挂在天上，天上才有星星，它的眼睛看着海洋，海洋千年不干。

后来，人在地球上想种庄稼，第一棵长在印度地方，拿这颗种子的是天上的女佛的家雀，唯有它才拿得起，带种的是大雁，天空告诉大雁说："种这颗种子时，你不能留在这地方，种子带回来，收了，你回去。"故今天大雁到冬天才来香格里拉。

首先到高山上种庄稼的是马鹿，马鹿不能犁地，所以在高山上种地，庄稼长不好。后将种子拿到海洋边沙地上去种，是两条金鱼犁地，也不行。最后拿到平地上，两条犏牛来犁地，牛犁地，最合适，草坝种地长得好。

庄稼收了要煮酒，先要做酒药，做酒药有四个药方：白色雪茶出高山，绿草子在坝中，黄连生在岩中，青龙口水河中有。酒药配好要这四样，酒的颜色有五色，清水亮的洗一洗，火光亮的洗一洗，竹子蒸笼洗一洗，白石头上洗一洗，美丽的姑娘第五次洗。清酒味有三种，甜如蜂蜜，苦如孔雀胆，软如田鸟肉一样。清酒有三样色，青龙口水一个色，黄鸭翅膀金黄色，牦牛奶子白色。

另有六母六儿，父名抬里滚巴，母名抬里姆儿，大儿里撒果摸，二儿抬里里克，三儿里奔洛丹，小妹西留的里。抬里滚巴在建塔，抬里姆儿去转塔，里撒果摸在念经，抬里里克讲舞蹈，里奔洛丹讲肚才，美丽的小妹去织布。

经塔造好了，朝完了经塔，经念完了在捆经，讲了肚才就成功，舞蹈跳完了，布织好了，歌里的六子女就是这样。

开天辟地神话

记录者：罗祖熊
翻译者：雷震坤
搜集地点：云南省迪庆藏族自治州香格里拉市尼西乡幸福村

人的由来

从前，北斗星变成一只猴子，观世音变成一个妖精。妖精住在偏僻的山洞中，周围是迷蒙不通的地方。一天，妖精看到了猴子，就打了三个口哨，意思是要猴子搬拢来一起住，要方便些。猴子听了口哨，也回了三个口哨，表示同意。

不久，妖精生了一千五百个孩子，因为生活困难无法喂养，就把五百个往右边赶出去，五百个往左边赶出去，这一千人后来在一起，又生了许多小孩。家里留着的五百个，也给妖精的妹妹了，因为妖精的妹妹没有孩子。从此，到处都有了人。

世界的形成

从前，世界是一个大海子①，海面上是一层蒙蒙的雾气，气上面长着青苔和绿草，在这青苔和绿草上边，长着一根长达一百八十公里的"比"，这"比"既不是动物，也不是植物，但它能生长。"比"的八十公里在下边，八十公里在上边，中间还有二十公里，这就是人在的地方。这人在的地方的周围有太阳和月亮，这太阳和月亮是佛的子孙。听说后来地震，这"比"还会动。

---

① 海子：在云南指湖泊。——编者注

猫和老鼠

从前,有一只猫和一群老鼠,一天,猫去讨火做饭,因为去得很远,一去就不回来了。以后老鼠就长大了,也多起来了,主人家简直管不住了,就请老熊来捉,但老熊太大了。又去请豹子,豹子也不行。请到黄鼠狼,黄鼠狼连鸡也吃,于是主人家就把它赶了出去。

黄鼠狼一面跑,一面叫:

"鸡肉倒好吃,

离家更远了……"

主人家没有办法,大家都商量把猫请回来。去请时,猫说:"我的鼻子太短了,不好回去。"主人家说:"不要紧,有什么关系?你不回去不行了。"猫同意回去了。临走还提出要求:1.要给它在碟子里吃东西,喝水也要在原地喝。2.有经书的地方也要跨过去,为了捉老鼠。3.要打盘坐在垫子上。

猫回到家,召集老鼠开了个会,要老鼠念经信佛。从此,每天开完会,最后离开会场的老鼠就被猫吃掉。后来被大一点的老鼠发现了,就说:"我们的主教也干起这样的事了,等着瞧吧。"猫召集老鼠开会已经几次了,但一直召集不起来,就发怒:"你们逃到哪里,我都要把你们吃掉。"老鼠答道:"你的尾巴塞得进去的地方我们都打下了埋伏。"以后猫就不容易捉到老鼠了。

女娲娘娘补天

翻译者:马祈龙
搜集地点:云南省迪庆藏族自治州香格里拉市尼西乡汤满村(旧称汤美村)

在远古的时候,有几百几千种动物,这些动物都不会说话,不会走路,唯有女娲会说话，会走路。于是女娲感到很孤独和苦闷，要给这些动物说话吗？它们又听不懂。有一天，女娲到河边去玩，坐在河边上用手在捏泥巴，首先她捏成圆的，然后又捏成长的，最后她将泥巴做成像她一样的人，当她将这个泥巴人塑好放在地上时，这个泥巴娃娃就走起路来，这时女娲就领着泥巴娃娃在森林里转，看到白兔、蜜蜂便告诉他，这是朋友，可以跟它们玩；看到老虎、豹子，告诉他这是凶恶的敌人，不能跟它们玩。又过了一些时候，这个娃娃跟白兔到山上大森林去玩，没有回来，就打失了。又过了不知多少年，女娲到大山上的森林去玩，看见一个小姑娘，女娲便问她："你在这里干什么？"小姑娘回答说："我在听河水唱歌。"当时女娲想到孩子是一样没有玩的才跑到这里，于是女娲便做了些芦笙、箫等乐器给这些娃娃玩，有一天，小娃娃正在玩时，忽然有一个小娃娃睡下去就死了，女娲就想到，如果这样继续下去必会死光掉。女娲想了个办法，根据他们的愿望将他们配成对，愿意去东边的就去东边，愿意去西边的就叫他们去西边。又过了不知多少年，这些人回家来玩时，有的喊她"祖母"，有的喊她"奶奶""妈妈"。这时，各地到处都是人了。

有一天火神与水神在路上相遇，两个互不相让，两个就打起架来，后来火神被水神打败了，火神就生气了，碰在布州山①上，布州山被碰倒下来，就压在天河上，天河就漏起水来。在这个时候，有一条怪龙就乘此机会下来吃人。水涨起来，各处都被水淹了，在这个时候，女娲的子孙后代就来请求女娲战胜怪龙。女娲答应了他们的请求后，同怪龙战了三天三夜，最后终于打败了怪龙。

女娲打败怪龙后，紧接着又去补天。女娲今天用泥巴补上还是漏水，明天用木头堵水，又被水冲垮，女娲正在没有办法，着急的时候，在大海边遇到了大虾鱼，大虾鱼就问女娲："你为什么不高兴呢？"女娲就说："顶天的布州山垮了，天河也漏了，现在没有办法补。"大虾鱼听了以后，就说：

---

① 疑为不周山，原始资料如此，予以保留。——编者注

"砍掉我的四只脚拿去顶山。"女娲听了后,舍不得砍掉大虾鱼的脚,便问大虾鱼:"如果把你的四只脚砍掉,你又如何走路呢?"大虾鱼不听劝阻,在暗地里,就用嘴咬断自己的四只脚拿来给女娲。女娲看到大虾鱼没有脚,就从自己裙子上撕下四块布,贴在大虾鱼的两边。女娲拿了大虾鱼的四只脚后,长的那两只顶在东边的天上,短的那两只顶在西边的天上,所以太阳往西边落。女娲把天顶住以后,又去大山上、海底下找五彩石,找到以后,女娲把五彩石炼了补天,因为用五彩石补的天又光滑又好看,有五种颜色。女娲将天补好以后,就把剩下的五彩石用来填地,填地是由北边向南边开始的,填到南边后,因为五彩石没有了,南边就没有填,因此形成了现在的北边高,南边低,水也不断向南边流。天地补好了以后,女娲就死了,人们为了纪念她,建筑了一座女娲宫。

二、民间故事

阿克斗玛的故事一

记录者：郑孝孺、吴开伦
翻译者：齐跃祖
搜集地点：云南省迪庆藏族自治州香格里拉市归化寺（噶丹·松赞林寺）

1　朝佛

有一伙佛教徒，到名山胜景朝佛，他们都是财主，斗玛也去朝佛，遇到他们时一起坐下来聊天，斗玛问："你们到哪儿？"那一伙说："我们是去名山朝佛回来。"斗玛问："你们到过杭互拉麻吉古①、玉吉使车施②这两个地方吗？"他们从未听过，便说没有去过。斗玛说："这两地方都没有去过，也算朝佛吗？"他们说："这地方在哪儿？"斗玛说："我可以带你们去，这地方不远。"实际，这便是斗玛住处。他仅有一头山羊，房子四周倒塌，于是他将那一伙带来，他把山羊打了围着柱子转。那一伙当时非常气愤，于是便告

---

①　杭互拉麻吉古：意为"山羊"。
②　玉吉使车施：意为"围着柱子转"。

到国王那里。国王知道斗玛很穷,无法判,便叫他们每人在斗玛家屙一次大便。双方都口服心服了。

第二天,他们一起到斗玛家,斗玛说:"这是公正的判断,我口服心服了。"可是斗玛手持一根棒棒说:"官家断下来,你们来是屙屎,假若谁要屙尿时,我就要不依。"这些人听了,感到斗玛说的是理,只好灰溜溜地走了。

2　牛和驴

有一地方,有一财主,非常吝啬,别人的东西,一切都想要,可是他的东西,谁也要不到。财主家养着一头牯牛,把人家的东西都碰死,斗玛知道这件事后,故意就赶了一头驴子到财主家住下,说:"你不要把牛关拢我的驴子,否则,它会把牛碰死。"财主听了不服气,硬将牛关进去。晚上,斗玛起来将牛杀了,把皮剥了,把肉分给村中人吃,将牛尾插进岩中去。

第二天,财主叫人去看牛是否碰死了驴子,可是不见牛,分头去找时,斗玛同去,到山上,见牛尾,紧紧地拉着,故意叫道:"我叫你们不要关拢,你们一定要关,看吧,驴子把它赶跑了,跑到岩里去,连拉也拉不出来。"大家一齐来拉时,只拉出一根牛尾。财主看到这事,又跑回家去看驴子时,发现驴耳上有血迹,于是相信了斗玛的驴子本事大,把牛都赶跑了。

3　耳环

有一国王,大量剥削百姓的金银财宝,阿克斗玛看不惯,便到国王家当家仆,想借机搞掉国王的财宝,国王最宝贵的是一只耳环。一天国王带他外出,扯起篷子看风景,吃完饭后,国王就睡着了,当时天气晴朗。阿克斗玛会呼风唤雨,心想:"何不试一试?"于是作法起来,满天乌云。他将国王的耳环解下来,藏在桌下,便把国王推醒,回家,国王一摸耳环不在,就叫他出外去找,国王说:"跑死马,砸碎鞍,破碎全无地拿回来。"阿克斗玛就奉命而去。阿克斗玛就将马跑死，把鞍砸碎，把耳环的宝石砸碎了拿回来。

国王一见心爱贵重的耳环完全碎了，大怒，责问他，斗玛说："这是你告诉我的话，跑死马，砸碎鞍，把破碎的宝石拿回来。"国王听了更生气，便把阿克斗玛捆起来，关在房顶上，当时正是严冬天气，想使阿克斗玛受点冷气。阿克斗玛被关了三天，每天解一次大便，然后撒上点白粉，上面插上一支木头。第四天早上，国王正吃早餐，阿克斗玛就从上面将结了冰的大便从烟囱上丢下来，正甩在国王身边，国王见到后，不知道是什么，召集群臣商议，有的说这是吉祥的，有的说这是凶星，双方议论纷纷，得不出结论，于是想到阿克斗玛聪明，也许他知道，便命令人把他叫下来。阿克斗玛下来时，装作什么也不知道。

国王将一切告诉阿克斗玛，他也听完后，便双手合掌道：天神屙白屎有木柄，这是大吉大祥的事，落到国王身边，国王将会连升四级，但对于这些大便的处理，第一泡屎，磨碎国王自己吃，第二泡是王后、妃子吃，第三泡让国王下面的百姓吃。

于是国王遵照他的建议行事，可是阿克斗玛给百姓吃的屎甩了。他和百姓只吃纯粥。国王同时也释放了阿克斗玛。

国王吃过屎后，阿克斗玛又对国王提出建议，说天神白屎降临到我们国土，我们要把所有的金银财宝拿出来，到对面山上去展览，便会吉祥。国王听后又依他的话行事。他说，只能让他一人去，别人是不能去的，夜里，国王将国库门开开，连夜背出去，斗玛将财宝分给贫穷人民，将山上的冰块背上去，冰在太阳光下，闪射出五彩光芒来，他坐在国王身边，指给国王看，国王看了也实在高兴，下晚，冰融化了，他对国王说："我们该去背了，我一人去背不完，怕人偷了。"国王就叫部下同他去，到了山上，只见一塘塘的水，他说："这些东西被天上神收去了，你看我们来迟了一步，在他们尿之后才来，所以被带上天去了。"同来的人看见此景也相信了，回来对国王说，国王也无话可说，于是阿克斗玛便达到了自己的目的。

4　七天成佛

在一地区有一个以活佛自居的人，七天就杀死几十人，对外面说这是成佛了，这件事外面的人还不知道，而阿克斗玛却明白内中的一切，于是想除此恶棍，也想将一切对人民说明。一天，斗玛将金银送去请求成佛，活佛收下了他的东西，实际是，成佛的人坐在下面，上面悬着一盘大磨，这样就打死了未成佛的人，之后将尸首埋起。阿克斗玛被收之后，便同样去做了，七天之后，喇嘛把磨石放下，可是阿克斗玛便让开了，自己还大叫道："我这个落命的人，修佛也修不好。"之后，阿克斗玛跑出来，将一切内幕告诉给人民，并叫大家每家拿一把草来，将喇嘛烧死了！

5　牧童

在西藏拍姆地方，斗玛是很吃不开的。

阿克斗玛到拍姆时遇到一群牧童，他们知道阿克斗玛会骗人，向他说："你今天是否又来骗人？"牧童每人带一个饼，斗玛说："我今天已吃过了饼，我只要你们每人的半块就行了。"牧童们听后，说："你这么大的人只吃半块怎么会够呢？"于是，便分给他吃一个饼，这样他就没法吃到每人的一半饼子。

饭后，牧童们到海子中去捉鱼，斗玛想吃很多的鱼，但牧童们却说："我们捉鱼是拿回去，你去帮我们看着羊群。"于是牧童便将鱼全部吃完，将鱼骨和尾留下，插入地中，告诉斗玛说："今天不知怎么，鱼都跑到地下去了。"斗玛将鱼拔出来时，只见尽是骨头，心里很生气，就使法术，下起冰雹来，想教训一下他们，牧童见冰雹下来，大家脱光衣服，跳进水中，一点也没有受到教训，反而骗了阿克斗玛。

由于阿克斗玛在拍姆受骗，生气下了冰雹，所以那里的山是光秃秃的，长不起树木来。

阿克斗玛的故事二

记录者：曾有琥
翻译者：雷震坤
搜集地点：云南省迪庆藏族自治州香格里拉市尼西乡政府

1　皮口袋

一天，一个地主家请很多人缝皮口袋，他搞人家的雀事情①，说你们如果拿皮口袋做成顶针，那就要找②几十倍了，做皮口袋太不划算了，这个地主一听说是呀，用这做顶针那就要赚很多钱了。

结果，用皮子做的顶针拿到拉萨去卖，拉萨是大城市，不用这顶针了，而用外地来的铁顶针。这地主一点钱也找不到，反而赔了本。

2　天垮下来了

一天，有个人放很多碗在头上顶着走，怕放在身上打烂了。

路上碰见了阿克斗玛，阿克斗玛对他说："你看天垮下来了。"这人一抬头看，碗也砸得粉碎了。

3　一个牛尿泡换三匹马

过去阿克斗玛约着七个盗一块上路，遇着一个犁地的小伙子，他叫那

---

① 云南汉语方言，意为"起了歹心，生是非"。——编者注
② 找：云南汉语方言，意为"赚"，特指赚钱。——编者注

七个躲在森林里，他对那犁地的人说："你去吃茶，我帮你犁。"那青年说："怕你不会犁吧！"阿克斗玛说："我会犁。"那小伙子就相信了他的话，就去吃茶了。

他就大叫了一声，七个土盗就出来了，把那两条牛拉到森林里，把牛尾巴割下来，埋在地里，就大声叫说："牛钻土了，来帮忙一下。"牛主回来一看，牛确钻土了，牛主没有办法，就回去了。他们八个人就把那两条牛杀了。阿克斗玛说："牛杀了一样我都不要，我只要一个牛尿泡。"牛杀了，他只要一个牛尿泡，七个盗说："你再拿点嘛。"他说："不要啦！"阿克斗玛拿起牛尿泡到了山顶上，把它吹胀，用手边打尿泡边说："不要打我了，盗不止是我一个，我会告诉你的。"七个盗听见了说："阿克斗玛被人家拿着了，我们还不赶快跑？"等七个盗去了后，他从山上下来，只遇到一个小伙子，赶起三匹马，对他说："我给你肉，你帮我驮，行不行？"小伙子说："行。"

小伙子就去背肉，最后把所有两条牛的肉、牛皮都背了来，捆在马上，但剩一腿没有背来，阿克斗玛说："我等起你，你再去把那一腿背来。"那小伙子去背了，阿克斗玛赶着三匹马驮着肉走了。小伙子回来时，人、马、肉都不见了。

4　一个土锅换匹马

又一次，阿克斗玛有一个土锅，有一天，他在地下挖了一个土坑，把锅放下，下面烧起火来了。等火把土坑烧得很红时，他用沙子埋上，火烟就没有了。锅上的水自然涨起来，这时正好有一马帮经过，看见了，商人就问："你这个没有火，为什么涨起来了？是什么原因？请你告诉我。"阿克斗玛说："我这是个藏族土锅，不用烧火自然涨，谁拿骏马来我都不换。"商人说："你换给我下。"在商人多次要求下，阿克斗玛答应把土锅换给他。阿克斗玛赶着马匹回来了。等商人拿起土锅回家时，对他老婆说："我今天做了一件好生意，用一匹马换了一个土锅。"结果土锅在他家里，放在地下，放了三天，水都没有涨，等他知道受骗回来找时，阿克斗玛早就走到哪天去了①。

5　我不会做的三件事

有一次，阿克斗玛到了一家里，人家问他："你叫什么？"他说："我叫得妈。"人家又问："你干什么？"阿克斗玛说："我是流浪者，东跑西跑。"

"你给②帮我做长工？"

"我要流浪。"

"你流浪干什么？"

"我帮你倒可以，要答应我不会做的三件事。"

"可以，你说嘛！"

阿克斗玛说："第一，臂上不能拨火光；第二，里面积累的不会盘③出外；第三，防敌的长城我不会筑。"

"这三件事，你不会做就算了，第一，你说拨火光，不给你去拨就行啦；第二，里面积起的，你不能盘出去，可以的；第三，你说防敌的长城也不要你去做，我们一家人防什么敌？"那家人这样说。

阿克斗玛在他家只做些轻微的事情，打打柴。有一次，那家对他说："阿克斗玛，你去找点水。"

阿克斗玛说："我说过了，拨火光我不会拨。④"

后来也不要他去背水。

又一次主人家又说："阿克斗玛，你去帮我盘粪。"

阿克斗玛说："我说过第二个条件，里面积的东西，我不会往外盘。"

---

① 走到哪天去了：云南汉语方言，意为"早就走得无影无踪"。——编者注
② 云南汉语方言疑问词，有不同写法，如格、咯、给、略、噶等，意为"吗"，通常前置。——编者注
③ 盘：指"搬"。
④ 此处意为"到野外找水源需要带火折子"。——编者注

主人家也没有要他盘粪了。

又一次，主人家要扎篱笆，就对阿克斗玛说："阿克斗玛，你去帮扎篱笆。"

阿克斗玛说："我说过的第三个条件，防敌的长城我不会筑。"

主人家哑口无言，也没有叫他去扎篱笆。

最后主人家没有办法，主人家叫他到喇嘛寺送粮食，他把主人家的马及粮食赶起走了，就没再回来了。

6　四个粑粑五个人咋个分？

有一次，阿克斗玛等五人进藏，只带四个粑粑。在路上休息时要吃晌午，但只有四个粑粑，他们四人提出来："我们只有四个粑粑，有五个人不好分嘛！"

阿克斗玛说："这个好办嘛，你们四个人每人拿一个，你们每人给我一半就行啦！"

那四个人说："阿克斗玛好公正哟。"

阿克斗玛就这样吃着两个粑粑了。

这四个人以后才知道受了阿克斗玛的骗了。

青蛙、狐狸和老虎

记录者：秦家华
搜集地点：云南省迪庆藏族自治州香格里拉市
材料来源：抄录

有一天，青蛙在海边时，远方走来了一只狐狸，到面前，便问青蛙："青蛙弟，你在这里干什么？"

青蛙说:"我要到海中的沙滩上去。"

狐狸看不起青蛙,骄傲极了,想:"它这个小个儿,还想游过海去。"便骄傲地说:"我也想游过海去,我俩来比赛,看谁游得快。"

"好,好。"青蛙自由自在地答复。

狐狸更骄傲地说:"青蛙弟,你先游过去吧,你个子小,游得慢,我能马上赶上你呀!"

青蛙说:"狐狸哥,还是你先游吧,我虽然个子小,但是我游得比你快呀。"

狐狸还不相信,便说:"那我俩一起去,看谁游得快。"

狐狸和青蛙就一起跳下水去,青蛙故意装作落在后面,狐狸也不理睬地使力往前游去,这时,青蛙一口含住狐狸的尾巴,给狐狸拖去,游到海中时,狐狸把尾巴用力往前一甩,就把青蛙甩在前面,这时狐狸还不知道青蛙已经在它前面了。它得意地喊:"青蛙弟,快赶上来呀!"

青蛙在前面说:"狐狸哥,我已经到你前面了,你游累了吧,快休息一下。"说完,它在前面等着狐狸。

狐狸大吃一惊,青蛙怎么会游得这样快呀?狐狸游到青蛙面前时,突然看见青蛙嘴里有撮毛,便问:"青蛙弟,你嘴里吃的什么东西?"

青蛙说:"我平常吃的就是这些东西呀。"说完,把嘴里的毛取出来给狐狸看,嗬——,是狐狸毛,吓得狐狸转身就逃,青蛙也回到了海边。

狐狸跑到一座山上,遇着一只老虎,虎问:"狐狸弟,你为什么这样上气不接下气地跑呀?"

"虎大哥,差点青蛙把我吃了。"说着,又逃跑了。

老虎大叫道:"狐狸弟,你这没用的,连个青蛙都怕。"说完,老虎来到海边,看见青蛙在蹦蹦跳跳,老虎来到了青蛙面前,青蛙便问:"虎大哥,你要到哪里去呀?"虎说:"我要到海中的沙滩上去。"

青蛙也说:"我也要到沙滩上去,我俩一起去吧。"

老虎便骄傲地说:"我要很快地游过去,你根本不会跟上我。"

青蛙说："你什么时候到，我也什么时候到。"

老虎说："那我们来赛一赛。"

青蛙说："虎大哥，你先游吧。"

老虎说："不，我俩一起去。"

说着，它们就一起下水去，游着游着，青蛙又像前次一样，装作落在后面，含住老虎的尾巴，游到海中间时，老虎把尾巴用力一甩，青蛙又被甩在老虎的前面，老虎突然看见青蛙跳在它的前面，大吃一惊，问道："青蛙弟，你怎么游得这样快呀？"

青蛙说："我俩一起下水后，我又回海边吃了一台饭，一蹦就跳到你前面来了。"

老虎看见青蛙的嘴里含着一撮毛，便问："青蛙弟，你吃什么东西呀？"

青蛙回答："我平常就是吃这些东西的。"老虎看见青蛙嘴里吃的是虎毛，也吓得转身就逃，青蛙又回到了海边。

老虎逃到山上，又遇着狐狸了，它们共同商量要去杀死青蛙，它们一起来到海边，看到青蛙蹦蹦跳跳，虎说："狐狸弟先去。"狐狸说："虎大哥先去。"你不去，我不去，两个就手拉手地一起去，青蛙看见了，便叫道："骄傲是失败的根源。"说完，大笑一声，把老虎和狐狸吓得没命地逃跑，狐狸累得跑不动了，老虎就拉着它跑，结果把狐狸也拖死了。

青蛙在后面紧喊："虎大哥，你俩别怕呀，我怎能吃你们两个，我这样小的个儿，怎能吃了你们两个？"青蛙越喊，老虎越怕，越是使劲逃跑，翻了几座山以后，老虎也累死在半路上了。

兔子和乌鸦

记录者：秦家华
翻译者：雷震坤
搜集地点：云南省迪庆藏族自治州香格里拉市

有一只兔子和一只乌鸦，在坝子里晒太阳，乌鸦对兔子说："今天我可以叫你大笑一场。"兔子回答说："你如果能叫我大笑一场，我可以叫你饱吃一顿。"乌鸦就说："那么你先开始或是我先开始？"正在这个时候，它们看见坝子里有一个牧童正在提着东西吃晌午，兔子就说："我先开始吧！"在牧童不注意的时候，兔子悄悄地跑到离牧童十多步远的地方，乌鸦看见兔子有点提心吊胆，就飞到离牧童不远的木架子上看它，兔子看到乌鸦已经飞到那里，就站起来，乌鸦使了一个眼色，兔子就装成一个跛脚的小孩从旁边走过，小孩一见兔子就叫起来："有一只跛脚兔子在这里。"小孩子就去撵兔子去了，乌鸦就下来把吃的东西饱餐了一顿。后来到下午，乌鸦和兔子又遇着了，兔子就问："今天你吃得饱不饱？"乌鸦回答："饱。"兔子就说："那你的大笑应该开始了。"离他们讲话十多公尺①的地方，有老两口在那里挖地，乌鸦就飞到离他们不远的地方叫，老倌就拿石头打它，乌鸦一飞起，就歇在老妈妈的脊背后，老倌用锄头一打过去，乌鸦飞走，老妈妈被敲死，老倌就在那里哭，兔子见了就大笑，把嘴也撕开了，所以在兔子的嘴上有缺口。

---

① 一公尺为一米，为呈现资料原貌，予以保留。——编者注

兔子打猎

记录者：田玉忠
翻译者：田新华
搜集地点：云南省迪庆藏族自治州香格里拉市

  有一只兔子在山坡上遇见了一只老熊，兔子见到老熊很害怕。于是兔子想了一个办法，见身边一棵大树上，有一个马蜂窝，自己装扮成一个打铁的，拿了棍子，轻轻地敲打马蜂窝。老熊上前来问兔子："你在打什么？"兔子回答："我在打铁。"老熊就想去打，于是说："让我来打。"兔子不答应，而老熊一定要来打，兔子说："你要打铁的话，一定要听我的话。"老熊答应了。兔子说："起先你要轻轻地打。等我翻过山去以后，你就用力地打。"老熊答应了。于是兔子跑了，很快地翻过了山去。老熊见兔子翻过山去，就用棍子使力地敲打马蜂窝。这时，马蜂窝里的蜂子全从蜂窝里钻了出来，一起向老熊飞来，用锋利的刺刺老熊，老熊就这样被蜂子刺死了。兔子坐在山上，等了好久，估计时间差不多，老熊已经被刺死了，兔子又从山上跑到树下，见老熊果然死了，于是兔子剥下了老熊的皮，披在身上，就走了。

  兔子披着熊皮在路上走着，又遇见了一只狐狸，狐狸见兔子披着熊皮，很觉奇怪，问兔子："你到哪里去？"兔子回答："我去打猎。"狐狸想与兔子合伙，对兔子说："我与你一起去吧？"兔子说："你一样也不会，我不与你合伙。"狐狸说："我可以做你的撵山狗，可以追到很多野兽。"兔子勉强答应了，于是狐狸跟兔子上路。

  它俩走在路上，遇见了一个大商人赶的马帮，这马帮驮了很多货物。大商人见兔子与狐狸走着，很感奇怪，于是大商人问兔子："你们去做什么？"兔子回答："打猎。"商人更觉奇怪，问兔子："你一样东西没有，怎么去打猎呢？"兔子回答："我能撵到很多野兽，有猎狗。"兔子指着狐狸告诉商人："那就是我的猎狗。"商人看了看狐狸，见狐狸长了一身黄毛，尾巴尖通是白的，更觉得好奇，他想他从来没见过这样的猎狗，要是他有这只猎狗，一定会得到很多野兽。于是，他对兔子说："拿你的撵山狗和我交换吧？"兔子说："你用什么给我交换呢？"商人回答："用我的马驮的货物。"兔子说："不行，我的猎狗能撵到所有的野兽，我不换。"商人说："好吧，我再用我的马加上驮的东西给你换。"兔子勉强地答应了。这样，兔子赶着马帮，商人赶着狐狸各自走了。

商人走到山上，就让狐狸去撵山，狐狸跑进了山里，商人坐在山上等了好半天，还不见狐狸回来，结果，商人明白了，狐狸不是撵山狗，他受兔子的骗了。

狼和青蛙赛跑

记录者：曾有琥
翻译者：牛智儒
搜集地点：云南省迪庆藏族自治州香格里拉市小中甸镇

一天，青蛙和狼在路上一起走，狼说："你怎么这样矮？贴在路上走。"青蛙说："你高是高了，但我俩比比看看，我们先比过赛跑。"狼说："你小，你慢慢先走，我两步就赶上你了。"青蛙说："倒是你先走我在后面，我一定会赶上去的。"狼就先跑了。那时候青蛙悄悄地将狼尾巴紧紧咬住。狼跑得很快，青蛙也跟在后面了，到了目的地，狼以为青蛙还没有来，就转回头看，尾巴一甩就将青蛙甩出一丈多远，狼还在往后面看，青蛙说："不用看了，我已经到你前面了。"

狼想："它实在跑得太快了，我不相信。"就说："我们来比赛过水。"青蛙说："可以比赛，可以比赛。"狼说："你先走。"青蛙也说："你先走。""刚才我看也没看见你，你就上前了，现在我要先看你走上里把路，我才开始走。"青蛙说:"不需要我先走,既然是这样我们一齐走。"于是它俩一齐下水。青蛙在水下面游,慢慢落在后面了,到水中间,又去咬住狼的尾巴,狼没有注意青蛙咬在它尾巴上,到河边时,它尾巴甩起来,又把青蛙甩在岸上了,而它自己还在河里面。青蛙说:"你看看,我已经到前面了。"并接着说:"人与人同,将鲁那里①都说成人的话,那所有的都不值价了,马与马同的话,那么四只脚的都是马了。"青蛙又说:"你看,高虽然是你高,但我已经到岸上了,而你还在河里面,叫你先走你又看不起我,我俩一齐走你又赶不上我。"

它俩又一起走了,狼两次被打下了骄傲情绪,以后也就不敢在青蛙的面前骄傲了。

兔子与老虎

搜集地点:云南省迪庆藏族自治州香格里拉市

老虎与兔子在一条路上碰见了,老虎说:"你这么小小一点,在我面前走来走去,我一尾巴就把你甩掉了。"两个在一起走,老虎走起来笨拙地一步一步慢慢走,兔子灵巧,一下就从路边转上前去了。兔子对老虎说:"你虽然那么大,但你走得很慢,你看我这尾巴多灵巧。"兔子又想:"它一定要吃我了,我得想个办法才行。"老虎也想道:"这么小还欺我,我非把它吃掉不可。"

这样,老虎说:"我现在真的不吃你了,但你要将我的尾巴也变得像你的一样灵巧。"兔子说:"你的尾巴要像我的,那可以,但困难很多,要很多用具:要一百零八背柴,六根绳子,一百零八捆草,六根铁棒。"这些东西

---

① 鲁那里:一种动物。——编者注

都全了，兔子先把草垫成六角形，说："你需要坐在上边，但是难过一点，可是你的尾巴会漂亮起来。"老虎说："不怕不怕，稍微难受一点，我完全可以忍受下去，只要我的尾巴漂亮。"

老虎在草上面睡下了，兔子用六根绳子紧紧拴住了铁棒，并将草也紧紧捆住。兔子说："现在我有点累了，我要休息一下，你先难受一点吧，我吃支烟歇歇。"它假装吸烟，用烧烟的火一下子把草堆烧了起来，老虎烧得难受，大喊大叫起来。兔子说："我先就说过，你要难受一点，只要尾巴漂亮嘛，你不要大吼大叫的。"这以后兔子站在火堆上砍了好几根大树压下去，压住了老虎，火越烧越旺，老虎被烧死了。

兔子救绵羊母女的故事

记录者：李荣高
翻译者：李兆吉
搜集地点：云南省迪庆藏族自治州德钦县

绵羊母女就要被老虎吃了，它们坐在一起哭了起来，兔子知道以后，就对它们说："不要怕，我有办法救你们。"

次日，兔子来了，它用一张席子当作皇帝的诏书，卷起来给小绵羊夹起，又给大绵羊披起棕衣，当作兔子的坐垫，三个来到老虎的面前，兔子叫道："绵羊，把坐垫铺好。"大绵羊把棕衣铺好，兔子就坐上去，然后又对小绵羊说："把皇帝的诏书拿来。"小绵羊赶忙把席子打开送上，兔子拿着席子，大声念道："皇帝命令：要豹子皮一百张、狐狸皮一百张、熊皮一百张、虎皮一百张……"念到这里，兔子对着老虎说："现在还缺一张虎皮，就是你！"吓得老虎赶快逃走。

老虎跑到山上，遇到豹子，豹子问它："你是最大的动物，怎么还跑成这个样子？"

老虎说："今天有个小小的动物，说话口气可就大了，我不敢在那里，就跑来了。"

豹子说："小小的说大话，你何必怕它呢，走，我俩去看看。"

老虎和豹子来到兔子面前，兔子又想了个办法，大声对老虎说："昨天你答应卖给我的花奶牛就是这只吗？"

豹子一听，想道："糟了，昨天它把我都卖了。"吓得它拖起老虎就跑。

小虎

记录者：郑孝儒
翻译者：松银巴
搜集地点：云南省迪庆藏族自治州香格里拉市

有俩虎，生一子，雄虎临死时对小虎说："兽类中你不要抵抗人，其余的都不是对手。"后来雌虎也死了，死前也如此嘱托。可是小虎生来本事大，非常骄傲，想到父母临死时说的话，心里实在不服，一定想去找人。

一天，它见一骆驼，心里不免害怕，问："你是谁？"答："我是骆驼。"问："兽类中有人，你知道吗？"答："兽类中的人从我四岁时就天天用我，如今我老了，就不要了。"

第二次，小虎又遇见驴子，问："你知道兽类中的人吗？"驴子答："知道，他们打从我三岁起就用我了。如今我老了，就不要我了。"

小虎真的遇到人了，问："你是谁？"答："我是人。"小虎听了心里很高兴，说道："我就是专门来比高下的。"人说："好，我先到树尖上去，我的本事在上面，我去拿。"于是人爬到树尖上，人拿一把斧头将树劈开，加上楔子之后，对虎说："你的尾巴先放进去，我看看再来比吧！"小虎依从放进尾巴。人见虎把尾巴放进去之后，把楔子拔了，虎便被树夹住，吊起来，人也走了。

后来，有一老人经过这里，见虎吊着，动了恻隐之心，把虎救下，虎见老人，又要比赛。但老人不同意，说："我救了你的命，理应报答，反而要比赛。"但虎一定要比。

老人再三哀求说："我们去问积有阴功的人吧。"于是他们先问乌鸦。乌鸦说："你过去是有阴功的，但现在被风吹跑了。"虎听了又要比赛。但老人说："我们再问问喜鹊。"喜鹊说："世上是有阴功的，但像木渣一样，倒到河中冲跑了。"虎听了又要比，老人又说："我们最后再问问吧！"

后来他们遇到白兔，老人将经过讲了之后，白兔说："我不见事实，不好说，最好到现场看看吧！"后来他们一起到现场，虎听了白兔的话，把尾巴又夹进树去，白兔赶忙把楔子拿了，于是虎又被吊起来。白兔说："我劝架就这样，人走人的路，虎在原处。"说完就走了，于是虎被吊死了。

老鼠救东方国王的故事

记录者：李荣高
翻译者：李兆吉
搜集地点：云南省迪庆藏族自治州德钦县升平镇

过去有两个国王。有一只老鼠经常去东方国王家借粮，国王说："你经常来借粮，你帮我干什么？"老鼠说："你碰着困难时，我会来帮助你。"国王听了很高兴，仍借给粮食。

老百姓说："你有粮食，不借给我们百姓，何必借给老鼠？"

有一天，东方国王和西方国王发生了战争，东方国王叫来老鼠说："现在我们和西方国王发生了战争，我借你这么多粮食，现在请你来帮忙。"

老鼠告诉国王："我们老鼠住在江那边，来这里不方便，你明天用箩箩把大批木渣背来埋在江边。"

国王照老鼠的话做了，将大批木渣堆在那里，第二天老鼠都来了，就用木渣凫起到西方国王那里，去到那里，老鼠在那晚上把所有西方国王仓库的武器、粮袋、子弹袋全部咬坏。

第二天，西方国王准备出发时，发现仓库里的东西被咬坏了，国王说："这样去打东方国王是不吉利的。"所以没有去打，就自动收兵了。

猴子与鸟的故事

记录者：郑孝儒
翻译者：齐耀祖
搜集地点：云南省迪庆藏族自治州香格里拉市

很早以前，在卡西尼示的地方，有一座规染山，山脚是森林，山腰是草原，山顶是白雪。山顶上住着狮群，山腰居住着各种鸟类，山脚居住着虎豹老熊，森林里还居住着猴子。

有一天，居住在森林中的猴子信步游走到山腰草原，看见盛开着的各种花，还有果子和菌子，它们就商量说，以后每天都要来这里采集食物，可是，这里是鸟类居住的地方。过了一天，鸟类发觉猴子侵占了它们的地方，于是它们就向猴子提出警告说："请猴子朋友们听着，规染这座山，山顶属狮子所有，山腰属鸟类所有，山脚属兽类① 所有，在我们的地区内，请你们不要再来任意地游逛，无理地采摘，你们来这里游览一下倒还可以，要来享受这里的东西就不行了。"

猴群的首领听了后，冷笑一声说："请你们听着，这一座规染大山，是属于大地自然生长的，任何人也不能占为己有，山上有狮子居住，这是自然的，并非是狮子出钱买的，你们居住在山腰上，也并非是什么人献给你们的，我们猴类生长在这里，也是命里注定的，所以这座山上的草原、花果

---

① 此处指除狮子外的其他兽类。——编者注

应该是大家共同享用，任何人也不能来干涉，公物被部分人占有，就要产生纠纷，森林被部分人占有，就要产生斗争，请你们不要多嘴了吧，这些道理请你们向众位飞鸟说清楚。"

鸟王听了后说："请猴王听仔细，你是只见一面，不见两面，对于事情，你只看见尖尖，不见根源，你要驳人家，反被自己阻起了，这座山并不是自然长成的，各个地方有各个地方的主子，你所说的话，是黑是白很分明，这不是命里注定，无根的树不会结果，我的东西，我应该掌握，你的东西，你应该掌握，你我各有各的，这些话，释迦佛祖早就说过了，难道你还不懂吗？你把自己的东西管好，不要来侵占别人的，这样，争吵就不会有，官司就不会打，债务就不会欠。这些话真不真，请你好好考虑吧。"

猴王听过后，当时就无话可答，低下头来小声小气地说："今天你说的这些话，有一小点点道理在里面，这些道理我们也听过，但是，不去找有学问的人问一问，我还是很难回答你，鼓不打是不会响的，不问有知识的人，你说的也不能算是正确的，漂亮的话不一定就是真理，好吧，今天我们大家回去吧，等我们回去好好商量，是真的我们就给你答复，不是真的，我们也来回话，今天就算你有暂时的理由。"说完猴王就回去了。

猴王回到它们居住的地方，就召集部下，把情况说了一遍后，问道："今后我们该怎么办？"这时猴群中有个年轻的叫阿里麻，武艺很好，它听了，提高嗓子说："呸、呸，过去从未听过的东西，今天听到了，在公地里面，有人来犁地了，在大锅里的稀饭中，有人来撒盐巴了，这真叫人难以服气，在最大的海洋中，大的有鲸鱼，小的有青蛙，都共同居住在里面，谁也不能互相干涉，在广大的土地上，在宽敞的大路中，来往的人千千万万，各人去自己想去的地方，谁也不能阻挡，高空中的太阳和月亮，把四周都照亮了，东南西北都照到了，规染山上的花果，我们吃了点，它们也不能管的，我们一人有一个身子，一个身子是有本事的，何况鸟的翅膀并非是铁做的，我们的身子也不是酥油做的，它们能飞走，还是会落到我们手中，这个地方仍然会属于我们。"正说到这里，鸟王便来了，猴王就对它说："我们的决定就是这些了,请你回去转告一声吧。"

鸟王回去把话转告了,又飞回来,找到了猴王,又召集了所有的猴子,它叫了两声,抖抖翅膀说道:"各位猴子,你们昨天说的话,我本想即时答复,但我们鸟类居住分散,一月半月要集中是不可能的,我们大家商量后,这样决定:你们说的那些话,归根到底是做不到的,这块草原是属于我们的,神在的地方,鬼是不能来侵占的,家里的东西,别人是不能拿走的,自己的缺点自己应该认识到,寒冷的地方有雪,河谷地是不会下霜的,天空中的阳光有时也会被乌云遮住,你们要争也不行,还是各住各的吧,像你们这样无法无天地伸起手脚来侵占我们的地方是不行的,你们好好想一想吧,如果还要商议,我们可以回避一下。"

猴王笑了一下说:"你说这些话,真是没事找事干,没有纠纷要制造纠纷,你们的话,我们是要回答的,我们还要商量商量,请你暂时回避一下。"鸟王就离开猴群,飞到一个角落上。猴王为了要让鸟王听见,故意大声地说:"我们与鸟类本来是没有什么事的,那件事发生一个多月了,它们现在才来答复,我们要怎样答复它们呢?大家好好商量。"接着阿里麻说道:"这用不着更多的商量,从规染山的山顶到山脚,有水有草,有花有果,这些东西过去就是共同享用的,鸟王就是造事的根根,本来它的名字是好听的,但内心却像魔鬼一样可恶,高高的雪山它又飞不过去,矮矮的森林它又站不住脚,它春夏秋冬只能生活在草原上,草原上的一切被它享用,没有草原,它吃的也没有,所以它要来争草原,它串通了所有的鸟类,主要捣蛋的就是它,像这种烂鸟,我们也不必集中武器,杀一只虫子用不着斧子,杀一只蚂蚁用不着锤子,只要我阿里麻就行了,它飞上天,我可以拉住脚,逮住尾巴,我把它的羽毛拔下来撒上天去,把尸体抛在河中,这样做了后,别的鸟就会安分守己,杀了山羊,绵羊的脖子就会抖,打了狗,猪自然会逃走的。"阿里麻说完,其他猴子都说:"对对对。"他们嚷了起来,山都震动了。

在角落里的鸟王听到了这些话,就跟同它一起来的另一只鸟勒左商量说:"我们回去告诉它们吧,它们认为我是生事的根根,实际上我是为大家办事的，我们是否再向阿里麻说说呢？"

勒左说："你的身躯像雪山一样洁白，声音像胡琴一样好听，可是你的心胸要放宽一些，刚才你所说的话气量小了一些，这样会被猴子笑话的，石子虽小，风是吹不跑的，小小的树木是不能遮天的，初生的鸟是不会飞上天的，小河水是冲不垮桥的，你不要性急，猴子所说的话，我们只听了话头，不知话尾，猴子是故意说大话来吓我们，我们也不必怕它们，真要是打起来，我们一百只鸟是打得过一只猴子的，三心二意是做不成事的，两个针尖是不能缝衣服的，我们不要拆自己的台，这个道理你想想。"

这时候，猴群中的猴子一个看着一个，小猴子有些害怕，发出了吱吱的叫声，大家议论纷纷，有一只叫啰染的猴子站出来说："伙伴们，你们听着，尤其是阿里麻，你好好听着，你们年轻人不要光说大话，年轻的马儿不好跑，可食不可食要用鼻子闻一闻，能穿不能穿要用眼看一看，对这事情，我的想法是这样，不是人家来找我们，而是我们去欺侮人，我们去霸占人家的地盘，就像神井中鬼去插手一样，人家的做法是对的，如果是我们的财富，我们有权支配，鸟类如果来干涉，我们就要保护，死了也没怨言，但是，属于人家的地盘，我们却像疯子一样去兜圈子，这是自搬石头自砸脚，这些话对不对，请大家想想。"它说完后，大多数猴子都说这是真的，但年轻猴子和阿里麻一伙说："老猴年老了，说话也糊涂，但是，如果我们不答复鸟类的话，会丢我们的脸，要怎样答复，我们快商量一下吧。"

隔一久，鸟王又来到猴群中，猴王对它说："朋友，昨天我们在一起所谈的话，我们已经向猴子说了，大家商议了很久，各人提出了自己的意见，女的还唱了一首歌，详细的我也说不完，归根到底，大家的意思是'这座高高的规染山，有狮子和各种鸟兽，这是从祖先时就住在这里的，山上的水共用，草共食，争过去抢过来的没有必要'。"

鸟王说："事情要扩大或缩小，现在掌握在各人手里，鸟类经常飞上天，但还是要歇在地上，住在森林，这是身体决定了的，事情扩大了，鸟类受损失，你们也得不到什么利益，如果双方都没有争吵，这道理还要说吗？山中有各种各样的飞禽走兽，我们去请它们评评理。"

猴群同意了它的说法，就把马鹿、麂子、白兔、野牛、狼、虎、豹等请来，把事情的经过向它们说了，各种动物听了后，说："众猴子听着，产生这个纠纷的原因，第一是你们做得不对，侵占了鸟类的地方，还想伤害人家，而鸟类是有理的，为了避免纠纷，我们才来从中调解。"因为兔子的主意多，大家决定由它去调解，兔子说："单我一人去，它们不会相信，还是叫家鸡和我一起去吧。"

于是兔子找到了鸡，对它说："这事情如果不解决，双方就会不团结，就要闹一场大风波，你在鸟类中是很有主见的，你和我一起去调解吧。"它们就到鸟类的地方对鸟类说："众鸟们你们听一听，你们与猴子争吵，造成了纠纷，事情虽是小小的一点，但发展下去根就深了，这些情况，我和雄鸡看了以后，内心很不安，我们的心洁白得像雪山一样，请你们好好考虑，如果你们考虑到这些，我就去向猴子说去。"

鸟类听了，就答复道："兔子、雄鸡，你们听着，你俩的心像雪山一样洁白，山上有水，一切都沾光，肥沃的土地长出的庄稼，好树枝叶茂盛，纠纷的根根是猴子，我们鸟类，不听话的事情是永远不会有的，这并非是怕它们才这样说。"

于是兔子、雄鸡又回到猴的住处，说："老幼猴子，请你们听一听，山上所有的禽类、兽类都不是谁呼唤来的，而是过去就生长在这里的，今后大家要长期住下去，争吵是不必要的，天空中不会没有云，有了问题，双方都可以商量解决，鸟类也答复了，不行的话一句也没有，你们再好好商量吧。"

猴群听后，大家也有这个想法，就说："有翅膀的雄鸡和好心的兔子，请听一听，我们的纠纷你俩来调解，不合的道理是没有的，裂了的木料可以粘，烂了的衣服可以补，我们并不是怕鸟才这样说，而是不辜负你俩的好意。人不值钱，衣服值钱；狗不值钱，链子还值钱。请你们公公正正地办一办，像鼓一样圆圆地办一办，不合的道理是没有的。"

兔和鸡回来商量如何解决，兔说："朋友，请你好好想一想，根据现在的情况看，道理是在鸟类这一边，但是，在鸟的区域内，有些果实如果不让猴子去摘，猴子又会饿肚子，所以还是划一小部分给它们吧，但不知鸟类会怎么样？"

雄鸡说："你的意见对，假若在猴子的区域内，鸟类去去也行吧，但不知鸟类会怎么样？"

它们又到鸟群中去，兔说："高高在上的雕和大小鸟类，我和雄鸡真是细小得像虫蚁一样，高低不平的地方我们来填补一下，填的办法我俩也没有什么，纯洁的心像雪山一样，所说的话像酸奶子一样白，你们草原上的东西如果一点都不分给猴子，那么猴子饿起来也不行，如果它们要全部霸占，你们也不会答应，为了避免纠纷，把草原分为三份，三分之一给猴子，多余的猴子就不能再来打扰，请你们再想一想。"

兔子说完，鸟类答道："你俩像山岳一样，内心没有一点杂质，但说出话来却有毛病，要我们拿三分之一给猴子，这真是不公平，本来是我们有理，猴子无理，为什么还要拿三分之一给它们，这难道不是表扬小偷，给狼放生吗？这些话，你们说起来不会害羞吗？我们听得也惭愧，要这样调解这件事是不可能的。"

雄鸡又说："众位飞鸟，请听一听，要把事情的头尾弄清楚，遥远的路程，三步走不完，要知海洋河流深浅，不入水中就不能了解，我们提出划三分之一给它们，并不是欺侮你们，它们也要出一定的代价，就是在猴子住的地方给你们去建窝，这些道理请你们想一想吧。"

说完后，鸟一下子答复不出，雕说道："朋友，你们听吧，关于猴、鸟纠纷事件，兔、鸡提出的意见是对的，听了它俩的话，吉祥、平安也会来的，虽然我在最高的岩子上，眼睛也看得远的，草原，猴子和鸟的情况我都知道，根据它们的意见，我们是不会吃亏的。"雕说完就飞走了，其他的鸟也散了。兔、鸡又来到了猴子住的地方，说道："这个问题我们与鸟说过了，它们也走了，三分之一的草地给你们经常来采摘，在你们的森林中鸟也可以来建窝。"猴子同意了，摘了许多鲜果送给鸡、兔。

猴王说："通过这件事，更证实了你的公正，鸟类千千万万，猴子千千万万，各个的想法不一致，不是你俩来调解，事情就会弄大，你们想尽一切办法给我们带上正路，像在海洋中找到了宝贝一样，千万种想法统一起来了，千条河流归到海了，我绝没有丝毫不同意的地方，今后有弯的地方请你们扳直，有高低不平的地方请你们填平，有长短不齐的地方请你们接齐，你们的恩德无穷了。"

于是从那个时候起，鸟与猴子的事情就圆满地解决了。

种子

记录者：郑孝儒
翻译者：松银巴
搜集地点：云南省迪庆藏族自治州香格里拉市

从前，母亲是猴子，她上天去讨种子，到了天上，释迦牟尼说："先给蔓菁。"活佛用手搓搓就给她，并说："你们种下，要天天在上面解大小便，从今以后，凡种蔓菁就要施肥，才能长得好。"

猴子拿回来，在山林里天天种，天天吃，所以古话说："蔓菁是庄稼的母亲。"藏族很尊敬它。

第二次，他们又取到青稞种子，是请雀带来的，后来有两个女人在青稞上粘着鸡屎，所以青稞现在很小。

兔子杀老虎

记录者：秦家华
搜集地点：云南省迪庆藏族自治州香格里拉市
材料来源：抄录

从前，大动物欺小动物，小动物不能得到安居，随时受到侵袭，好像地主阶级压迫人民一样，但是被欺的小动物聪明伶俐，想尽一切办法来与大动物做斗争，终于得到了胜利。

有一天，几只兔子在荒野里找食吃，突然跑来了一只老虎，把几只兔子都吃了，其中只有一只兔子逃脱。第二天，只有一只兔子来找食吃了，它警惕着老虎来侵袭。兔子刚一出门，坐在一个树丛边，预料不到老虎从哪里跑来，它已到兔子的面前，这时兔子无法躲藏了，依然坐着，老虎便骄傲地说："兔子，你看我美不美呀？我的身材直不直呀？"

老虎认为它一点毛病都没有。可是，聪明的兔子正在想计策，要把老虎杀掉，想好了计策，它便向老虎说："虎大哥，你生得很美呀，你的身材也很直，可是有个毛病，就是你漂亮的尾巴稍微歪一点。"

老虎有点灰心，便问兔子："你会不会修直我的尾巴呢？"

兔子说："会倒是会，但要的东西就多哩，你可能不会有这些东西吧？"

虎说："你要什么东西我都能找来，你保证能修直我的尾巴吗？"

兔子说："只要你有东西，一定给你修直。"

老虎问："那要些什么东西呢？"

兔子说："要四根铁棒，一百背草，一百背柴，一百斤酥油，一百块半大的河青石，四根绳子。"

老虎找来了需要的东西后，兔子就把四根铁棒插在四角，把一百背草垫好，再架上一百背柴，对老虎说："虎大哥，你就睡在这柴架上面。"

老虎很得意地就睡上去了，兔子叫老虎伸开四只手脚，把手脚都捆在四根铁棒上，又叫它把尾巴放直，便向老虎说："要修直你的尾巴，一些疼痛你要忍住。"老虎一口同意了。

聪明的兔子开始动手了，它一手拿起酥油吃，一手拿起石头打在老虎的头上，一直打到吃完了一百斤酥油，打完了一百块石头，把老虎打得半死半活，又把垫在下面的草烧起来，兔子就跑了。

火越烧越大，烧断了捆在手脚上的绳子，老虎爬起来就追兔子，兔子看到快要被追上，这时兔子恰恰在红土地里，它就在红泥土里打了一个滚，全身都变得红通通的，就坐在路上，老虎追到面前了，便大声喊道："狡猾的、不懂装懂的兔子是不是你呀？"

兔子说："不是我呀，我是红兔子，从小生长在这里，所以身子都变红了。"

虎说："狡猾的兔子从这里跑了吧，我能追上它吗？"

兔子说："刚才去了，你去追它是追不上了，如果我去追，马上就可以追着。"

老虎说："那么请你去追一下，我后面慢慢地来。"

说完，兔子又逃跑了，算是和老虎的第一次胜利。

兔子跑到一个岩子上，有一块大石头是很容易垮的，眼看老虎又要追上来了，兔子跑累了，就坐在大石头下，双手装作顶住大石头，老虎追到面前，见到兔子便叫："狡猾的、不懂装懂的兔子就是你吧？"

兔子说："不是我呀，是兔王叫我顶住这块大石头的，如果不顶住它，垮下来就会伤害我们。"

虎说："狡猾调皮的、不懂装懂的兔子从这里去了吧？"

兔子说："刚刚去，跑得飞快。"

虎说："那就是狡猾的兔子，我能追上它吗？"

兔子说："你去追根本不会追上它，我去追能马上追上，因为它已累了，你替我顶住这块大石头，我去追它，我追上的时候，就大叫一声，你就使力地顶一下，就跑上来。"虎一口同意了。

聪明的兔子又取得第二次胜利，当它跑到半山腰时，大叫了一声，老虎就使力往上一顶，大石头倒了下来，打伤了老虎的腿，老虎又气极了，又往上追兔子，兔子又恰恰跑到一个马蜂窝前，拿个木棒，装作打鼓敬神，这时，老虎气汹汹地来了，便大叫道："狡猾调皮的、不懂装懂的兔子就是你吗？"

兔子说："不是我呀，我是常年在这里打鼓祭神的。"说着兔子装作待理不理地打鼓。

虎说："狡猾的、不懂装懂的兔子从这里去了吧？"

兔子说："狡猾不狡猾我不知道，一只跑得飞快的兔子从这里跑过去了，现在还去不远呀。"

"我能追上它吗？"老虎问。

兔子说："你的脚是跛的，怎能追上它呢？如果我去追，马上就能追上，因为我俩很熟悉，我叫它站住等我，就可以哄住它。"这时，老虎很相信了，就说："我替你打鼓，你去追它，追上时死抓住不要放，等我上来整它。"

兔子说："那么你就给我打鼓吧，先不要打实，最好不要打在鼓上，就是装打，等我追上兔子时，我就大叫三声，你就使力地打三下，嘴里要说'今天的，明天的，后天的，要打三天'。"老虎同意了。

兔子又第三次胜利了，但是，死活还不能决定。兔子又跑了，跑到山顶上时，它大叫了三声，这时，老虎高兴极了，认为抓住了那狡猾的兔子，它就使尽了全身的力气打了马蜂窝三下，口里还一面说："今天的，明天的，后天的。"蜂窝都被它打烂了，蜂子全部涌出，把老虎叮死在这里，这只疯狂骄傲的老虎就算完了命。

兔子想了这么多的办法，经过了三次曲折的斗争，终于得到了最后的胜利。兔子又自由平安地回到自己的土地上找食吃。

章贾和乌鸦

记录者：秦家华
翻译者：雷震坤
搜集地点：云南省迪庆藏族自治州香格里拉市

有一个章贾①和一个乌鸦，两个在一起生活，一天，乌鸦对章贾说："我们两个一生一世都要一个帮助一个，如果你死了，你的孩子由我招呼，如果我死了，我的孩子由你招呼。"后来，章贾快要死了，临死时，她对乌鸦说："我们事先商量过的，现在我要死了，我的女儿你好好地帮我招呼吧。"乌鸦说："你只管安心地死去吧，你的孩子我一定会好好抚养，像我的孩子一样招呼她，等她长大了，就把她嫁到皇帝家去。"乌鸦说完，当场就去把章贾的女儿喊来，揉酥油糌粑给她，叫她坐在上半位，章贾看见这种情形，就心落②死去了。

章贾死了以后，乌鸦对章贾姑娘又逐渐不好起来。

有一天，皇帝家里打卦，要给皇帝的儿子娶亲，打卦的说，皇帝家的儿子要娶东边老鸦家里的章贾姑娘，皇帝就派人来说亲，乌鸦答应了，说定第二个月初三那天太阳出来的时候把姑娘嫁过去。

到了第二个月初三那天早上，乌鸦就想了一个办法，因为乌鸦和老鸦的颜色基本上是一样的，她就在门口烧了一堆灰，热了一锅水，等到太阳出来的时候，她就去把章贾姑娘喊来，对她说："你今天要出嫁了，要梳梳头，我已经给你热好水了。"章贾姑娘信以为真，就跟乌鸦来到火塘边，乌鸦就一把抓住她，把她按到锅里煮死了。章贾姑娘就变成一只小鸟飞到山

---

① 章贾：指红嘴老鸦。
② 心落：云南汉语方言，意为"放心"。——编者注

上去，这时，乌鸦就把她的女儿嫁到皇帝家去了。

皇帝家有一个老牧人，他到山上放羊时，章贾姑娘变的这只小鸟整天在树上叫：

"皇帝的儿子是草包，

真的假的分不清，

大白玉顶的狗和小白玉顶的狗已经瘦了，

大门两边的草已经长大。"

唱着唱着，眼泪就流下来，牧人一看见听见，不知道这只鸟有什么事情，这么伤心，整天地在想着，直到太阳落坡才回来，每天回来，羊都打失了一半。皇帝家知道这件事情以后，就问老头："你为什么天天都是天晚了才回来呢？每天回来，为什么羊都打失了？"老头说："你们不要怪责我，山上有一只雀，整天地叫，不知有什么伤心的事情，我听了，也很伤心，回来得晚了，羊也打失了。"

第二天，皇帝的儿子就跟老头一起上山去看，他们一到山上，雀就叫起来，皇帝的儿子在手掌心上吐了一口吐沫，对鸟说："如果你是人变成的鸟，就飞到我的手上把口水吃掉。"鸟真的就飞到他的手掌上来吃了口水。皇帝的儿子就把这只鸟带回来，拴在花园里一根树枝上，这只鸟还是像以前一样地叫。乌鸦的女儿听见了，就想起这只鸟就是章贾姑娘变的，她趁人不在时，把雀抓来甩在灶窝里烧死了，但身子不化，变成一块黑火炭，一直都烧不化，乌鸦的女儿正在心焦时，隔壁一个老妈妈来要火，她就把那块雀火炭给了老妈妈，老妈妈拿回去以后，简直烧不着，就很生气，把那块火炭甩出门外去了，这时，雀火炭忽然说起话来，她对老妈妈说："请你不要把我甩掉，给我留在你家里面一下。"老妈妈很奇怪，有点半信不信的，她就去把火炭捡了回来，放在灶背后一个角落里。老妈妈又出去要火炭去了。

等老妈妈回来，家里的火已经生好，茶也倒好，地也扫好，老妈妈暗暗地想："这恐怕就是那个雀火炭做的。"但她没有直接地说出来，只是暗底下注意。第二天，老妈妈要出去做活以前，她把窗子开了一个缝，说声"我到山上砍柴去了"，就把门拉关起来走出去了。出了门，她就到窗子底下躲了起来，从窗缝里一看，雀火炭脱掉皮子，变成一个非常好看的姑娘，在那里烧火做饭，老妈妈看了以后，就想："我这么大年纪了，无儿无女的，要是有这么一个姑娘来照顾我，多好啊。"想了以后，马上就跑进来把姑娘拉起，把她的皮子烧掉，姑娘就变不成鸟了，老妈妈就问她是怎么变成鸟的？姑娘就把她的经过情形告诉了她，老妈妈听见她是皇帝家的媳妇，就不敢留了，赶快跑去告诉皇帝家，皇帝的儿子接着就跑到花园里去看那只雀是不是飞走了，一看，鸟果真不在，他又赶忙跑到老妈妈家里把姑娘迎接回去，后来就成了皇帝家儿子的媳妇，原来那个乌鸦的女儿就被赶出去，皇帝的儿子就对她说："你这个吃人害人的，从今后不能给你再变人。"乌鸦就飞出去了。到后来乌鸦还是想来害章贾姑娘，天天在树上叫，但始终没有害着章贾姑娘，所以，后来人们一听见乌鸦叫，就认为是不吉利的象征。

吃林甲木的故事

记录者：李荣高
翻译者：李兆吉
搜集地点：云南省迪庆藏族自治州香格里拉市

过去有个母亲甲妈织妈，儿子叫七桑顿汝。儿子想接①国王的姑娘吃林甲木，他和母亲说："我要接国王的姑娘。"妈说："那怎么行？你哪里有一斗金子？不有一斗金子就别想接。"他说："我有办法。"后来他去找他的朋友兔子说："我想接国王的姑娘，说要有一斗金子，你帮我想想办法。"兔子满口答应："没有问题。"

---

① 接：藏语康方言的"娶"。——编者注

国王的小娃子病了，来请兔子医病，兔子说："要有一斗金子我才医。"国王家的金子也拿来了，它就对他们说："我医病，你们不能在这里，你们在旁边不能医。"国王家的人把娃娃放下来走了。兔子把娃娃放在火里烧死了，就把一斗金子拿给朋友，七桑顿汝拿着金子去国王家说亲。

路很远，他在路上问一个放羊人："吃林甲木家在哪里？"那人告诉他："在高高的大房子里。"他走到村子里，又遇见一个放水的人，又问："吃林甲木在哪里？"那人说："她去蔓菁地收蔓菁去了。"他一直到地里对她说："我来要你，你给可以跟我去？"她说："不能做主，你去问我父母亲。"他又到国王那里："我要你的吃林甲木，我金子也带来了。"国王说："可以，你不要去告诉她母亲。你明天早上起来，把烟袋和烟锅放在那里，走掉，我叫姑娘来送给你，你就带她走得啦。"

第二天他走了，姑娘把他的东西送来了，他走了一段路，就在山顶上坐起，姑娘见他就唱："哥哥，哥哥，你二十斤的烟锅，三岁牦牛皮做的烟袋忘在我家了，我来送还你，请你等一等。"到了山顶上，他对她说："你要做我的媳妇。"拉上马，就走啦。

走了一段来到河边，有两个妖怪，看见他们来了，男妖怪说："那个女的美，要做我的媳妇。"女妖说："那个男的美，要做我的丈夫。"妖精想了个办法，把男妖怪打死，就拖着七桑顿汝走了。吃林甲木就回到丈夫家里，把详细经过告诉婆婆，这样生活了三年。七桑顿汝很想回家去见见母亲和妻子，但妖精不准，他向妖精赌了咒，妖精说："你回去，看母亲可以，但不准和你妻子说话。"

他去了，到家里见了母亲和妻子，他不敢和老婆说话，只对老婆的箭说："我俩要见面，非在后藏不可。"说了这句话后就走了。

妖精叫他到后藏去做生意，妻子吃林甲木也来了，他把吃林甲木接回去，把他妻子扮成个活佛，住在楼上，他又出去做生意去了，有一天妖精的仆人上楼去，看见她在梳头，赶快跑下来对妖精说："我们楼上的不是活佛，而是个女人。"妖精提起刀子上楼去，马上吃林甲木变成老鹰飞走了。

过几天，他做生意回来，上楼看时，他老婆不见了，就去问妖精："活佛哪里去了？"妖精说："昨天仆人上去看见不是活佛，是个女人，我拿刀上去时，她变成老鹰飞走了，真真是仆人，是仆人挑拨。"妖精向他道歉。他气愤地走了，到后藏，他老婆也到后藏，他俩从此生活在一起了。回到家，在路上，妖精变作九只母猪追来，在岩石边遇见了，吃林甲木的衣襟一甩，岩石开了，他俩走进岩里。九只母猪追来，刚进岩山，就被夹死了。从此，他俩回家和母亲生活在一起，过着幸福美好的生活。

狠心的大妹动勒追和二妹思勒追

搜集地点：云南省迪庆藏族自治州香格里拉市

从前有一家有五个人，即三姊妹，一男人，一媳妇。儿子叫别得格，媳妇叫松动斯，大姑娘叫动勒追，二姑娘叫思勒追，三姑娘叫鱼勒追。

儿子别得格去很远的地方做生意。大姑娘、二姑娘把媳妇逼死，三姑娘说："不要马上埋掉，在楼梯上放三天，楼梯下放三天。"结果放了六天，她哥哥还没有来，就送去对面山上埋了。有一天晚上，坟对面有只狐狸在叫，死了的媳妇对狐狸说："狐狸，狐狸，你帮我带个信给我男人，我被逼死了，叫他赶快来。"狐狸带着她的戒指去了。

狐狸去了，看见他在太平洋上边射箭，旁边人看见狐狸来了就要射，别得格说："不要射，我老婆的戒指它带来了，不要射，等它走到面前来。"狐狸来了，告诉他媳妇的消息，狐狸说："要走一个月的时间，走一天就赶上，走一天的一个早上就赶上去，① 救她，救松动斯。"

别得格带着牲口就赶回来了，大妹去接他，她唱："茶的生意给好，路

---

① 此处意为"巴不得走一天半天就赶上"。——编者注

上给顺利了？"

别得格也唱："茶的生意很好，路上很平安。但是我的老婆死了，房子是空空的，没有客人来往，是什么原因？"大妹说："没有死，在家死的，你先把酒喝了再说。"酒里放有毒药，他端起来没有喝，倒在石头上，石头裂成九个。二妹也和大妹一样说，酒倒在地下，石头裂成九个。

三妹来了，把大姐、二姐给她的毒酒倒在河里洗了九次，打一瓶清水给哥哥吃。她问："哥哥路上给平安，生意给平安？"哥说："茶的生意很好，路上很平安。"接着又说："我媳妇是怎么死的？房子空空，没有人往来为什么？"

三妹说："嫂嫂被姐姐逼死的情况回去再说。"他把三妹带来的水喝了九大碗。三妹告诉哥哥，回去大姐、二姐要端很多东西给你吃，你不要吃。

别得格把带回去的药拿到埋他老婆的地方，把坟挖开，给她灌上，老婆就回转来了，老婆回活转世，没有把被逼死的情况告诉丈夫。

一天，别得格对三妹说："哪个做人好，良心好，那么在河中间插个锚，都跳得过去，跳不过去的都是良心不好的。"后来他们去跳，大姐、二姐一跳就跳到锚上杀死了，三妹和别得格夫妇跳了过去，从此他们三人很幸福。

龙女的故事

记录者：郑孝儒
翻译者：松银巴
搜集地点：云南省迪庆藏族自治州香格里拉市格咱乡

一家有三弟兄，父母均在，三弟兄去外面学艺，大哥学了回来，母亲问："你学了什么？"大哥说："裁缝。"母亲高兴地对儿子说："你可以靠手艺吃饭了！"老二也回来了，母亲听说他学会木匠，说："你也可以靠手艺吃饭了!"老三回来时,母亲问他,他高兴地说:"我学会弹三弦唱歌。"母亲听了,很不高兴地说:"你学这种手艺是讨饭的!"

老三听了母亲的话,心中非常痛苦,便悄悄离开了家,边讨饭边唱地到了海边,坐在岩石上,唱着歌,弹着三弦。这时从海中出来一位白发老妈妈,问道:"你在此干什么?"老三将一切告诉给她,老大妈见他手中抱着三弦,问:"你会弹三弦吗?"老三点点头,老大妈又问:"你愿意跟我去吗?"老三说:"只要有饭吃,我就去。"老妈妈将他领到龙宫中去,叫他又弹又唱,龙王听了非常喜欢,对他说:"你唱得好,就留在这里吧!将来我们一起唱唱跳跳。"同时龙王给他一顶铁帽、一双铁鞋,说:"铁帽不烂,你就在这儿唱,烂了,你要什么给你什么,要回去也行。"

这时,海中有一算命先生,老三知道了,便去找他,将龙王说的一切都告诉他。算命先生说:"龙府门上有一锉子,你出进时擦一次,帽子就会烂了。"

三年后,铁帽烂了。他告诉龙王,龙王说:"说到做到,你要什么给你什么。"老三说:"明天我来告诉你。"

老三又找到算命先生,将龙王说的告诉他,算命先生说:"他家有一丛竹,你要一棵金黄色的竹子,要竹上的厚皮,火塘上的炒青稞棍,只要这三样就够了。"

第二天,他将这些告诉龙王。龙王只好答应他。他得了东西之后,便去找领他下来的老妈妈,请她送他回去。

老妈妈答应了,他背着三样东西,一眨眼,就到海边岩石上,他拿着这三样东西,心里想:"这些东西拿了干什么呢?"信步又走到一村中,想在那儿要点饭吃,他想烧火,便将三样东西放在一起,去找柴,找了柴回来,一看,不见了三样东西,眼前是一所高大堂皇的房子,他以为走错了路,可是房子大门边还放着他的三样东西,他很高兴,便大着胆子走进去,房子空空的,他也不管,住在里面,又去打水,回来一看满是丰盛的酒席,更奇怪了。也不管三七二十一,大吃了一顿美餐。

第二天，他上山去砍柴，回来一看，吃的尽有，他莫名其妙，这样过了几天。

又一天，他悄悄出门站在门外，想看个究竟，只见鸡皮变成了一个美丽的女子，正在做饭，心里高兴，跳进门抱着那女子，又将鸡皮放进火中烧了，龙女怪他莽撞，说："可惜了，你见了三年还不记得我，你将鸡皮烧了，你把灰收起，到最高的山上去撒一撒，撒时说：'不要高，不要矮，不要强，不要弱，完全平等。'"他因为喜欢，还未听清就满口应承了。可是到了山上时，他把一切都忘了，只隐隐约约地记得"高、矮、强、弱"。于是就说："高的高，矮的矮，强的强，弱的弱。"撒完便回家来，龙女问他，他如实说了。龙女听了说："你说得不好，再将剩灰拿去祝詀吧！"并教他祝詀词说："到了八月母鸡和小鸡一样大，穷富平等，高矮一样，富的生活和穷的一样了。"这样一说，鸡二月生，八月就与母鸡一样大，到八月时富穷都有吃，就是因为他的祝詀。

后来，他骄傲起来，便与官家交朋友，龙女劝他说："别去，官家是不能交朋友的，何况我们是讨饭的人。"他不听龙女的劝说。于是一天，他请官家吃饭，龙女再劝他也不听，龙女只好说："既这样，我答应你，你也得答应我三个条件。"他只好随口应承。龙女将三个条件说了出来：一、那天不能烧大火；二、吃了头道茶后，才能吃二道；三、那天我脸上要擦上锅烟。

官家听说他要来请他吃饭，便提出要搭一座金桥才能来。他回家告诉龙女，龙女说："你只消将小麦秆抱一抱，顺路撒出去，就行了。"他照着做了，但官家不来，又要搭银桥，龙女又教他把青稞拿了撒出就行，可是官家还要一玉桥才来，他又问龙女，龙女说："这更容易了，你只消把荞秆撒出去，就会变成玉桥。"

官家见有了金桥、银桥、玉桥，应该来了。叫他先回家准备，龙女说："我的条件，你务必答应我，吃了头酒，不敬二道，茶也是这样，不能烧大火，我脸上要擦锅烟。"

官家来了，老三没有听从龙女的劝告，吃了头酒又敬二道、三道，火塘上烧起了熊熊大火，由于屋内太热，大家都热得走出来，龙女脸上的锅烟子被汗水流下擦掉了一点，于是屋内大放光亮，官家见到龙女的美丽，就想要霸占她，官家说："我与你交换妻子吧。"若不换便要杀他。老三把官家的话告诉给龙女，龙女说："不要这样，做什么生意？"老三告诉官家，官家听了说："不换也行，你若敢和我比赛，赢了我，我就不换。"老三说："怎么比法？"官家说："先砍森林，砍完为胜，败者就要换！"老三把一切告诉龙女，说着哭起来，心里想自己是独一人，怎么会胜呢？龙女劝慰说："不必这样，你到我们住的海边去向领你的那位老妈妈说：'大斧头不要，我们照顾不了；小斧头不要，我们不会使用；只要适用的中斧头就行了。'"他到了海边，照着说了，于是老妈妈送了中斧头，拿回家来，龙女又教他使用的方法。

第二天他与官家比赛，官家命令所有的奴隶一起来砍，满以为胜了，等他们砍了很多时，老三才照着龙女教的方法，先砍了一棵，好好地放在地上，于是斧头就自动砍起来，一下子就砍了许多，胜了官家。

可是狡猾的官家还要赛，约定第二天去撒糌粑到完为止。老三将一切告诉龙女，龙女叫他不要着急。

第二天，龙女使法，天上纷纷落下大雪，状如糌粑。官家又输了，可是他更不服气，最后要决战。

老三又告诉龙女说："这下子完了，他不仅不服输，还要来决战，这下怎么办呢？"龙女也抱怨说："你不该不听我的话，如今可没有说的了，事到如今，只好想办法。哦！对了，你到海边，再去找那位老妈妈，说'大兵箱不带，打不胜的事没有；小兵箱不要，我们打不胜；中兵箱借来就行了'，拿回来，不要打开看。"

老三拿了兵箱后，来到半路想，这个木箱有什么用，不妨打开看看。他一打开兵箱，只见千军万马跳了出来，问老三："敌人在哪里？"老三看见心中非常害怕，便说："那块岩石。"于是他们把岩石打得粉碎。之后，又跳进箱中。回来后，龙女教他使用办法，第二天他去作战时，官家全身披挂，冲了出来，老三才打开兵箱，用手一指官家，他们便一拥而上，杀死了官家，大胜而回。

龙女见他回来，对他说："我去送木箱。"于是一去就没回来，回龙宫去了。

老三也只好又过孤独生活。

猎人与姑娘

搜集地点：云南省迪庆藏族自治州香格里拉市

从前有个国王的姑娘，一直被关在家中，没有见过其他人，到十八岁时，她母亲召集了很多人，叫她姑娘去看看大家，大家也来看看她。

她去了以后，就不回来了。她家里到处去找。

一个猎人上山打野兽，在路上捡到了姑娘的鞋子，将鞋子带回，国王知道了，就说："你现找到鞋子，就一定把我女儿找回来。"男的答应去找。猎人想："既然鞋子找得到，那人也一定能找到。"他认为姑娘一定在岩洞里。

他到岩洞去，嘱咐洞口的人说："用白带子和黑带子拴着下去，下去以后，拉白带，就表示找到了，你们就拉起来；若找不到，拉黑带子，你们就不要拉上来。"

他下去以后，果然找到了姑娘。在里面，猎人和姑娘互相爱慕，结下盟誓，王女这时在岩洞中龙宫里，她是被龙王抢去的。

他俩下了誓盟，王女把金梳子、银梳子各分作两半，一半交给男的，一半留着。

白带子动了，王女被拉出洞去了，但猎人还留在洞中，并下到龙宫。

在龙宫里的猎人很想念外面，始终无法出来，每天都烦闷极了。一天，他唱了个调子，这调子一唱，震动了大地，于是山崩地裂。在昏迷中，他已来到了平坝上，这块地方一片金色。

猎人虽回到大地，但不知道自己的家乡在哪方，怎么能回家去。一天，他在外面捡到一把唢呐，就把唢呐吹了起来。唢呐声音很悠扬，引来了一匹神马，这马长得很骠骏，猎人骑上马，飞奔而去，过了几天就到了村庄。在村里遇着他久别的母亲，母亲问他身体如何，他也问了久别的母亲。不久就来了很多人，他们谈到今天国王的女儿要出嫁，人人都去参加，叫猎人也去。

国王打发女儿出嫁，真是一件大事。猎人带着唢呐去参加。到了国王家外面，就唱起他的调子，这声音被王女听见了，这是她熟悉的声音。于是她吩咐人，将猎人请进房内来，并吩咐仆人搬来一张金床、一张银床，她自己坐在银床上，让猎人坐在金床上。

坐好以后，王女说："将你的金梳子、银梳子那半拿出来吧。"猎人取了自己的东西。王女将另一半拿出来就合而为一了。王女在众人面前说："这是我们的盟约，我们是早就相爱的。"随手掏出十响枪，交给猎人，要猎人杀死来娶她的人。猎人接过枪将那人打死了，他二人做了美满夫妻。

两个朋友

记录者：侯开伦
翻译者：松银巴
搜集地点：云南省迪庆藏族自治州香格里拉市归化寺（噶丹·松赞林寺）

有两个朋友，一个很聪明，另一个却很笨，有一天，他们两个坐在一棵空心树旁，拾到一瓶金子，聪明人就说："白天拿不得，我们有计划，有步骤地再拿回去。"后来他就偷偷地把金瓶取回，倒了金子，把瓶子装上沙子又放回原处。隔了几天，笨人说："我们去拿金瓶，好吧？"两人去到原处，笨人见是一瓶沙子，就怀疑是聪明人换掉了，但又不敢说。

在村中，有个算命的老奶奶，他就去找她卜卦，老奶奶说："金子已被你的朋友拿走了，他有两个小孩，你去找两只猴子来，你就请他那两个小孩来做客，将小孩的名字改给猴子。"于是笨人就把聪明人的两个小孩请来，把他们藏起来。聪明人不见儿子回家，就到笨人家里去要，笨人说："朋友，这不好答复你，也对不起你！"聪明人说："这为什么？"笨人说："你儿子在屋里，你叫他们就是了。"当聪明人先叫大儿子的名字，大的那只猴子就跳了出来，再喊二儿子的名字，第二只猴子又跳了出来，把聪明人吓得哭了起来。于是笨人就说道："我去烧茶，你就把你的儿子领回去吧！"接着又说："金子变沙子不可能，儿子变猴子，也是不可能的。"聪明人听了之后，就向他求饶："现在我把金子拿出来，你把孩子还给我好了。"于是两人就分了金子，聪明人带着孩子就回去了。

老虎和狐狸

搜集地点：云南省迪庆藏族自治州香格里拉市

在一个土匪的隔壁住着一家人，父亲早已出门去，家中有很多马。有一天晚上，土匪就去偷他家的马，恰巧在厩内跳进来了一只老虎，马吓得站在门边，但他却不知道厩中有虎。当天晚上，那家人烧了一锅稀饭，因为火大，稀饭就泼了出来，母亲就对女儿说："稀饭撒了，稀饭撒了！"老虎听见主人叫"撒"[①]就害怕起来，连忙就从厩中跳出，土匪以为是匹大马，就抓住骑上走了，老虎也认为，骑在它背上的恐怕就是"撒"了，心里想着到了

[①] "撒"是一种老虎最害怕的类似鹰的飞鸟。

有树的地方把它擦掉，土匪骑着老虎，天亮后看看不是马，而是只虎，也想到有树的地方，趁机爬到树上，避开老虎，后来，果然遇到了一棵大树，土匪就顶着树爬了上去，老虎也拼命地跑了。

老虎怕"撒"再来追它，于是就一直跑一直跑，跑着跑着，前面来了一只狐狸，狐狸就问它："你为什么这样跑？"老虎说："昨晚我遇着一个'撒'，骑在我背上，见到一棵树，被我擦掉了，怕它来追，所以我就连忙地跑。"狐狸说："不用害怕，'撒'是我的食物，你怕什么，我们回到那里去看吧！"老虎答道："不敢去！"狐狸说："不怕，我有一个办法，我俩身上同拴一根绳子，你在下面，我上去拉他，拉住时，我一眨眼，你就扯住绳子跑。"

狐狸和老虎来到了树边，土匪见狐狸上了树，吓得急出了尿，尿就滴在狐狸的眼中，狐狸把眼一闭，老虎就扯住绳子拖着狐狸就跑，跑了一程，老虎回头看见狐狸的毛快拖光了，就说道："你不要再脱衣服了，快跑，'撒'来追了。"狐狸的脖子被绳子勒得紧紧的，老虎见它的牙齿已经勒得露了出来，又说道："你不要笑了，'撒'来追我们了。"当老虎到了洞中时，狐狸已经被拖死了。

妖怪和女儿

搜集地点：云南省迪庆藏族自治州香格里拉市

有一家，家中有俩娘母，有一个妖怪来要家中的女儿，母亲说："你知道我女儿的名字就把她给你，如果不知道，就休想了。"原来这个女儿，母亲一天只叫她一次名字，妖怪没法。有一天，就坐在路旁，忽然跑来一只狐狸，他就把这件事情告诉狐狸，狐狸说："你要知道她女儿的名字，明早我去给你听好了。"第二天早上，狐狸去了，但是听了以后，又忘记了，急得绕了几圈，又回到大路旁。妖怪见它回来，就问："听见了没有？"狐狸说：

"当时我在吃粪没听见。"妖怪说:"那你明天早上再去听就是了。"第三天早上,狐狸又去了,结果听到了女儿的名字叫"粗戛立米",于是便跑回去告诉了妖怪,妖怪知道了女儿的名字,就跑到母亲身旁说道:"你女儿的名字我知道了。"说着,把女儿的名字说了出来。母亲本知它是妖怪,但不给又不行,于是只得给了女儿一把梳子、七颗青稞、一串素珠、一把篦子,让妖怪把女儿带走。

到了妖怪家中,妖怪就叫她给他找虱子,她一面找着一面发现他头上都是牙齿,知道他是妖怪,于是就哭了起来,眼泪滴到妖怪身上,妖怪的全身便露出了很多牙齿和嘴,妖怪心想:"今天可以吃她了。"

原来母亲在送给女儿七颗青稞时对她说过:"当有灾难时,你就把它撒在身上。"此时她忽然想起母亲的话,就把七颗青稞撒了,青稞变成了一匹大马,她骑上马就逃走了。妖怪连忙追赶,到快追着时,马就对她说:"快把你的梳子丢了。"姑娘丢了梳子,梳子变成了一片茂密的林子,挡住妖怪的去路,妖怪马上砍完林子又继续追赶。马又说:"快把篦子丢掉。"篦子化为一片竹林,妖怪砍了竹子,又去追她。马又说:"快把素珠丢去。"结果姑娘丢了素珠,天空立刻就下雪,一直下了七天的大雪,挡住了妖怪,姑娘骑着马就逃掉了。

金瓶子

搜集地点:云南省迪庆藏族自治州香格里拉市

有一个聪明、一个笨拙的两个朋友,他们在一棵大空心树下找到了一个金瓶子,聪明人就说:"我们赶快回去吃了茶回来把它分了。"等笨人回去后,他就把金子拿了藏起,等笨人回来看时,瓶子已经不见了,于是就互相争吵,你怪我,我怪你。聪明人就说:"你也没有拿,我也没有拿,我们明天来问大树好了，谁拿着就砍谁的脑袋。"第二天，聪明人就先把父亲带到空心树里藏着，等他俩去问大树时，"树"就说是笨人拿了，笨人没话可说，就拿着斧子跑到树前说道："你这树太不公平了，我明明没有拿，你倒说是我拿走了，那我就把你砍掉，我们俩一起烧了。"说完便想举斧砍树，聪明人害怕砍了自己的父亲，于是就承认金子是自己拿走的，结果两人就把金子分了。

我多摩

搜集地点：云南省迪庆藏族自治州香格里拉市

过去，村中有两家富裕人家，各有一男一女，女的名叫色玛顿，男的名叫路去节。他二人天天在一起放牛，感情很好，但两家父母不合。女的已许配别人，可是色玛顿不愿，但又不敢违反父母亲的意志。

他们在河边放牛时，色玛顿在河这边，对河那边的路去节说："路去节，路去节，你莫在河那边放，请过来一起放吧！"

路去节也同样地回答，可是谁也不敢过去或过来，他们怕两家的父母看见。

后来，他们感情越来越深，便大胆地交换戒指、镯子，两人一起放羊，一起玩耍，同锅吃茶。

可是路去节不敢将这些事告诉家中，一天，一个奴隶倒水给路去节洗手时，看见他手上戴着的戒指是色玛顿的，同时，色玛顿的母亲、丈夫也知道了这件事，他们非常气愤，商量计策想杀死路去节，色玛顿的母亲便装病。一天，她对色玛顿的三个哥哥说："老大，你妹妹干下了丢人的事，活活把我气病了，你把大弓大箭拿去杀死路去节，挖出他的心给我来吃。"大哥不敢违命，只好去了，走前，他对妹妹说明，妹妹听了，请求他别杀死路去节。大哥照妹妹的话，杀了只鸡，将鸡心送给母亲吃。

第二次母亲叫二哥去，二哥也未杀死路去节。母亲叫三哥去，三哥一箭射中了路去节，并将他的心挖了拿回来，母亲的病好了。

色玛顿听到了这事，不顾一切跑到路去节身边，只见血流满地，路去节还未死，她十分悲痛。路去节对她说："你别哭，好好回家去，你今后不要放羊了，去背水吧；井边有棵檀香树，树上有只小鸟，假若檀香树不枯，鸟不飞，我仍然活着，反之，就是我死了。"

一天，她到井边背水，见树已枯，鸟飞了，知道情人已死，哭着回来，乘家中人不在，便把财物等一切东西用马驮了去到路去节家。

那时正在烧他的尸体，周围围住很多的人，有头人、喇嘛、官家、平民、叫花子，等等，她把钱财送给他们，他们让开了一条路，色玛顿到了火边，便跳进去自杀了。

一阵烟起，他们化成一对黄鸭，飞翔在天空上。

算命先生打失的故事

记录者：李荣文
翻译者：李兆吉
搜集地点：云南省迪庆藏族自治州德钦县

有一家夫妇两人，男的叫咱斯顶汝，女名者格拉姆。有一天，者格拉姆做了七个馍馍，她自言自语地说："他三个，我三个，剩下一个我吃掉。"她丈夫睡在旁边，她以为睡着了，所以这么说。但她说的却被丈夫听到了。醒来时，咱斯顶汝对她说："我今天做了一个梦！"

"你做了个什么梦？"老婆问。

"你做了七个馍馍，你三个，我三个，剩下一个被你吃掉。"

他老婆听了，大为惊奇，说："你做的梦真怪，确实是这样！"

以后她将这些话传了出去，大家都知道了。

一天，有一家失了一口母猪，找了三天未找到，就来请咱斯顶汝做梦打卦，他勉强答应了，回来时埋怨他老婆多嘴。在没有办法之下，他详细询问打失猪的时间、地点，每天晚上不睡觉去找猪，结果找到了。母猪生了八口小猪。

第二天，他将失猪人找来，告诉他说："我梦见了你家的母猪在某处，还生了八口小猪。"失主一找果然如此，就送他一半为礼物。

这件事又很快地传开了。

又有一天，一家失了匹马，找了三天三夜也找不到，又来请他。这下他可着急了，也只好硬着头皮问清失马的地点、情况。每晚又去找，结果他在大山上找到了，原来马夹在两棵树中间动不得。

第二天，他又对失主说："你的马我昨晚上梦见了，在大山上，夹在两棵树中间，所以出不来。"

失主照他说的去找，也找到了。

从此，咱斯顶汝会做梦的事，到处流传。刚好，这时皇帝的算命先生打失了，听说咱斯顶汝很会做梦，就派人来接他进宫。

来接他的人说，如果梦着了，皇帝的江山分一半给他。这下子他更急了，这个可不比一般的玩笑，只好照直说了："我不会梦，过去猪打失、马打失都是我亲自去找回来的。"接的人哪受这些，便用"滑竿"抬他去，他急得哭了，埋怨他老婆多嘴："这都是你多嘴，这一去，我们永远见不着了，我的命也完蛋了。"

他就这样被官家抬走，心里想着如何逃走。抬到路边，他说："我尿急了，要解小便。"他下来后，到树边解便，接的人也跟着他。他看见树，哀叹地说："树的根根是一个，叶子是很多的。"接的人听了，暗自吃惊，想道："这个家伙了不得，他怎么就知道皇帝的算命先生是我藏的？根根是一棵，是指皇帝，叶子很多，就是指我。如果他对皇帝说了，岂不是难保性命吗？"他就对咱斯顶汝说："你刚才做的梦，不要传出去，有什么事，咱们好好商量。"于是将藏算命先生的一切告诉他，请他先别对皇帝说。二人计议已定，又走了。

到了皇帝面前，他照接他的官家的话，请准他七天时间睡觉做梦，七天后，他对皇帝说："陛下的算命先生藏在第三道宫门的门槛底下。"他们去找，果然找到。后来，皇帝又追问金蜂窝、银蜂窝在哪里，他也照着说了。

于是皇帝便将江山给了他一半，从此他和老婆过着幸福的生活。

札西格六

记录者：曾有琥
翻译者：雷震坤

有个札亚地方，札西格六这个人在地方上很出名，专找有权势人打架，整了很多有钱人。这些有钱人想整他。

他在①不下去了，准备逃往西藏去，到半路上遇到一个人，不像人，也不像鬼，叫札姆图隆，这个鬼怪专门吃人。这天，札西格六来时，遇到六个人被他围了起来，要伤害这六个人。札西格六想救出他们，就去找札姆图隆，要求把他们放出去。

札姆图隆说："要救他们可以，不过这地方还有一个比我更凶恶的龙，住在岩洞中，你要救他们，得先杀了龙，我就放他们走。"札西格六说："好吧，你给我一匹马，一把金刀。"他带上武器，骑上马，就去找岩洞中的龙去。

到了岩洞里，找了大龙，他挥舞起宝刀来和龙搏斗，经过一场战斗之后，龙被杀死了。他将它拖出洞外，放在马上带回来，砍成数节，给百姓煮吃。

那六个人得救后释放了，札西格六被留下来，当了营官的通讯员，这消息传到了藏政府耳朵里，藏政府就要营官交出札西格六来，给自己做一

---

① 在：云南汉语方言，意为"在某地方待着"。——编者注

名猛将。营官拒绝了,因为营官觉得藏政府是欺压百姓的,应该反抗。

就这样,藏政府同营官打起来了,札西格六穿上五颜六色的盔甲上战场,在战场上,他挥动宝刀,衣服摇几摇,就将藏兵杀败。

札西格六追藏兵到了一家房屋内,他将屋内的灯吹熄,自己跑到屋上去坐着,藏兵以为他还在屋内,就互相杀了起来,结果屋内的藏兵都自相残杀死了。

格六来到江边,见到对面江上有很多藏兵,他又摇起他的宝刀来。对面江岸的藏兵都互相推挤,一个个掉入江中,藏兵就这样灭了。

札西格六将粮食财物分给百姓,从此札西格六当上了大官,他将手下百姓都集中起来,穷人分了东西富起来了。这个地方的人民都过着幸福的生活。

两姊妹

记录者:曾有琥
翻译者:雷震坤
搜集地点:云南省迪庆藏族自治州香格里拉市尼西乡

有两姊妹都出嫁了,大姐嫁着一家,钱财很多,什么都有,小妹嫁着一家中等水平的,但慢慢又穷下去了。

妹妹去看姐姐说:"我现在没有办法,跟你借一点粮,我永远也忘不了你的恩。"姐姐就说:"借粮倒是可以,只是要你把我头上的虱子捡光。"妹妹答应了。

捡啊,捡啊!从早上开始,一直捡到下午,才将虱子捡光,但是,大姐在妹妹捡虱子时,已先将一个虱子捡在手里了。

捡光了,妹妹说:"现在虱子捡光了,该借给我粮了吧!"大姐说:"不要急,我们先做顿饭吃,再借粮,不晚。"

在做饭吃的时候，姐姐忽然说："哎呀，虱子还有，你看，我这里还有一个呢。"就把手中虱子拿出来。

妹妹无法，饭也不吃就去了，回到家中饿了两天，实在无法，还是得去向大姐家借粮，又出发了。

先向黑的一条路走，走到半路行不通，又转回来，改向白的路走，这条又走了好半天，来到半路很热，遇见一条大蛇，盘在路中央。妹子见了大蛇惊慌之后，又感到欢喜，磕了三个头，起来后，对大蛇说："蛇啊，我家已饿得无办法，借粮又借不到，希望你莫伤害我，救救我吧！"蛇也不动，她将蛇带回家来，用锅煮了，熟了，就喊孩子们："你们来吃吧，今天我给你们买了猪肉了。"待孩子们来了，揭开锅一看，满锅金银。

从此，妹妹家一天天富起来，而姐姐家一天天穷下去了。姐姐看见妹妹富足起来，很奇怪。一天，姐姐到妹妹家来，问妹妹家是怎么富起来的。妹妹将经过情况告诉了姐姐。姐姐知道了这个谜，也照着去做。

姐姐同样在白路上遇见了大蛇，也照妹妹的办法念过，磕了头，带回蛇来煮，当姐姐揭开锅看时，满锅不是金银，而是一锅蛇，这些蛇全部滚出，将大姐咬死了，从此大姐一家人种绝灭。

三兄弟

记录者：马学援
翻译者：松银巴
搜集地点：云南省迪庆藏族自治州香格里拉市格咱乡

从前有家纳西族人，共四个人，母亲和三个儿子都是哑巴。向天祈祷，望神使其说话。一天，母亲带着儿子去祈祷，看见天上菩萨，菩萨说："儿子话迟早会说，但今后三个儿子要做的事父母不能管。"第二天早饭后，大儿子会喊爹妈了，家里很高兴。大儿子说："我不在家，要出去了。"母亲问他到哪里,他答:"到内地当官去。"又过一天,二儿子会喊爹妈了,并说:"我要到藏族地区学口才去。"又过一天,三儿子也会喊爹妈了,并说:"大哥、二哥出去了,我留在家里侍父母。"全家都很高兴。三个儿子,一个去内地当官,一个去藏族地区学口才,一个在家种田。因此,当官只有内地汉人,话说得好的是藏族,地种得好的是纳西族。三个民族都是一家人的儿子。

孔夫子

搜集地点:云南省迪庆藏族自治州香格里拉市

过去天上地下皆会打仗闹事,后来天地天天打仗,人在不住,就去问孔夫子:"天上打仗,你可有办法?"孔夫子说:"天上有十个大将的经,把经载在房头上,仗就不会打了。"现在藏族房顶上插上红旗子,就是可以克服天上的战争。孔夫子又说:"空中打仗时,念起经就可以平息。"现在藏族念经就是为克服空中的战争。孔夫子说:"如果麻雀、老鼠吃庄稼,念山神土地的经可以克服。"现在藏族农历二月八号念山神土地经,用炒青稞、牛奶祝赞山神土地,撒在地上,以求丰收。

七颗麦子的皇帝

记录者:曾有琥
翻译者:雷震坤
搜集地点:云南省迪庆藏族自治州香格里拉市尼西乡政府

从前有两娘母,很穷,住在一个山边,有两亩地,每天,兔子都来吃粮食,母亲就说:"我这个儿子,长这么大了,也不想想办法,兔子来吃也不管。"

儿子听了以后，就在地边下了扣子，猎得了一只兔子，他就说："你这家伙，我们母子俩穷得什么也没有，有一点粮食你还来吃了，非杀你不可。"

兔子听了就说："我是第一次来吃的，耳朵长，嘴上有花的个个都吃着，我还是第一次来，请你放我了吧。"儿子听了就说："好吧，放了你。"他在兔子嘴上抹了一点酥油，说："你以后如果来了，我见了嘴上有油就将你杀死。"

兔子回去后，有一天晒太阳，嘴上的油也化了，它又来吃了，被儿子看见拿着，兔子仍照那套办法说给他。儿子又放了它，但在脚上拴了一根线。

兔子又来吃了，就被儿子拿着，带到家里，他母亲也说，非杀它不行，但兔子说："不要杀我，我对你们是会有好处的，你们说没有粮食，让我去看看到底有没有？"母子俩带它去看，打开柜子，什么也没有，只从柜子里漏出七颗麦子。兔子说："儿子是七颗麦子的皇帝。"并说帮他找个婆娘。

兔子带着儿子去西方皇帝家去求婚，儿子跟着它去了，到了皇帝家里，皇帝一看是一只兔子带着他去，认为有道理①，是奇怪的事，可能有名堂，就很好地招待他们，将家中的褥子拿出让他们坐，而儿子因为自己家里很穷，不好意思去坐，将脸挨在兔子耳边，皇帝见了就问兔子是什么意思，兔子说："我们东方皇帝，在家坐的绸缎，而在这坐的是褥子，不软，难得坐。"皇帝一听，赶快将家里的绸缎拿出来让他坐。

皇帝家里用酥油糌粑招待他们吃饭了，儿子也很害羞，又将头靠近兔子耳边，皇帝又问是什么意思，兔子说："我们东方皇帝在家吃的是白米饭，而这里吃这种，没有我们皇帝家吃得好。"皇帝听了，认为这家确实很有钱，于是就将自己的女儿嫁给他了。

儿子和兔子带着皇帝的女儿要回家去了。一路上，儿子很着急，焦虑家里穷，没有地方住，怎么能养得起皇帝的女儿。兔子就说："别急，我有

---

① 有道理：此处意思是有门道、有来头。——编者注

办法的。"但究竟是什么办法，兔子也没有告诉他。

来到半路上，遇到一个女妖的家，十分漂亮，家里什么都有，兔子就说："你们在此等等，我去一会就来。"并说："你们看着，如果我烧高香，你们就不要来，看见烧小香，你们再来。"

兔子一人到了女妖家，对女妖说："我们东方七颗麦子的皇帝今天讨老婆，老婆是西方皇帝的女儿，今晚要在你这里住，你是妖怪，别人你可以乱来，可对我们皇帝，那就不能了，你要躲开才行。"女妖一听是皇帝家，就藏起来在麦堆里，兔子放起大火，把女妖烧死在麦堆里了，然后回家烧起小香来。儿子同皇家女儿就来到女妖家里，永远居住下来。

吉斯的故事

记录者：秦家华
翻译者：田新华
搜集地点：云南省迪庆藏族自治州香格里拉市

从前，在一个山村里有一户人家，有一儿一女，儿子名叫吉斯，是个很勇敢的小伙子。

有一天，吉斯出外打柴去了，直到太阳下山才回家来，到家里看见父母和叔父哭得死去活来，一问，才知道他的姐姐被妖魔摄去了，吉斯二话没说，放下柴火，骑了那匹银鬃飞马，拿起弓箭和鞭子就去找姐姐去了。

光阴似流水，冬去春来，吉斯在外面已经整整三年了，一天，到了一个陌生的村寨，吉斯进了寨子，看见一个白发苍苍的老人站在道旁，吉斯下了马，走近前去，很有礼貌地问："老大爹，你看见我的姐姐从这里过去了吗？"接着，吉斯把姐姐的面貌、身段等向老人讲述了一番，老人听完后对他说："前些时候，曾有一男一女从这里过去。"说着用手指给吉斯看。

吉斯告辞了老人，沿老人指的路线，催马而去，不知过了几座大山，走过了多少路，到一个坡地前，定格①的仆从挡住了他的去路，他们大声问吉斯："你是哪里来的？要到哪里？去干什么事情？"吉斯装作没事的样子，说："我什么地方都去，我是好游逛的，不做什么事情。"那仆从又叫道："那么，你先把这片地里的石头都捡起来，堆到那边山脚下，我们才准你过去。"

吉斯拿起鞭子，悄声对地里的石头说："替我搬到那边山脚下去吧。"说完，他用鞭子在石头上轻轻一打，石头"哗"的一声，好像有人把它们掷到山脚下一样，都搬走了，定格的仆从们大吃一惊，只得放他过去。

吉斯又走了一段路，前面有一条大蟒挡住了去路，蟒问吉斯叫什么名字，要到何方，吉斯说："我叫吉斯，要去找我的姐姐，杀定格去。"蟒又说："如果你叫吉斯，那就是我的朋友了，你要去找姐姐，你就去吧，愿战胜定格。"

吉斯辞别了大蟒，又走了一段路，到了定格的大水池边，看见对岸有一个妇女，披散着半边头发，编着另外一边头发，织着两尺毛布，一尺白，一尺黑，吉斯奇怪地问："对岸织毛布的大嫂啊，你的头发为什么编一半散一半，你织的毛布为什么白一尺，黑一尺？"

妇人回答："池塘对岸骑马的人啊，你哪能知道我的心酸事，我被妖魔定格抢到这里已经三年了，伤心的泪水啊，比这塘里的水还要多，我编着半边头发，是愿上帝保佑我的弟弟打败定格，散着半边头发是愿天公将定格诛灭，我织起一尺白布啊，是愿上帝保佑我的弟弟打败定格，织一尺黑布啊，是愿定格被雷劈死。"吉斯听了，心里暗想："这不是我的姐姐吗？"但他没有马上声张，仍然装作过路的生人一样向对岸喊："织毛布的大嫂啊，隔着这样一条大水，叫我怎么才能到你身边呢？"那女人说："骑马的人啊，用鞭子往水面上一打，就会有路走过来了。"

吉斯听了，用马鞭往水面上一打，塘里的水就向两边退去，中间现出一条石子铺的大路来，吉斯顺路到了对岸。

---

① 定格：指魔鬼的名字。

吉斯心想："我和姐姐分别了三年，怕她认不出我来了，还是叫她先看一看童年时候的标志吧！"就说："大嫂，请你帮我把脚板上的刺挑一下吧。"那妇人见吉斯脱下靴子，脚底现出一个白玉的点点来，就愣了一下，说："啊，你多像我的弟弟啊！"说着便抽咽起来。吉斯又说："大嫂，请你帮我抓一抓头上的虱子吧。"吉斯脱下狐皮帽，头上也露出一颗闪闪发光的宝石，那妇人见了，两手围住吉斯的身子，大声哭了起来："你难道不是我的兄弟吗？怎么会这样相像呢？……"

吉斯说："是的，姐姐，我就是吉斯，别哭了，我先问你，定格到哪里去了？"

"定格到喇嘛寺吃小喇嘛去了。"姐说。

"咱们俩把定格杀了吧。"吉斯说。

姐姐又说："可是定格的孩子，你可别杀死呀。"

吉斯说："好吧，我就叫他刀不入皮，血不外出地死吧。"他们商量了一下，就回定格的家里去了，姐姐先叫吉斯躲在水缸下，在上面撒了许多鸡毛，并嘱咐吉斯："静静地伏着别动，等定格回来睡下后，我就扭那孩子的手，孩子哭了，我就叫定格指心口给孩子看，那时，你就可以用箭射他了。"吉斯点了点头，准备好弓箭，躲在水缸下等着，等着，定格回来了，他喝得大醉，一回来就躺到床上睡了。

到天黑完以后，姐姐就将孩子的手扭了一把，孩子"哇哇"地哭了起来，定格醒来，呼着粗气，那粗气直喷到水缸边，撒在吉斯上面的鸡毛都变成了鸡，吉斯更难翻身了。

定格听见孩子在哭，就粗声粗气地说："怎么这孩子哭了？"

"这是因为你没有指心窝给他看呀。"妇人说。

"这不是心口吗？"妖魔坐在床上一指心窝，吉斯就瞄准他的心口射出第一支箭，由于惊动了那些鸡，没有很好地瞄准就放，所以射偏了，"当"的一声，射中了铜条锅，锅边缺了一个口子。

妖魔吃了一惊，坐了起来，说："不好，仇人的气味来了。"

妇人说:"你别胡说,这是我的金纺锤碰着锅边,哪里会有仇人来到这里。"

"那你再碰一下我听?"

"当"——女人真的用纺锤碰了一下锅边。

"待像不像的。"妖魔听见响声,又睡了。

过了些时候,姐姐又把孩子的手扭了一把,孩子又哭了,妖魔醒了,说:"哎呀,这孩子怎么又哭了?"

"因为你没有拿心给他看嘛。"她也不耐烦地说。

"瞧,我的心在这儿,在这儿。"忽然,"喳"的一声,吉斯射出了第二支箭,没有射中,只是射中了铁三脚架边,妖魔吓了一跳,坐起来说:"不好,仇人的气味来了。"

"你又在胡说了,那是我的金纺锤碰着三脚架,不信,你再听听。"说着她真的拿金纺锤碰了一下。

"就算真的吧,把我的卜卦拿来,我卜一卜就知道了。"

那女人拿来卜卦,像骑马一样上下左右地颠动了一下,使卦不灵,然后拿给妖魔。

妖魔卜了一卦说:"在我的池子里的草地上,吉斯的尸体就在那里,在吉斯的尸体上,已经长出了许多草,那大鹏和雕,正啄着吉斯的肉,在……"说着说着,他要进到房里来了,姐姐怕吉斯被妖魔卜出,急忙说:"别瞎扯了,吉斯就是来了,也难到这屋里。"

当妖魔卜卦时,吉斯在水缸下面想:"怎么办呢?我射出了两支箭却没射着,现在只剩一支箭了,决不能白白地放出……"

当那女人摇晃着卜卦放回原位的时候,吉斯就乘机轻轻地跑在水缸的架子上直起身子,虽然惊动了那些鸡,但是在姐姐的脚步声和卜卦器具的"哗啷"的碰击声中,妖魔没有感觉出来。

那女人把卜卦放回原处睡下了,过了一些时候,又扭了孩子一把,孩子又哭了,妖魔被吵醒了,坐起身,大声骂道:"这孽种,怎么又哭了?"

"就怪你没有很好地指心窝给他看嘛。"

妖魔听了,赌气脱下衣服,指着心口,大声说:"心在这儿哪,心在这……"还没说完第二句话,吉斯的箭正射中了妖魔的心窝,妖魔翻身下床,一口吞下了三脚架,因为吞下了铁三脚架,他就会更有力气,吉斯也从水缸下站了出来,三脚两步跑到妖魔跟前,把妖魔按翻在地,但妖魔忽地站了起来,直把吉斯抵到楼板下面,吉斯使出全身力气,又把魔鬼按了下去,这时,姐姐在旁急着喊:"快拔宝剑把它砍死。"吉斯就拔出宝剑来砍妖魔的脖子,姐姐也拿老扁带①来打妖魔的头。妖魔终于被打死了,吉斯和姐姐都松了一口气。

吉斯一回头,又看见妖魔的孩子,心想:"斩草要除根,不能留下祸根。"又想:"我已经答应过姐姐我的刀不入孩子的皮,孩子的血不流出一滴,那只能用火烧。"想完,吉斯就把孩子吊在屋檐上,在下面堆了许多干草和松柴,烧起火来,由于热,那孩子的鼻孔全流出血来,因此,吉斯的寿岁就折了一半。

过了三年,定格的第二个儿子做了皇帝,他说:"吉斯是我的仇人,要杀掉他。"就请了三个人,一个是骑马跑得最快的,一个是射箭射得最准的,一个是力气最大的,他们三人都堵在吉斯要经过的路上,这些阴谋被吉斯知道了,他就把自己和姐姐变成两个跛脚的人,他骑的马变成跛脚的狗,一起向路上走来,第一个遇到骑马跑得最快的人,骑马的人问他们要去哪里,他们说是要去对门山上,骑马的人见他们都是跛子,一点也不像吉斯,就把他们放过去了,三道关都过了以后,吉斯他们回到家里见父母都不见了,就想可能是皇帝把他们害了。吉斯就变成一个小孩来到皇帝家,皇帝家有一个打铁的铁匠,是专门打兵器来捉拿吉斯的,吉斯想把他杀死。他就去和铁匠玩,铁匠问他:"你愿不愿做我的儿子。"吉斯答应了,吉斯对他说:"让我来帮你打大锤吧。"铁匠说:"你这个小孩子,怎么抬得动大锤?"

---

① 老扁带:织羊毛时的用具。

吉斯说:"如果你不给我打大锤,我就要把你的风箱打烂。"铁匠说:"那你打吧。"他就拿起大锤,打烂了风箱,又一锤把铁匠打死,然后,骑上马就走了,路上,又遇着皇帝请来捉拿他的骑马的人,吉斯就对他说:"让我俩来比赛骑马吧。"他们就讲好条件,谁胜了就可以把败者杀掉,结果吉斯胜了,他就把骑马的人杀掉。然后又遇着射箭射得最好的人,就对他说:"让我俩来比赛射箭吧。"他们讲好条件,在前面摆好三个鸡蛋,谁射中了就可以杀没射中的人,结果,吉斯射中了,皇帝请来射箭的那人没有射中,吉斯就把他杀掉。最后又遇着力气最大的人,吉斯又对他说:"让我俩来比赛摔跤吧。"他们又比赛了,结果,赛了三次,三次吉斯都胜了,他就把力气最大的人杀掉。这样,三个敌人都被他杀死了。

后来,他和姐姐、他的马一起变成了三只猴子,在皇帝家门口跳,皇帝家门口站着一个卫兵,当他来看猴子时,吉斯又变成人把那个卫兵杀死,接着他又进宫去把皇帝也杀死了,提了皇帝的头挂在大门口上。

以后,吉斯就变成了一个商人,一天,他骑了一匹马来到一个地方,遇到一个放马的老人,那老人对他说:"只准你在这里放三天马。"吉斯拿出茶、肉请老人吃,肉上面放着一把刀,老人就说:"这把刀多像皇太后的刀呀。"吉斯没说什么,骑着马走了。

吉斯心想要把皇帝家的兵都杀死,走到一个山头面前,他骑的飞马就对吉斯说:"你看前面山头上是篱笆还是人?"吉斯说:"是人呀。"飞马说:"不是,那是皇帝家的兵,到了那里,你只消把刀抽出来斜拿着,不必去砍人。"飞马跑到人群里,因为马跑得太快,人群里的兵都像割东西一样碰到刀上死光了,吉斯就胜利归来。

奸臣与小孩

记录者：秦家华
翻译者：雷震坤
搜集地点：云南省迪庆藏族自治州香格里拉市中心镇（今独克宗古城一带）

有一个地方叫迷打汪，那里有一个国王叫米底皇帝，他有一个臣子叫刚基布沾，在这个地方，还有一家人，父亲叫聪悲农苴，妻子叫鲁写丈生，儿子叫奔马俄布，这家人以做生意为职业，生活发展得很快，这个情况，被臣子刚基布沾发现了，很嫉妒，就想把聪悲农苴杀掉，他对米底皇帝说："海子的对面有一个宝贝，是夜明珠，可以叫聪悲农苴去取。"一天，臣子就把聪悲农苴叫来，说："皇帝有一道命令，叫你去海子对面把夜明珠取来。"聪悲听了，也不敢反抗，回家后，找了个船夫，做了准备，就出发了，到了海中间，碰着一个沙滩，在沙滩附近遇到一条鲸鱼把船搞翻，船夫还活着回来，聪悲死了。

船夫回来后，把这个事情告诉国王和聪悲的家里，聪悲的妻子和儿子都很难过，天天在着急、悲痛，家里的生活也一天天困难起来。两娘母以纺羊毛来维持生活，妻子知道丈夫是被臣子故意害死的，就不敢暴露他还有一个儿子，否则儿子又要遇害。有一天，他的儿子因为不懂事，拿着毛线到市场上和一个老妈妈换了一个卡沙班尼①，那个老妈妈换得毛线后，就摆在街上卖。一天，臣子刚基布沾站在楼上用望远镜看风景，就看见老妈妈摆着的毛线上面发出五彩的光，臣子见后说："这是一种宝贝。"

后来，他就把这个老妈妈抓去审问："你的这个宝贝是哪里来的？"老妈妈一直不敢承认，因为一说出来，就要害到那个小孩了，那个小孩在村里

---

① 卡沙班尼：白色贝壳，装饰用。

是一直隐藏着的，臣子严刑拷打，逼问老妈妈毛线从哪里来。孩子看着不忍心，就跑去承认毛线是他卖给她的，臣子接着追问他是哪家的，为什么要把毛线卖给她。臣子知道这个孩子就是聪慧的孩子时，就想害他，就说："你的父亲死在海里，现在你也应该去，一方面去取明珠，一方面也把父亲的尸首拿回来，儿子不能很好地埋葬父亲，这是最大的耻辱。"孩子就回来把这些事情跟母亲说，母子俩很心焦，这一去就不能再回来了。

这时，房背后有一个静坐的道人，他们去求教他，道人说："海子里是可以去的，去时要准备一些东西，要用公木做马头形的船头，要用母木做马头形船尾，要五百个童男、五百个童女①做你的伙伴，要一只能掌握时间的、好看的公鸡，要一只能懂人的语言的鹦哥，要五百根五色线做拉船的绳子，这些东西你可以去跟皇帝要，你去以后，会碰着黑白鳄鱼，黑白毒蛇等来毒害你，我把咒语教给你，碰着这些动物时，你可以念这些咒语。"孩子把这些话去跟皇帝说，皇帝也同意，给了他东西，又派了五百个童男童女给他。

临走的时候，孩子去跟母亲告别，母子都很伤心，觉得这次去凶多吉少，去了后可能不会回来了。母亲祷告说："希望他能够回来，母子能够见面。"

未开船，孩子说："这次去是不平常的一次，会碰见黑白鳄鱼和黑白毒蛇。"这样一说，船上就有一半人吓得走下来，临开船时，他又说："这次去是凶多吉少，意志不坚决的人就不要去了。"最后开船时，只剩二十八人，加上他和船夫共三十人。

他们到了海子里，走到父亲死的那个沙滩，船夫说："前面不能走了，只能坐着小船去，其他的人留下，前面有伤害人的黑白鳄鱼和毒蛇。"他们就把吃食放在那里，对二十八人说："沙滩上的珍珠宝贝很多，你们可以去捡一部分，但不要捡太多，在这里等我们。"船夫和孩子就坐着小船进龙宫去了。

---

① 童男童女是能保守信用的。

到龙宫后找到了龙王，龙王下令海里所有的动物都来朝拜。有一天，海里的鱼虾都来朝拜了，龙王又下令说："眼上有毒的要把眼藏起来，脚上有毒的要把脚藏起来，以免毒气熏人。"等到所有的动物都来齐后，孩子见所有的动物有的藏着眼，有的藏着脚，有的藏着身子，就很奇怪，问龙王。龙王说："因为怕他们的毒气熏着你们才藏起来。"孩子对龙王说："既然是这样，我有办法把他们医好。"他就把以前道人教他的咒语念出来。这样，那些有毒的动物都变成无毒的动物了，龙王很高兴，就把夜明珠给了他，他们得到夜明珠后，就出到水面上来，那二十八人，有的饿死，有的被其他野兽吃掉，只剩下八个人，他们把珍珠收藏好，把父亲的尸体捞上来，就走了。

因为他们在龙宫里一直住了十三年，回到家的时候，母亲因为想念儿子，眼睛都哭瞎了，而且烂掉沾在被子上。他回到家时，对母亲说："母亲，我回来了。"母亲不相信，说："你怎么是我的儿子？我的儿子去了十三年了。"孩子说："我确确实实是你的儿子，我去到了龙宫，已经把夜明珠带回来了。"母亲祷告说："如果你真的是我的儿子，真的把夜明珠带来的话，就让我的眼睛好起来吧。"她一说，眼睛真的就好起来了。这时候，村子里的人知道孩子回来了，很高兴地来欢迎他，拿出吃的，在草地上搭起白帐篷，唱歌、跳舞来欢迎他。

皇帝家知道孩子已经把夜明珠取来，皇帝就告诉孩子来见面，因为村子里开庆祝会，迟到了二十一天，臣子就对皇帝说："这个人一回来都不来见皇帝，等他来以后，把东西收下，就用毒药把他害死。"皇帝说："不行，他已经有了很大的功劳，我们要好好地欢迎他。"就把他迎接进来，把东西拿下，臣子看着不甘心，想着这么大的小孩就能做出这么大的事情，比他父亲还厉害，留着他是一个祸害，想把他害死。他对皇帝说："妖精在的地方有一个金子的锣和一个恩约①，坐上它可以飞到天上去，要叫他去取这两

---

① 恩约：宗教用品，圆形。

样东西。"皇帝同意了,就派这个小孩去取,未去之前,他回到母亲身边,跟她说这件事,又去房后道人那里请教如何办?道人教给他三句免灾经,母亲祝福了他三句话,他就走了。

到了妖精的地方,有九道门。守第一道门的妖精就准备吃他,他念了免灾经后,第一道门过去了。第二、三道直到第八道门他就念着经过去了,到第九道门时,守门的是个九头妖精,是妖精的头人,是未封成千手千眼菩萨前变来的。九头妖精骂他:"今天你无凭无故地到这里来,我不把你吃掉的话,就算不得是妖精的头人。"孩子听了这话,念了咒语,说:"我是米底皇帝派来的,来取金子的锣,银子的恩约,我是罗奔班马①投生的。"那妖精听了,就跪下去说:"我不知道这件事情,触犯了你,我有罪,请你免除我的罪恶。"其他的小妖精还是要吃孩子的肉,妖精头没有办法,只得杀了一头牛,哄小妖精说:"这是孩子的肉。"妖精头人把两样东西都给了孩子,他带着东西回来了,把东西交给了臣子,臣子想:"火不大时好消灭,火大起来就不得了。"这样,他跟皇帝商量以后,把十三岁的这个小孩丢在火里,他和皇帝就坐上恩约飞上天去了。

火里出现了一朵莲花,莲花上面出现了那个小孩的身子,以后,这地方成了孩子的势力范围,他当了皇帝。敲着金锣,坐着恩约飞上去的皇帝和臣子,飞到拉萨上空的时候,就摔下来了,被妖精吃掉,直到现在,拉萨地方还有他们摔下来的痕踪。

孩子当了皇帝以后,老百姓都来朝拜他,送给他各种东西,别人送给他东西,他就双倍奉还,因为他有夜明珠,要什么有什么。以后,这个地方国泰民安,富强起来了。

---

① 罗奔班马:宗教信仰上的神。

布姆拉萨

记录者：李荣高
翻译者：李兆吉
搜集地点：云南省迪庆藏族自治州德钦县升平镇

从前有一家人，家很穷，生下一个布姆拉萨。父是屠夫，帮人杀羊，又会做铁匠，母纺毛绒。布姆拉萨生得美丽聪明。布姆拉萨那个地方有个官，名叫帕木咱清，有一天要选对象，大小村子的姑娘，不论贫富都要来集中给帕木咱清挑选。她母亲叫布姆拉萨去参加，她说不去。她母亲说："你还是去。"最后换了漂亮的衣服就去了。她去的时候，贵族姑娘都排列好坐在帕木咱清家楼上了。她去了，也没有上楼，就站在帕木咱清家的马槽旁。帕木咱清在楼上望见了布姆拉萨生得很美，像十五的月亮，看上了她。他就派了一个仆人去问布姆拉萨的情况，帕木对仆人说："你问她是哪个村子的？父母干什么的？"

仆人去问了，布姆拉萨就说了叫什么名字，是哪点的人，父母干什么等，都告诉了仆人，仆人上楼去告诉帕木，他就下楼来了，在箭上拴着哈达，来到布姆拉萨的面前，把箭拨在她的身上，对她说："从今天起，我们两个就订婚了。箭和哈达①都插在你臂上了，任何人都不能干涉。今天、明天、后天是菩萨日，到明天我派人来接你。"

她说："我是一般的贫苦家出生的，不去给你做官人做媳妇，河边的绿石头不能比绿松②石，山茶花是美了，不能比珊瑚，我是一般的女子，不能做你的老婆。"

---

① 哈达：藏族最贵重的礼物，形容洁白。
② 绿松：指一种宝石的名字。

帕木说:"不行,不行,一定要做我的老婆。河边的绿石头还是要和绿松石比,山茶花还是要和珊瑚比,天和地虽远,但姻缘也定了。天虽高,地虽低,我俩还是要成亲。"

布姆拉萨没有办法,之后就回家了,回到家中很苦闷、难过,她母亲问她:"你出去像十五的月亮,为何回家脸黑黑的,是谁欺侮了你?"

她说:"没有人欺侮,只是不好过一点。"

从那天以后,她饭也不吃,睡在床上三天不起。到了第三天,她父亲去外面推磨时看见对面山上三十多个骑马的人来了,他就害怕了,说:"为何在那路上来了三十多匹马,是不是官家来找我们姑娘去参选,是不是得罪了人家来追问了?"

他害怕了,躲在糌粑口袋里,他对他老婆说了,她老婆说:"你不要怕,如果撞了事,人家会来叫。"正说时,听见敲门了,她母亲马上出去迎接。派来的人问:"母亲,母亲,你身体好吗?"她心里想肯定是来接我们姑娘,就说:"请到里面坐。"到了里面,他们就问:"父亲到哪里去了?"

她说:"去推糌粑了。"

来的人说:"怕不是嘛,你们去请他来。"

老倌回来了,满身都粘的是糌粑。那些人一见就说:"父亲,你好,你去哪点回来了?"

她父亲害怕了,就说:"推糌粑,推糌粑。"那些人说:"我们不是来压迫统治你们,而是来接你姑娘,我们商量了,决定菩萨日来接,姑娘已经接了哈达了,她没有给你说?"

他们就说:"没有说嘛,箭也没有给父亲看,插在天窗上面。"帕木家的人说:"吃的穿的不消愁,委派你当个小官。"

帕木家的人就把姑娘接着去了,并给了她母亲一些东西,她父亲从此也就做了那个村的小官。

布姆拉萨被接到帕木家里,帕木咱清有个姑妈阿里里木,帕木咱清的所有财产都是她管。布姆拉萨只有干活的权利,和丫头一起劳动生活。阿里里木经常骂布姆拉萨,并对帕木咱清说:"要接就接一个门当户对的,你不要接一个花子姑娘。"又对布姆拉萨说:"花子做王子老婆,要过花子的生活三年,公主做花子的媳妇,要过公主的生活三年。"阿里里木经常地骂她花子姑娘。后来她没有办法就回娘家。她对母亲说:"我回来了,阿里里木经常骂我花子姑娘,花子姑娘。我在不住。"

"你回来干什么?你做了官家的媳妇是好啦!阿里里木她骂你,你忍受点。"

这样没有办法,布姆拉萨就回去了,前后在了三年,生了个小孩,名叫阿鸟得布。有一天,她去地里收庄稼,仆人也去了,阿里里木也去了,监督她们做活。那天天上观音菩萨派了三喇嘛,到地里看了布姆拉萨做了官家媳妇,到底权利有多大。三个喇嘛向布姆拉萨要吃的,布姆拉萨说:"我没有权利给,你们要,向阿里里木要,我只是有干活的权利。"

三个喇嘛向阿里里木要,她说:"我没有权利给,你们去找地里的那个官家媳妇要。"三个喇嘛又向布姆拉萨要,她说:"我真没有权利。"三个喇嘛又去向阿里里木要,经过了三次,最后没有办法就对他们说:"我真没有权利给你们,也只得给你们每人一把麦子,我真有权利就该给你们每人一背箩,就这样空手给你们回去,给旁人听见了,一个官家媳妇给她要东西都不给一点,这人家要笑话的。"她把麦子给每人一把,结果阿里里木看见了,下来抓起她就问:"是你的舅舅,是你的叔叔,你为什么给他们?我们一年辛苦就是为了这点麦子。"阿里里木就抓起布姆拉萨的头发在地上拖、打,把她的头发一撮一撮地拔掉了一些,布姆拉萨就昏倒了。

阿里里木拔了布姆拉萨的一小撮头发来到帕木那里,说:"今天布姆拉萨不晓得是她的叔叔或是她的舅舅,来了三个,她给了他们三背箩粮食。我说了她还不得①,倒反来打我,把我的头发都拔下来了。"

帕木咱清信以为真,拿起木棒来到地里,不分青红皂白把布姆拉萨打

---

① 不得:云南汉语方言,意为"不乐意""发怒"。——编者注

死了,把她安葬在山上。她到了阴间,阎王老爷说:"你死的时间还不到,你回去,要听经三年,才能回来。"她就回来了。

看守她的三个小伙子,看到布姆拉萨一头坐起就说:"啊,鬼爬起来了。"就想用棒棒、石头打,她说:"我不是鬼,阎王老爷说我死的时间还不到,我是真的回来了。"就没有打她,她就回来了。

那天帕木对他儿子阿鸟得布说:"你母亲安葬在那边,老鹰没有来吃,是何原因?"

阿鸟得布说:"我母亲没有死,她在五朵的云霞帐篷下面住。"说了过后,就传说:"布姆拉萨没有死。"帕木仆人都去请她,她说:"我不回来了,阎王老爷说,我要听经三年。"阿里里木用哈达也去请,并说:"我过去不对了,这回由你来当家。"

她说:"还是不来。"

最后她儿子也去请了才请来,当天晚上等她儿子睡着了,她就悄悄地走了。来到河边,要过桥时,对面有一个很高的人站起,她以为是鬼,有些害怕,而对面的那个人也正要过桥,看见这边有个女人,也有些害怕,以为是鬼,布姆拉萨又想:"怕什么,阎王老爷那里我都去过了,我还怕什么?"她就大起胆子过去了,一看是那天去给她要麦子的喇嘛,她对他说,因为什么被姑妈阿里里木打死了,去到阴间,阎王老爷说要叫她听经三年。她又说:"我听经要找一个喇嘛,给我讲经,找哪个好?"

喇嘛说:"我来教,你不要说给别人,你一说,官家帕木咱清知道,我的生命有危险。你顺箐沟走,上面有个寺庙叫司拉着登,有个活佛夏嘉结代,你可靠他,他很好,一辈子在那里修道讲经。"喇嘛说了话走掉了。

她顺起箐沟走。活佛夏嘉结代在家坐起想:"今天有个人来我这里,不能阻挡,应该接待她进来。"他对徒弟说:"今天有个贵人来,不能阻挡,给她进来。"等了一会,听见敲门声,徒弟去开门,是一个女的。女的说:"活佛夏嘉结代在家?"徒弟说:"在倒在,现不空。"

这个徒弟很贪财,布姆拉萨说:"我要见他一下,麻烦你放我进去。"就把头上的绿松石拿下给他，他进去一转又出来说："师父还在睡觉。"

布姆拉萨把头上第二个绿松石拿下给了他，他又想这一对绿松石很好，还想再要一对。他来到活佛那里，活佛知道了，就说："我今天早上给你说那个人来放她进来，你得了一对绿松石还不放她进来，你为什么这样阻挡？"

活佛把她叫进来了，她上来了。布姆拉萨说："我来投靠你，要修道三年，我不做帕木咱清的媳妇，听你讲经。"活佛招待了她羊肉，活佛说："你不能来修道，你有儿子，有男人，做帕木咱清家媳妇多好。"

布姆拉萨说："你不给我讲经，我只有死。"就拿起桌上的刀，想自杀，活佛夺回刀子，劝她，就给她在那里听经修道。活佛把她安在崖洞里，给她来听经，一在就是三年。布姆拉萨娘家和丈夫家到处找都没找到，直到过了三年才听到点布姆拉萨的消息。布姆的父母亲就调了兵去打寺庙，帕木咱清说："她修道的成果，我们摸一摸，有成果就不打，没有成果就打。"他们到了布姆拉萨那里，她父母亲说："父母亲养你这么大，你给了人家，你不来服侍父母，来这里修道，我们要看你修道的成果。"她说："你们不要来打我。"

布姆拉萨两手一伸，轻轻就抓来了二把青草。他们说："和夏天的青草差不多，不等于你的修道好。"第二次又当面打来了一盆水，他们说："夏天雨水多，你打来一盆水，不能说你的修道好。"她又把手一伸，寺庙司拉着登在她手上现出来了，他们害怕了。他们说："轻轻地放下去。"就磕头拜佛说："你的修道成果好，你好好地修道，父母亲有我们服侍，过去我们做错了请原谅。"

区基农苴

记录者：秦家华
翻译者：王金莲
搜集地点：云南省迪庆藏族自治州德钦县奔子栏镇

在印度北边，原来有四个公主，下面的老百姓、地方分成四个，北边的公主后来穷下去了，名字叫书巴日诺，她就把当地较老的人民集中起来，问："我现在穷下去了，以后你们有没有办法使我富起来？"有一个老人对她说："过去你的父亲在时，信上帝，念经，对神招呼得很好，所以富了，现在到了你的手里，没有很好地信神，而且到处抢人，打仗，所以穷下来了，你在的这个地方的鬼和神都跑到别个公主的地方去了，就是跑到寸金诺让的那个地方。"公主又问："你现在有没有办法把他们叫回来，使我富起来呢？"年轻的人就议论起来，说："一定要想办法把他们找回来。"他们就问一个老人，老人说："有一座山上，有一个日那康奏，原来是一个人，住在山洞里，这个人被吓跑了，离开人世，他的吃穿住行都是由神来供，与人世离得远，要去找他说，才能有办法使你们富起来。"

后来他们就说要派人去把他请来公主那点，派了六个年轻的人去，到了山上，一起叫那个人的名字，六个人叫的声音要一样，那个人在的地方很陡，山像墙一样，很陡，门口像三角形，叫了三次，里面的人答应了，但还不开门，叫那六个人等着。那六人说："今天有事情，要见你一面。"那人说："你们在外面等着，我叫的时候你们才能进来，我一开门，我的气一喷出来人就要昏倒。"他开门以后，说话时把气喷在六人身上，六人昏倒，他又在每人身上洒一点水，六人醒来，他就给六个人见菩萨①，像电影一样放

---

① 菩萨：名字叫"肉骂"，会说话，有什么困难他会帮助。

出来给六个人看，那六人把公主穷下去的原因、他们为什么来等对那人说，要请他想办法，他说："我在这里，我不去跟别人干坏事。"

那六人说："公主穷下去后，人民生活很苦，你不去不行。"那人听了，就答应说："你们先回去，我三天以后来，你们回去准备东西，我来以后不能见人，不吃东西地要在二十一天，饭吃一点，但不吃油脂肉类东西，吃甜的。"六人回来以后，一切都准备好了，不知哪一年的四月十五日，那人就来到北边公主的海边，海子中间有一个神，好像诸葛亮，神知道哪一天这个人要来。海边有一个打鱼的人，神就告诉打鱼人："四月十五日，这里要来一个坏人，你要把他打死。"四月十五那天，原来的那六个人接着山里的人来到海边，山里的那人带着一些神来，他想把这些神领到北方公主的地方，那山里的人就叫海里的神，那人人头蛇脚，神来到海边离山里的人不远，就说："我不跟你一块去。"山里的人说："如果你不去，我就撒一种药，海水就涨起来。"海中的神回去了，海水像开水一样涨起来，那个打鱼人当时已睡着了，海水涨起来把他惊醒了，他就拿起一把大刀，对山里的人说："今天我要打死你。"山里的人说："我来到这里给你们遭殃，办了不好的事情，你打死了我也情愿。"渔人就把山里的人打死了。

山里的人被打死后，海里的神来拜谢打鱼人，送他一个宝，打鱼人也不想自己拿着这个宝物①，想敬给另外一个人，他就去到一个山窝窝，有一个活佛，还有一个最好的海子，里面有很多的仙女，她们来到活佛的海边洗脸洗澡。打鱼人把这个宝送给活佛，活佛说："这个宝对你没有用处，海神还有另外一件更好的宝。"打鱼人就进入海里去把这个宝拿来，拿来以后，就没有送给活佛。有一天，仙女来海边洗澡，他就放出蛇形宝，领来了一个仙女，他就拿着宝，领着仙女去见活佛，仙女对活佛说："你要把这个宝从我身上拿掉，否则我就要死了，宝越缠越紧。"活佛叫打鱼的人把宝和仙女送到寸金诺让那里，打鱼人后来把仙女和宝送到王子那里。

---

① 宝物：指法依沙巴——宝的名称，形象是蛇，会把人身卷起来。

仙女名依处拉玛，是仙女中最漂亮的一个。寸金诺让王子已经有五百个妻子，王子一见仙女，五百个都没有这个仙女好看。然后王子又从五百妻子中选一个送给打鱼人，还分给打鱼人土地、牛马、房屋，他成为王子的人了，打鱼人原在的地方不属王子。王子把仙女领到楼上，招呼得很好，王子和仙女都不下来。原来的五百个妻子很生气，她们就准备了一盘金，出去到打卦的人那里，把王子的情况说给打卦的人。打卦的人使法使王子的父亲做噩梦。王子的父亲也只得去问打卦的人，打卦的人告诉王子的父亲说："你在的地方北边有一个名字为摩古甲百的怪人，他要来打你们王子，你要在他们未动前去打他们，否则就不行了。"王子的父亲说："是否要全体人民派兵去？"打卦的人说："派这些兵去也不行，还是要你头头去。"

他就领着兵去了，王子也去，王子思想上顾虑仙女会飞去，仙女头上有一块左巾，会飞，如无左巾，不会飞，王子就把仙女的左巾拿下放在母亲面前，说："我没有回来以前，不能把这块左巾给仙女。"这样，他就放心去打摩古甲百去了，但是摩古甲百一样都没有准备，是打卦人的挑拨，结果王子他们打了胜仗，把摩古甲百也打死了，父亲领着兵回来，来到家前，五百个女的去求打卦的人，五百个女的和打卦的人组织起来，想办法搞了一碗药水，喂给王子的爸爸吃，即昏过去，她们又去求打卦的人，由于他们当中早有勾结，打卦的人就说："他的病一定要把仙女的心挖出来给他吃才会好。"

这样，五百个女的就在家中闹起来，仙女害怕，想飞回去，但又没有头上的左巾，就到王子的母亲那里去要左巾，母亲没有办法，只得把左巾给她，临飞时留给母亲口信，仙女到天空中打转，对五百个女人讽刺似的说："你们能像我一样就飞来吧！"临飞前留给母亲一个金戒指，说："王子回来以后，就把这个金戒指给他。"临飞时留给王子三句口信，如果打了胜仗，就可以念经，做一些善事；如果不胜不败，就可以治理自己的国家；如果打了败仗，就拿着这个戒指，飞来找她。

后来王子他们打仗回家，路上歇下吃饭，天空飞来一只老鸦，王子就像唱歌一样对老鸦说话，从父亲一直说到他的妻子仙女。如果是父亲平平安安地在家，就叫老鸦由左边转三转，如果母亲平安在家，就从左边转三转，以上两件，老鸦都照转了。如果妻子仙女平安在家，就从右边转三转，结果老鸦转也不转就飞走了。王子很生气，很急，心焦，很快就回来了，家里准备了好多东西去接，人很多，父母都在，只是妻子不在。王子就召集全体人民，问是谁害死了妻子，当时五百个女的和打卦的人都在。一问到这事，他们就说不出来了，打卦的人被逼得不得不说是被她们害了。

　　王子他们到家以后，不知道仙女飞去的方向，问家里的人也不知道。王子心中很着急，在家中十五六天。有天晚上，他家的门前有座大山，月亮很圆。王子爬上山向四面八方喊仙女的名字，喊了很久都听不见答应，一个人站在那里想，想着想着，就看见那个活佛在的地方有一道彩虹，就想："她是从活佛那里来的，她一定会在那里。"王子就走到活佛那里，活佛在的门前有一个记号表示能来不能来，王子就在门口喊活佛。活佛想："他为什么来找我？"就让王子进来。仙女在活佛这里留下金戒指和三句口信①，并告诉王子，她住在天上很远的地方，要过几层云，在高空处，有很多会叮人的苍蝇。

　　仙女还告诉活佛转告王子，如果到那里苍蝇来叮，王子可以用戴上金戒指的手在前绕一下，苍蝇就不敢来了。再上去，是一个很高的白塔，王子到了这里，要围着塔绕好几转，②继续往上去，有一块石头，自生着象相，象的下面有一个烧炭窑似的坑。坑里有一个香炉，香炉里有水，要滴一点吃下去。再往上去，有一个大森林，森林里有很多豹子、老虎，只要王子把戴着的戒指给野兽看，野兽就不敢吃他。再走上去，就是一个很平的坝子，坝子里开着红红绿绿的花，叫王子从有露水的地方走去。再过去，还有一个好像玉石般的平地，地上有一块哈达，要把这块哈达捡起来挂在右手上，

---

① 与前同。
② 指转经。

就可以看见仙女的住处，在仙女住处前有一口很好的水井，王子不能太接近水井，要在离水井不远的地方坐着等，然后会有姑娘来打水，以上是仙女当面给活佛的口信。活佛告诉王子后，王子就照上述走去，来到水井旁，一会，有三个姑娘来打水，两个是仙女家的女佣，另一个是仙女的妹妹。

三个姑娘见有个人坐在井边，仙女妹妹就说："你是凡间的人，怎么来到这里？这是要打给我父亲吃的水，是最干净的水，你只能在那里坐着。"然后她们三人就用金桶、银桶打起水来，王子想定了主意，对三个姑娘说："你要把你家里的情况，母亲、哥哥、妹妹都告诉我，要不，我就把你们的桶抢起。"三个姑娘吓得没有办法，只得把家里的情况告诉王子。最后说到她的姐姐依处拉玛，王子就明白了，他想了一个主意，把金戒指放在姑娘的桶中，并对她们说："你们把桶挑回家中给依处拉玛洗澡的时候，水要全部倒完。"三个姑娘回到家中，给姐姐洗澡，仙女在洗澡后就昏倒了，三个姑娘就赶忙替她洒水，仙女醒过来后，就告诉三个姑娘坐在井边的那个人就是她的丈夫，对人很好，仙女叫她的妹妹去向父亲说要去把那人请进来住，父亲不答应，说："不行，人间的人不能进来这里住，如果来了，就把我们这里搞脏了，会得麻风病。"左说右说，还是不能进去，只好让王子住在仙女住的一个房间里，没到过父母亲的宫廷，然后再由仙女去向父母说她到人间后他对她如何如何好，父母亲没有办法，勉强答应了，就准备好座位，父亲坐最高处，其次是母亲，再次是仙女，最后是王子，准备好后，就去把王子请进来，王子一进门，仙女的父亲在座位上就抖起来，他把王子招呼坐下后，就不抖了。

王子坐下后，就把他与仙女好的情况向父母亲说，要求他和仙女回到人间去，但父母不答应，父亲说："天上已有五个国家的王子派人来到宫廷，要娶依处拉玛，你如果能把这五个国家打败，就可以领她回人间去。"王子说："要用武力去打是打不过的，如果用道理去讲，我可以去。"父亲告诉王子："你和那五个国家的人去比赛射箭，赛马，赛举重。胜者就可娶仙女去。"比赛的结果，王子三样都胜，王子射箭的时候，旁边看的人都被箭吸引过去；举重的时候，五六个人抬的他一个人就可以抬起。王子胜利以后，依处拉玛就许给了他，答应她跟王子到人间去，父亲用一大本经书，母亲用一个菩萨做嫁妆，王子和仙女就回到人间，他们回到活佛那里，向活佛汇报了路上的情况，活佛很高兴，家里也是像过大节似的准备东西来迎接王子。王子和仙女回到家后，追出了事情发生的根源是五百个姑娘和打卦的人，罪恶大的就赶出去，一样东西不给，罪恶小的去当尼姑，打卦的人原来王子想把他打死，但依处拉玛心善，不同意打死，结果也把他赶出去，王子一家人就团聚了，全家很和睦。

三、民间传说

知麦格德

记录者：秦家华、杨映福
翻译者：王金莲
搜集地点：云南省迪庆藏族自治州德钦县奔子栏镇
材料来源：书面翻译

  古代，在印度布达地方，有一个国王叫萨宗札巴，他下面的官员有六十个，在他周围养着一群他很亲信的研究事情的人，共有三千个，国王的太太有一千五百个，这一千五百个中，最好看的有五百个，很有钱财的有五百个，实权相当于国王的有五百个，虽然有一千五百个太太，但是一个都没有生小孩，国王为了得到孩子，就用财钱施舍穷人，结果，有一个叫麦得绒佰的太太就生了一个男孩，这个男孩的名字叫知麦格德。

  知麦格德生下来以后，长得很快，很聪明，一看就懂，记性很强，他长到六岁的时候，不论什么事情，他都会搞，国王让他住在宫廷里很漂亮的房子里，在他身边服侍他的人有十个。

  有一天，知麦格德领着招呼他的十个人到花园里游玩，回来的时候，睡也睡不着，吃也不想吃，那十个人就去告诉国王，国王就来问知麦格德：

"你为什么这样不吃不睡？我们国家是又有钱财，又有势力的富贵国家，你还有什么伤心的？你的心里想些什么？就跟我说吧！"知麦格德对国王说："现在，凡是在地球上生活的人家，一辈两辈劳动一直没有完，一年四季都在苦，他们的这种境况，很使我痛心，做手工业的，整天劳碌，是为了生活过得下去；农民辛辛苦苦地种田，遇到灾害，没有收成，生活也很苦；做生意的，有时候连本钱都亏了，所有这些人，为了生活，苦难很多，整天辛辛苦苦地劳动，但是能达到丰衣足食的，一百家中也只有十家，就在这十家当中，虽然达到了丰衣足食，但还是只能在世上享用，死了以后，一针一线都不能带去，比如我们一家吧，虽然是很富足了，但还有几千家还在穷苦，看到这些，很使我难过，所以不想睡，不想吃。"

国王说："你是我心爱的儿子，从今后你不要再伤心了，所有生活在世上的人家，不论是穷的富的，都不是哪一个要把他们整穷，是他们的命运决定的，你不要想这些而伤心了。"

知麦格德说："世上所有的东西，我们家里都有了，只要你答应把我家的东西拿出来分给穷人一部分，我就不会再不吃饭，不睡觉了。"

宫廷里的很多房间都装着财富，国王听了儿子的话后，把一百多个装着财富的房间的钥匙交给儿子，希望他以后不要再伤心。

知麦格德把这些房子里的东西都搬出来堆在一起，金银铜铁，吃穿用的东西样样都有，他就叫穷人来要，不分哪一家。

知麦格德做的好事传出去后，在西藏塔哥西马得申这个地方，有一个国王叫申吃赞布，召集了所有的人民，把知麦格德做的这些事情告诉人民，并说："哪个敢去和知麦格德把额扭佰虐这个宝①要来，我把整个国家的一半都奖励给他。"人们都不敢开口，其中有一个老人叫召日鲁米，对国王说他能去，国王把他路上要用的衣服、钱都给了他。

知麦格德父亲下面的一个官员叫答拉尹，告诉国王说："你的儿子还很

---

① 这个宝要什么有什么，宝是一幅闪光的画。

小，把这么多的东西给他，应该给他找一个太太来爱惜这些财物，不要随便给人。"他们就商量找哪一个姑娘给她，你提一个，我提一个，意见不统一，最后只好去问知麦格德要哪一个国王的姑娘，知麦格德说："不管国王家的姑娘也好，老百姓的姑娘也好，不管是穷还是富，只要有五个优点，没有八个缺点①就可以。"父亲召集所有的人民来找有没有这样的人，结果找不到，后来又提出另外一个国家白马尖②的国王有一个姑娘叫格登若姆，才有十六岁，生得很漂亮、聪明，他们就决定要她来做知麦格德的太太，要来以后，知麦格德与她的感情很好，生了三个儿子，第一、二个是儿子，第三个是姑娘，名：列邓、列本、列散。

这个时候，西藏地方来的那个老人才到，老人站在城门口，手摸着城门哭，守城门的人问他来的原因，老人说："来找知麦格德。"守门的人进去告诉以后，知麦格德从小门里出来迎接他，问他是哪里的，老人说："是塔哥西马得申的，国王叫我来你们这里，我们国家比较穷，人民受苦，是一个比较困难的国家，他们听说知麦格德关心人民，国王就派我来要宝贝。"知麦格德说："你走了遥远的路程来到这里，很辛苦了，你要的宝物实在是没有，父亲掌握着，没有交给我，所以不能给，如果你要吃的、穿的、牛马牲口都可以。"

老人又说："听说你在这里做好事情，要什么给什么，我才走过千山万水来到这里，要不着这样东西，我心里很悲伤，我这次来，是来要这个宝物，如果知道拿不着，我不来就好了。"

老人要不着宝物，其他的东西也没有要，就失望地走了。知麦格德看着老人走的影子，想："他走了这么长的路，要的东西没有要着。"想着，他就把老人喊回来，又跟他说："你要其他的什么东西都可以给你，但是你要的这个宝，是十加佛给我父亲的，一直都是父亲保管着，我没有办法拿给

---

① 不详。
② 白马尖：音译。

你，其他的东西我都有权利给你。"

那个老人什么也不要，就是要这个宝，如果要其他东西他一个人带不了多少，而且路太远，不到他们国家就吃光用完了，知麦格德没有办法，就叫他等一等，他进去看看能不能要来，知麦格德不管怎么说，父亲也不给。他就不给父亲知道，悄悄地从父亲的房里把宝拿出来，用一只用宝石做的象，走得很快，配上鞍子，把宝驮上交给老人，告诉他赶快驮着走，而且头都不能回，否则父亲不仅要把宝抢回来，而且会把他杀掉。

老人走后，知麦格德一天地坐在房里焦心，像念经一样，念着希望路上不要出事情，把宝赶快驮回他们国家。结果，被官员答拉尹知道了，就去告诉他的父亲，当时，他父亲还不相信，这么好的一个宝他不会送给别人，不会有这样的事情。官员说："如果是没有这件事情，你怎么惩罚我都行。"

第二天，父亲亲自到儿子那里去问："你是不是把那个宝给人了，这个宝比我的心还宝贵，我们家有的这些财富，有三百个为我们谋事的人，有一千五百个女人，有六十个官员，有四万九千个城市，我们国家这样富，没有灾害，没有战争，平安富足，都是因为有了这个宝。"

儿子听了，作着揖，低着头，跪在父亲面前，话也不说，父亲看见事情是真的了，当场就昏过去，知麦格德用有一种柴（这种柴黑颜色，很宝贵）泡的水给父亲吃一口，父亲就醒过来。

知麦格德说："那个老人走了很长的路来要这个宝物，他们国家很穷，其他的东西他也不要，只要这个宝，我就拿给他了。"

父亲说："你不是我的真正的儿子，你是我还没有出世以前世上的罪人，你把宝贝送给别人，我们国家就像灰尘被风吹去一样一天天衰落下去。你把好心放给别人，用坏心对付自己的父母和国家。"就不承认他是自己的儿子，没有办法，就召集所有官员商量怎样来处理知麦格德。官员们说："只有一个办法，就是把他整死。"父亲问："用什么办法把他整死？"有些提出把他的头宰下来挂在城门上，有些说把他的四肢砍下来挂在东南西北四方，有的说把他的肉一块块割下来，有的说把他用皮子缝起来晒干后丢到江里，有的说挖一个坑把他烧了推进坑去。意见不统一，其中有一个叫里布达阿日翁的大臣说："像这样大的一个国家，国王只有一个儿子，把他整死很可惜，我听了你们的这些办法，很害怕，连我也不敢在这里了。"他又对知麦格德的父亲说："像知麦格德这样善心的人，世界上很少，如果把他搞死，就很可惜了。"

后来，知麦格德没有被杀死，他被交给宫廷里的卫士，双手朝后绑着，脖上拴着铁索，衣服也不穿，去转街，给街上的人看他的罪恶，这时，知麦格德的妻子悲伤得把头发全部拔掉了，领着三个孩子跟在知麦格德的后面，她的丈夫未死以前就受到这样大的折磨，她很难过，自言自语地说："如果有天神的话，应该来搭救他。"她又想："国王为什么连自己的亲生儿子都不会可怜呢？如果我在丈夫未受刑以前死掉，看不到这些折磨，那该多好。"这时，知麦格德又被拴着游街，士兵们吹着唢呐，城里的人看了，都很痛心，哭，希望不要这样对待知麦格德，人们说："他过去救济穷人，做了好事，他还没有受到做好事的报应，就受到这样的惩罚。"国王回去以后，又召集臣子们商议："这样来惩罚不必要，以后再也不要对他进行折磨了。"这时，臣子里布达阿日翁给知麦格德穿好衣服，招呼好，领到他的房子里，他妻子还以为又要对他进行新的惩罚了，拉住他又哭起来，里布达阿日翁就说："以后不再对他进行处分了。"说着连自己也伤心起来，就领着知麦格德及其妻子儿女到国王那里。父亲说："你把发家致富的宝物都送给别人了，以后不再惩罚你了，但你不能继续在宫廷里，要到热拉哈山在十二年。"

知麦格德说："由于父王的命令，我受尽了严刑拷打，我希望所有的人民以后不要受到我受过的这些折磨，希望父母亲过着很平安的生活，我就到热拉哈山住十二年去。"

当天晚上，知麦格德及其妻子儿女就住在原来宫廷的房间里，剩下的东西，仍然拿来分给人民。

当知麦格德要去热拉哈山的时候，国王及其官员们都来欢送，每一个官员都送给他一个金锭。当人民知道他要走的时候，都纷纷来送他路上需要的东西，如马、象，但是，他又把官员们送的金锭和人民送的马、象分给人民，自己一样都不要，他对妻子说："你还是领着孩子回去你们国家平安地过十二年，十二年后我们还是有机会相会的。"妻子听了，就跪下说："生活好的时候，我们在一起，现在遇到困难，就要分开，心里很难受，还是让我和孩子们跟着你去山上住吧！"知麦格德又说："你不要这样说了，你回到你的国家，有父母亲在，儿女也在身边，在家乡也有你亲密的伙伴，衣服也可以穿绸子毛呢，也可以吃到最好的东西，在这样好的环境里如果再有伤心的事，就可以跳舞、唱歌。如果你去热拉哈山，如果饿了，只能吃一点水果，渴了，只能喝一点雪水；如果要穿，也没有穿的衣服，只有草地；如果伤心了，只有野兽。白天，看不到人的脚印；晚上，只有豹子、老虎。白天黑夜都下雨下雪，在这样的环境里，不要说一天，一个钟头、一小阵的时间也在不住，你还是回到你们国家里，生活也好，我也放心。"

妻子又要求跟他一起去，如果不跟他去，她就要死掉。知麦格德又说："如果你和儿女们一起去，可能儿女也会送给别人，你也会送给别人。"因为以前知麦格德任何东西都会送人。

妻子说："不论如何，我还是要跟你去，如果你为了关心别人把我和儿女都送给别人，我也愿意。"

没有办法，知麦格德只好决定领着他们去，临走以前，他来到母亲那里，说："希望母亲平安生活，保重，如果我不死，十二年后一定会来相会的。"母亲听了他的话，想到儿子要去这样一个可怕的地方，就昏倒了，一会，醒过来后，对他说："你是我亲生的儿子，好像我的心一样，你去了十二年回来，我已经不在人世了，你去了以后，我又依靠谁呢？"

在没有生知麦格德以前，搞了多少求神拜佛才生得这样一个儿子，国王现在这样对待他，不知国王的心里是怎么想的？

知麦格德说："我虽然是从你血肉上生下来的，但人生在世，还是会有离别的时候，十二年后，一定是会相见的。"

因为儿子不去不行，母亲只得烧起香来求神，希望儿子去了以后，不要走到危险的路上去，能够走到光明大道。饿了，虽然只能吃水果，但希望水果变成好吃的饭、肉；口渴了只能喝水，但希望水变成他们喝的牛奶一样；虽然只能用树叶、草做铺盖、衣服，希望这些东西变成好的绸、丝、被盖。

走的时候，赶了两辆马车，用三只大象驮着路上吃的、用的东西，就起程了，国王的妃子、官员和当地的人民都来欢送他，送到一公里以外，知麦格德很感谢来送的这些人，说："希望你们以后过着平安的生活，我们互相分开的事情，在世上还是会碰到的。今天大家来这样欢送我，我的主意是已经定了。"并对欢送的官员们说："希望你们好好地做工作，我们还是有机会见面的，一个人，总有一天要死，要离开世上的。我们家里有很多的财产，就像人家寄在这里的一样，死了又不能带走，就是我自己的身子，只要人家需要，还是可以给人家。"

母亲对儿子说："你去了以后，就像把我的心挖出来丢在热拉哈山上，我自己在世上生活，无依无靠，好日子就像天黑一样过去了，国王这样狠心，把他的儿子分开，现在，不去也不行了，你放心走吧！到春天布谷鸟叫的时候，布谷鸟叫三声，你就喊三声妈妈，我听见布谷鸟叫三声，也会叫我儿子三声。"虽然是隔着千山万水听不见，但叫他记住母亲的意思。

送行的人回来了，他们走了两天，到了一个地方住了下来，来了三个人，是讨饭的流浪人，可能他们以前听到王子是好人，就向知麦格德要东西，虽然王子有困难，还是把赶来的三只猪都送给他们三人，还剩两匹马、两驾马车。在那里住了一天，又走了两天以后，到了喀拉基拉，又来了五个类似前面三个人的人跟王子要马，虽然他要走的路很长，马又跑得快，但他又把两匹马送给那五个人，没有马就拉不成车，路上吃的、用的就自己背，王子背着东西走在前面，三个孩子走在中间，妻子走在后面。走到一个比较高的地方，有芭蕉树，是一个很好在①的地方，还有其他各种各样的树

---

① 好在：云南汉语方言，意为"宜居，生活得很惬意舒适"。——编者注

和花，水，各种野鸡，豹子、老虎，山上所有的动物都有，他们走到那里以后，就在那里休息，到那里以后，妻子望了一下四面八方，人也不见，只看见山上的野兽自由自在地游玩，四面八方都见不着一个亲戚朋友，这是她原来没有想到过的，就悲伤地唉声叹气起来，王子看见了，就想："她第一次到了这个地方就叹气起来，以后还要走六个月，越走越难，越见不着人，山上的动物也越来越多。"王子希望她还是转回去，王子跟她说了以后，妻子还是不回去，她说："我跟着你去碰着这些伤心事情能跟你说，假若我回去，碰着伤心事也没有说处。"他们又走了，走到一座大森林，很大很深，望上去是山，望下去是树林，野鸡叫得烦人，还有大苍蝇，看到这些，她又悲伤起来了，但这次她没有向王子说，只是一个人在心里想。

走过了这里，又到了另外一个地方，地势高，有各种各样的花，动物不会咬人，野鸡、鸟叫得好听，有清清的泉水，有许多水果，她就问王子："这个地方这么好，我们是不是就住在这里？"

王子说："父亲告诉我要走到他指定的地方，不到不行。"这时，他们的三个小孩已经走不动了，王子希望要走到的那个地方的路缩短一点，王子这样想，路真的就缩短了五百里。

他们又走了，来到一个地方洛登依窝彩，从水塘里长出很漂亮的白荷花，它虽然是从水里长出，但不会沾水，妻子看着花说："花长得这么漂亮，就像佛家合掌一样尊敬人，风吹来，花摆得很好看。"

又走到索令悲基悠，有一种民族叫"杖日"，来跟他们要东西，这个时候，王子他们一样也没有了，只有三个幼孩，来要东西的那三人都是老人，没有儿女，他们就要王子的三个儿女，王子说："你们要小孩是可以，但是他们都还小，不能服侍你们。"老人说："我们要他们去，也不是要他们服侍，而是要把他们养大，长大后能干什么就干什么。"王子没有办法，就下决心要给了，他又顾虑妻子舍不得，他就想了一个办法，叫妻子去摘水果，他就把小孩送给了三个老人，叫三个小孩不要挂念父母，跟着老人去，他叫做什么就做什么。说完，三个孩子向父亲磕头。

大儿子对父亲说："既然父亲保证过别人要什么给什么，我们就听父亲的话。"

二儿子对父亲说："父亲这样做，我们遵从，但分别前看不到母亲，心里很难过，希望以后有重逢的机会。"

三姑娘把自己比喻成一只漂亮的孔雀，把她的父母亲比喻成树，孔雀飞舞，留下了树，临走以前没有看见亲生的母亲，心里很难过。

三个孩子临走以前，舍不得父母亲，就哭，父亲说："把你们三个送给人家，就像把我的心割给别人一样难受，但是过去我已经保证过不管别人要什么我都给，你们走了以后也不要难过。"

临走以前，父亲祝福他们三个不论做什么事情都成功顺利。今天太阳虽然落下去了，但明天出来的太阳会更好。

三个老人领着三个孩子走了，走到岔路口，每个老人都领了一个孩子各自分手回家去。

妻子摘了水果回来，水果堆得高高的，但不见刚才的那三个老人和三个小孩，她就想："孩子可能被王子送给那三个老人了。"她的三个孩子，就像很好的太阳，但天空里忽然来了乌云，下起冰雹，把庄稼都打坏了，她的三个孩子虽然没有死，但就这样分别了，妻子一边说，一边在地上滚去滚来地哭，王子就过来跟她说："今天三个孩子给了老人，以前我曾经跟你说过会碰到这样的事情，现在遇到了这样的事情你就这样哭，你要好好地想一想，我们翻山越岭来到这个地方，什么东西都送完了，就剩你和我，你这样哭，对我也是刺激，我也会心慌起来。"说着，王子也哭起来，妻子就过来为王子揩眼泪，说："我不是怪你，只是在临走以前没有见面，现在我想着的还是这三个孩子，虽然被人领走了，但好像还是在眼前，我不是怪你，而是痛心自己的孩子。"

他们二人又一起走，走到一个森林很密的地方歇，那里有很多的水果，妻子去摘水果，摆给王子吃，第一个又香又甜好吃，王子拿着第二个，想起三个孩子，虽然又香又甜，像吃饭，但他们三个已经不在自己的面前，吃不着了，心里很慌、很想，虽然这样想，已是达不到了，孩子不能回到他的身边吃水果了，后来，他就叫妻子吃水果。

他们又走，到了一条大河边，河很大，水面宽，又深又无桥，要过去不可能。王子就向天、向菩萨求佛，希望给他们一条过河的路，如果大河渡不过去，就无法走到父亲所指定的地方，他一求佛，下面的河水干掉，上面的水流不过来，出现一条路，他们就从中走过去了，王子看着河下面的水已经干了，怕鱼这些动物死掉，又希望河变成原来的样子。

他们走着，来到诺登依娃这个地方，两个天神变成两个人等着他们，他们事先知道向王子要什么给什么。王子想："走了这么多天都没有碰到人，怎么今天会有两个人等着我们，一定是什么神变的。"就问："你们是哪个地方的人？"那二人回答："我们是叭拉地方的人，我们二人都没有妻子。"他们二人就向王子要妻子，王子心想："从家乡到这里，只要有人要东西都给，今天遇到这个事情，心里是很痛心，今天要是不给他们，过去做的那些事情就是白白地做了。"他把这些想法跟妻子说："我们过去生活在一起，心连着心，今天他们来要，不能不给，望你还是要听他们的话。"妻子听了，对王子说："我走了以后，没有人给你摘水果，没有人服侍你。"王子说："你不要这样说，你走了以后，摘水果、做饭我都会搞。"

要分开的时候，两个都哭了，王子就对来要的那两个人说："她是我最心爱的人，是国王的姑娘，很漂亮，不管什么事情都会做，希望你们带她去以后，还是要对她好。"二人就把妻子领走，很感谢王子，走了一百步，又转回来，把妻子交还给他，他们二人想："王子是心最善良的人，妻子又是国王的姑娘，不能把她要去。"王子说："我给别人东西不要回，如果你们真的要就要去。"那两个人知道王子的心很好，他们并不是真的要，而是要来试试他的心，就变成神，把他们变成人来试他的真情说给王子，有一个神的眼睛向天上一看，天上就来了许多神，带着白帐篷来到人间，那里马上就变成了一个村庄。

跟王子要妻子的那个神说："你和妻子要去父亲指给的那个地方，路很远,你就在这个村庄治理这个村庄吧!"天神们都不希望他们再到原来的那里去了,请他们在这里,要什么东西,房子、吃穿、用人都可以给,并告诉王子,如果到原来的那个地方,到处都是妖魔鬼怪、豹子老虎,无法生活下去,王子说:"我的心并不是留恋钱财,我如果不去父亲指定的地方是不行的。"他们在那里六七天,就出发到热拉哈山去,他们走了以后,那些帐篷就像风吹起的云彩一样,慢慢地不见了。

他们又走到一座很高的山,森林很密,天都看不见,黑漆漆的,碰见一个人拿着一把宝剑,这个人仍然是来跟王子要妻子的神变的,他对王子说:"热拉哈山上从来没有人来过,山上的野兽,如豹子老虎只要闻见人的气味就会来吃人,山上是妖魔鬼怪,妖魔穿的是人皮,吃的是人肉,喝的是人血,你到了那个地方,连看都不敢看。"王子说:"知麦格德要到热拉哈山,如鬼要吃我的肉、血,还是可以给他们吃,但不去热拉哈山是不行的。"那个人就说给他,叫他从这里走,走到一公里的地方,有一条河,让他要朝河的右边走,有一条小路,要顺着小路走,那人说了以后,就顺黑黑的森林里走去了。

王子他们走了,走了一公里,到了一个很可怕的地方,野兽跑来跑去,河里流着有毒的水,毒水翻起很大的波浪,声音很大,野兽吼叫,妻子见了,害怕得惊慌起来,妻子想:"这个地方怎么会这样怪?不像人在的地方,好像人死了以后灵魂走去的地方。"豹子老虎这些野兽也不像人间山上的,牙齿很长,那里的水都是像开水一样,热气蒸发,人一闻见头就昏起来,她想,自己的生命会在这里完结,怕以后回不到人间了。王子发现她很害怕,就对那些野兽说:"我们走了很长的路来到这里,希望你们不要害我们,做我们的伴。"那些野兽鬼怪就马上变成好的了,就像家中养着的小狗一样,主人可以跟它玩,它还摇起尾巴,树林里的鸡也叫得很好听,像是在欢迎他们。

又走,到了热拉哈山,山非常高,看不见山头,是一座白生生的雪山,风吹起来,把雪和石头都吹走,很冷,人的皮肉都冷得快要裂开,从山脚下望去，很深，有大河，翻着大波浪，山像石林一样，直冲直下，人在的地方只是山中的一点裂缝，一年四季都照不见太阳，看着，他们都有伤心的感觉。那里有各种野兽，牛马牲口，鸡、天鹅，像家中养着的一样，它们都围拢来，好像来接王子一样，对他们很好，原来的那一条裂缝是对着南边，这时，忽然转到北边，开阔起来，有了日出日落，有树木水果，他们很高兴，用树叶搭成一个房子，王子坐在里面，一面想，一面写，妻子出去摘水果。

不知不觉已经过了十年了，不觉得苦，也不觉得幸福。妻子对王子说："来要走六个月，去要走六个月，刚好是一年，我们就动身回去吧，慢慢地走，到那里已经快满十二年了。"王子说："这个山上很好在，想吃水果有各种各样的水果，想喝水有很清很干净的水，也没有人在里面洗东西，这里的飞禽走兽又不会伤人，比家中的还好，我们还是在这里生活算了。"

他们仍然在山上住下来，有一天，妻子去摘水果，来到一个密林的山窝窝边，见到一只很美丽的鹦哥，嘴很红，毛色很鲜艳，会说话，妻子就向它说怎么来到这座山上，没有人间的那种饭，只能吃水果，请鹦哥告诉她哪个地方的水果多、好，鹦哥听着，头一点一点的，听完了以后，就飞起，飞一截，歇下回头看看妻子，意思就是"跟我来，我给你带路"，妻子就跟着它走，走了一阵，鹦哥停下来对她说："你的脸色，肉又白又嫩，越看越好看，哪里有水果，我一定会来告诉你。"后来，妻子也不消去摘水果了，鹦哥会用嘴摘了丢下来，只要她在下面捡，妻子的水果捡够了，很高兴，就对鹦哥说："最好的鹦哥，我的水果捡够了，你就飞回原来的地方去，跟你原来的伙伴玩吧！"妻子就拿起水果回来，鹦哥又送她回来，走了七八十步，说："你的身材这么好看，今天我们分别了，以后又相见吧。"鹦哥就飞去了，妻子走回来，有一条河，河水流的方向是她的故乡，河水很急，她就想："会不会听见我的三个孩子的声音？"她对河说："河水很白，像白绸子穿在身上一样好看，没有渣渣的很清的水，能给人解渴的水，水流的声音也很好听，会不会看见我的小孩？流得很远很远，流向我的故乡，在半路上可能会看见或遇到我的小孩，请你给我传个口信，告诉他们父母亲平平安安地在着，他们可好？三个孩子离开了父母，就像我们的心割出去一样，但命运是这样决定，也没有办法，十二年的时间要过去了，以后一定会相会。"这条河，从两山之间流下去，一直流到三个孩子在的地方。有一天，三个孩子一起出来砍柴，顺着河水走上来，虽然没有人，但从河水里听见妈妈说的话，他们听见了妈妈的话，很伤心，柴也砍不成，坐在那里哭起来，第三个小女孩爬到一个很高的山顶，向四处看，向天上看，什么也看不见，只看见一种鸟①，叫的声音很好听，她想："这只鸟一定会飞到热拉哈山。"她就向这只鸟说："你这很会飞的、声音又好、又漂亮的鸟啊，你一定会飞到热拉哈山，请告诉我们的父母，我们在这里过得很好，只是想念父母亲，希望很快和父母亲相见。"鸟就飞过热拉哈山，向父母亲转告女儿的话，父母亲听了，很难过，就哭起来。

妻子对王子说："你这个善良、聪明的人，我们在这里已经有十二年，加上路上的时间，已经有十三年了，我们还是回到故乡去吧，我很想念父母亲、三个小孩和亲戚朋友，请你听我的话，我们还是搬回去吧！"

王子说："你也不要伤心，现在时间也到了，我们就一起回去吧，反正回去也没有什么准备的，现在就出发吧，到了一个地方，就去找水果吃。"

王子和妻子要回去了，山上的飞禽走兽都来围在他们身边，因为长期在一起，很舍不得离开，它们请求王子不要回去，说："你不来以前，这里的野兽就要吃人的肉、血，你来以后，也不想吃了，感到很好在，请你不要回去了。"

王子说："我在这里的时候，你们就像我的亲戚朋友，一家人一样，只要心好，以后还是会过好的生活，这里虽然没有人间的东西，只要你们心好，以后还是会有的，我在我不在也是一样，你们当中大的不要欺负小的，力气大的不要欺负小的，要像一家人一样，以后一定会过到人的生活，我们在了很长时间，今天分别的时候到了。"

---

① 名为"戛拉丙戛"。

要离开了，王子山上的飞禽走兽个个都感到很难过。

王子和妻子就回来了，到了由勒笼这个地方，碰着一个瞎子，摸着路，跟王子要东西，王子说："我吃的穿的都没有了，一样东西也没有。"瞎子说："我一样东西也不要，只要你的两只眼睛。"王子想："我什么东西也没有了，他要眼睛也只好给他。"他又对妻子说："你也不要为我伤心。"就用一把小刀把眼睛挖下来给瞎子，两只眼睛流着血，妻子就大哭起来，王子说："你不要为我伤心，现在虽然我们不能在一起，只要为别人做了好事，死了也放心，我们死后灵魂还能相会。"妻子见他两只眼睛空空的，就趴在地上大哭起来。

王子把眼睛给瞎子斗上①，说："一个人，两只眼睛最重要，但是我以前保证过，现在连眼睛也给了别人，总算报答完了。"

瞎子看得见了，他就给王子磕头，说："所有在世上的人，你是最好的，不顾自己，一切都为了别人，我没有眼睛的时候，有很多困难，今天你给了我眼睛，困难没有了。"他很感谢王子，就朝前面跑，白天黑夜地走，来到布达地方，人们问他哪里来的眼睛，他就说是王子送给他的，大家都说："怎么王子连眼睛都送给别人？"他又告诉王子的家里，知麦格德要回来了，家里就准备了好多东西去接。

妻子一面哭，一面把王子脸上的血洗掉，她说："在热拉哈山上在了十二年，什么艰难都过去了，今天要来到家里，要见到父母儿女，但又遇到这件事情，心里很难过。"王子说："不要伤心，只要为别人着想，就好了。作为一个人来说，在世上为其他人想，为其他人办事，死了以后心里也舒服，来生还会变成好人，如果一个人只为自己，不为其他人办事，白白地死掉是不好的，我们这样，别人要什么给什么，死了以后代价也会很高。"

妻子拉着他就回来了，到了勒巴哈尔地方，父亲下面的一些官员到这里来迎接王子，有一个官员勒布拿阿日翁对王子说："你经过了这么多的困

---

① 斗上：云南汉语方言，意为"安上"。——编者注

难，关心别人，你这个好人，你的好处就像大海一样大。"说着，他们就哭了起来。官员就请求王子回到原来的地方，王子拉着勒布拿阿日翁，头碰了一下，问："国家里的人民，家里是否平平安安地在着？"官员和妻子牵着王子的两只手回家来，走到半路上，停下来休息，王子想："妻子和勒布拿阿日翁一定会因为我没有眼睛着急伤心，为了不使他们着急伤心，希望两只眼睛好起来。"一下子，两只眼睛就生出来，比原来的两只还好，他们三人就一起走来。

到了一个岔路口，遇见原来来要宝物的那个国家的国王申吃赞布，他是故意来接王子的，请求王子到他们国家里，愿意把国家所有的财产交给王子，这时，申吃赞布、王子、去接他们的官员，权力、地位好像都成为一样了。因为知麦格德把宝物给了那个国家以后，知麦格德的父亲把他们看成敌人，现在，那个国家的国王把自己的财产全部交给知麦格德，原来的隔阂就消除了。

他们一起走来，来到一个岔路口，原来来要孩子的三个老人领着孩子来到这里，说："你们不顾自己，把小孩送给我们，小孩为我们做了很多事情，现在，我们愿意把三个孩子交还王子。"王子说："我送别人东西，不会要回来。"妻子就说："自己亲自生下来的三个小孩，已经十多年不见了，今天在这个岔路口见到他们，就像海子里面的三朵花，又见着了。"想要回来的意思，那三个老人还是要送还王子，王子说："如果送还我，就请你们到宫廷里，三个孩子吃的穿的钱要算还给你们。"

过了十二公里，经过王子妻子的故乡白马尖，那个国家的官员、人民都拿着很多东西来欢迎他们，王子他们没有进去，只是路过一下，又继续走，在到家前的三公里的地方，就有人来欢迎，有敲鼓的，吹唢呐的，抬旗子、伞罩的，很隆重地来迎接王子。到诺旺余这个村子的时候，迎接他的人就说："往日太阳从西边落下去了，今天又从东方升起来。你是世间最好的人，在热拉哈山辛辛苦苦地过了十二年，今天回来了，我们心里很高兴，我们虽然在这里，但你一路上所做的事情我们都知道。"国王知道儿子做了这些事情，以前处罚儿子的那种狠心没有了，人们对王子说："你是英雄国王的儿子，是很高尚的人，请你仍然来掌握我们的国家，做我们的王子。"他们把王子接到原来的宫廷以后，国王下面的六十个官员也很高兴，商量给王子送金锭，每一家一户，每一个人都给王子送礼物，有铜器、珍珠等。王子及其妻儿来到父母亲房间给父母亲磕头，父亲说："今天相会，是个吉祥的日子，你不要哭吧。"父亲摸摸三个小孩的头，叫他们来坐在他的怀里，但都不去，知麦格德就叫他们去，大儿子说："我们三个从小离开家，父亲为了关心别人，把我们三个孩子也送给人家，在不是人间的地方生活了十多年，身上很脏，变得不聪明，吃的饭不干净，穿的衣服也很烂，我们这样脏，坐在爷爷的怀里不行，怕使你整脏了。①"国王听了，就拿一个金子、银子做的盒，用一种香树水给他们洗澡，给他们衣服穿上，给大儿子五百个金锭，给二儿子五百个银锭，给三女儿三百只大象，用这些东西送给原来要三个儿女的三个老人，路上吃的穿的都由国王发给。

  之后，知麦格德对父亲说："我已经按照父亲说的做了，一路上经过了很多艰苦，父亲指定的我已经做完了。"他把所碰到的困难，山上的情况，都向父亲说："希望以后任何人不要碰到我遇着的这些困难，从那个宝物起，一直到挖出自己的眼睛，我以前的保证总算做完了，我为别人做了好事，尽管自己受苦也不后悔，我把那个宝送给别人后，给父亲带来了痛苦，这是我造成的。"父亲对王子说："我的心胸狭窄，对你做的事情，没有很好地考虑，就残酷地处分你，给你到没有人烟的地方住了十二年，这是我和官员商量后决定的，你在路上把自己的东西、孩子送给别人，为别人办事，我都听到了，虽然那个宝物不在了，但由于听到你做的好事情，心里很高兴。"

  在家里一个多月以后，国王召集了所有官员，他坐在高高的金子座位上宣布，从此，国家的财产权力都交给儿子，并对儿子说："以后由你来掌握政权，管理国家，所有世上的人都知道你是一个好人，我不准备多说，只

---

① 带有讽刺之意。

是希望一样的说几句，好的就是好的，坏的就是坏的，不论是对官员或是对人民，都要一样，要遵守法律，把国家的政策掌握好，自己的儿女犯了法，也要用法律来处理，不能轻视穷人，还是要一样地对待他们，作为一个国王，要管国家大事，不单要管好本国人民，而且要防备外来的侵害，我讲的这些东西，你一定要牢牢地记在心上。"整个国家的军队就交给知麦格德，他父亲召集整个国家的官员、人民、军队庆祝这个节日，经过七天的时间，进行各种运动比赛，骑马、射箭、跳舞、唱歌。

知麦格德当国王以后，把宫廷里的好东西分送给来参加庆祝节日的人们。

盛会结束以后，知麦格德就当了国王，人们纷纷谈论这个国王以前的情况，其他国家的国王听到了，也佩服这个国王，就派了自己特别相信的官员来这个国家访问，带来很多的礼物，金银、大象都很多，在知麦格德的父亲当国王的时候，其他国家曾经受过他的侵略，知麦格德做国王以后，就没有这些事情发生了。

后来，知麦格德不愿意当国王了，就跟妻子说，准备给两个儿子来继承王位，准备给大儿子娶一个媳妇，国王格阿伯的姑娘茨基，又进行了隆重的庆祝。

国王把政权交给儿子以后，知麦格德就和他的妻子、原来的官员来到一座山上，这座山是不与外界接触的，专门让和尚念经的，他们三人就在山上住下来，在山上，知麦格德和他的妻子死了，里布拿阿日翁就回来，告诉知麦格德的儿子："你的父母亲死了。"知麦格德的儿子就办了一次丧，专门用金子做了一个塔来纪念他的父母亲。

附记：这个故事，有文字版本（西藏印行），这份材料前半段是口译，从第十八段"意见不统一"一句开始，均按文字版本译出。

区间奴诺

记录者：吴开伦、郑孝儒
翻译者：齐耀祖
搜集地点：云南省迪庆藏族自治州香格里拉市归化寺（噶丹·松赞林寺）
材料来源：寺庙经著抄录

1

很古以前，在印度北面，有两个王国，一个叫安得接波，另一个叫尼得接波。两个国家的土地、财产都一样，但由于尼得接波的国王生性残暴，又不信佛，专门听信小人坏蛋的话，使得国家日趋没落，产业日益完结，天灾人祸降临，饥饿四起，人民生活极端痛苦。

国王看到这种情况，有一天，就召集群臣计议："我们和安得接波土地、财产、人口都一样，为什么安得接波日益强盛，我们国家则一天天没落下去，到底如何办？用什么办法来挽回这种局面？"接着又说："是否可用兵去打安得接波来挽回我们的命运？"所有群臣静坐不语。后来有个老臣站起来说道："近年来，我们国家各方面日趋下降，这是事实，但要动刀兵，去掠夺邻国的钱财，这是搞不得的，这样做会把人民带到比现在严重的灾难中去，望国王仔细考虑一下。"国王不听，下令："快把周围百姓及远处的群众召集起来，我有话跟大家说。"群臣遵命，叫人打鼓敲锣，群众以为国王有什么喜事，个个兴高采烈，不一会都集中了起来，国王坐在集合场中的台上向大家问道："我们同邻国安得接波，以前是一样富强，而现在安得接波一天一天好了起来，而我们则一年年地衰落下去，这是为什么？大家出出主意。"他的问话使得几千人的会场马上变得鸦雀无声，个个脱下帽子，合掌不答，隔了一会，有一个一百八十岁的双目失明的白发老头，向他叩了三个头说道:"小臣名叫流阿牙匹,现在有一百八十岁了,过去是你父王的臣子,到了九十岁那年,因为年老智少,日渐糊涂,退职回家,我们国运从那时起就一天天不同,就以我自己来说,九十岁时,父母双亡,家运不通,只得讨饭过活。本来我早想见见国王,把情况谈一下,但由于年老无力,直到现在都没有提,现有此机会,我就提一下,望国王不要生气,耐心听一听。"接着说道:"要提起两国现在为什么不同,问题很简单。安得接波之所以一年年兴旺,主要是由于国王上敬天地,孝顺父母,爱护良民,另外,在他们国家里有一个莲花鲜湖,湖中有八个神女,世间珍珠奇宝都很齐全,由于这两个原因,所以一天天地兴旺起来。我们国家,你父王在的时候,也和他们一样,人民到处安居乐业,安得接波亦很羡慕我们,你父王死后,由于你年幼无知,不理朝政,并把忠诚老臣撤职回家,把年轻无知的人用来掌管国家大事,上不敬天神,下不济贫民,听信谗言,近二十年来,你更加残暴,另外,是我们国家的山谷里出现了妖魔,把我们的龙湖①中的龙女全部移到邻国的莲湖中去了,这是我们国家连年不雨,旱象严重的原因。总的一句,就是龙王离开我们而去了,现在要挽回我们国家的命运,问题就在于国王要想法使他们返回来。"说完便坐了下来。所有群众认为老头的忠言建议非常正确,国王看了就说:"刚才老人说的有点道理,龙湖枯干,龙王搬走,这我不了解,明天我们到前山、后山溜一趟。"说完,叫大家散了会。

第二天,国王带了三十个马队走到龙湖,见后山的七棵龙树枯了五棵,龙湖的水也快干涸了,回来就召集群臣,坐朝说道:"老头说的是事实,后山的龙湖快要干枯了,龙王神灵也都搬走了,现在如有人设法把他们迎回来,就有重赏。"接着又说:"要把他们搬回来,只有依靠我们国内的居士、隐士,谁能找到他们,就有重赏。"群臣领旨而去。

居士、隐士们闻知此事,就来朝他并向他提出意见:"要把神灵龙王接

---

① 龙湖:指国王游玩的地方。

回，除非莲花祖师亲自降临，我们道法很浅，不能办到。"当中有个老居士说道："此事并不严重，只要国王能派人到北面森林中把那个老居士请来就能办到了，他的名字叫脚蛇隐士。"国王听了表示同意，并说道："只要有这样一个人，不论他在多遥远的千里外，都要把他请回，只要你知道他的地址，就派你做使者，所有的一切物品、费用由我负责，只要请来，就把我的江山的四分之一分给你们。"

以老居士为首的十个居士出发了，他们走了三百六十里路，就到了森林，于是分头去找，几日不见，有一晚，他们露宿于山顶上，见下面有一黑岩，岩里有炕，旁边有森林野兽，于是便取道而至，敲着下门说道："高贵的隐士，我们是来请你的，请开开法门，让我们见见你。"忽然地动山摇，石门轰然而开，走出来一个青面獠牙的怪物，左手拿着降魔杵，右手端着盛满人血的碗唱道："我又不欠你们的债，你们为何到此，赶快回去，我这里离坟很近，假如我手中的降魔杵一飞出去，就要你们的性命。"那些人听后吓得面如土色，昏倒在地，隔了一会才慢慢醒来，为首的一个居士才静定下来说道："我们是奉国王之命来请你的，因为我们国家的神灵、龙王全部搬到邻国去了，只有你佛法高明，才能把他们接回，所以我们不辞千里，爬山涉水来请你，国王说，如果我们不能去把你请回去，就要杀我们，假若你去，国王把四分之一的江山分给你，并建造一座雄伟的宫殿让你住在里面。"一面说，一面叩头朝拜。隐士把他们带回洞里说道："这是可以的，但准备工作必须做好，你们五人先去准备，天下所有的东西都要有，还要做二十一天的斋事，然后从你们的湖边撒下毒药，就行了。"

五个居士回来将情况告诉了国王，国王得知就忙做起道场，积极准备，隔了七天后，另外的五个使者和隐士就来了，群臣百姓夹道欢迎。隐士做完了二十一天的斋事，就准备到湖边去把龙王、神灵迎接回来。

话说，莲花鲜湖中有一个龙王，道法高超，能知过去未来，早知他南面的国家准备请一个隐士到此撒下毒药，把他们接回，于是就变成个小孩，坐在岸上等待他们的到来，恰巧在岸边有个打鱼的人崩里热，于是他就向渔人问道："老渔人叫什么名字？哪里的人？到这里做什么？"渔人说："你又是何处人？为何来到湖边？今天打算到什么地方？你告诉我，我再把你问的告诉你。""我家住在南边的王国里，由于国内闹了饥荒，只有一个父亲，饥饿而死，我一人就游到这里。"小孩回答。渔人说道："我这里属于北国的安得接波，这湖叫莲花鲜湖，我叫崩里热，三年前，父亲去世了，我就在这湖边打鱼度日。"小孩试问："你是北方国家的人士，那么你们国家的宫殿叫什么？稳居宫殿的王子又叫什么？神灵、龙王的名字叫什么？要把龙王引出来能用什么办法？"渔人问："你平白无故问这些做什么？现在你既然问我，我就告诉你，我们国家的宫殿叫戛尼松林①，王子叫区间奴诺，湖叫莲花鲜湖，因为王子、神灵居住在此，所以才国泰民安，我由于有了这个湖，才生活下来的。"小孩说："你真是一个不会说谎的渔人，我也将我的真实情况告诉你，我是龙王的儿子，详细情况，明天再谈。"说着，就钻入水中不见了。渔人很诧异。到了第二天，老渔人想到"是不是经常在这里打鱼触犯了龙王"，从此以后，他就不敢到湖里打鱼，躺在岸上。第二天，龙王的儿子又来到岸上，见他躺着就问："你为什么白天睡觉？不如起来我们扯一扯。"说着就把渔人拉起，渔人醒来看见他，很是高兴。小孩又问："四月十五的那天，南国要来一个没良心的人到此下毒手，我们龙宫中所有的人都非常害怕，你是否在那时能保住我们？如果能够，我们就商量一下对付的办法；如果不能，我们就要离开这里了，而且这里的所有的鱼蟹、青蛙都要完蛋，你的生活也就完了。"渔人感到很奇怪，因说道："我生来就在这里，从未见过什么人来此下过毒手，料想今后也是不会有的，你是不是神经错乱？望你不必害怕、着急，还是回龙宫去吧！"说完，小孩回到水里，渔人仍旧躺下睡着了，这时，龙王又变成一个美丽的姑娘在叫唤他："忠实的老渔人，你不要再睡大觉了，刚才那个小孩说的话是对的，什么事龙宫早就知道，灾害就要降临到龙宫及国家人民身上，你是否能够保住我们？请你回答一

---

① 戛尼松林：极乐宫的意思。

下。"老渔人醒来,答道:"这个湖我拼命来保护好了,请龙王、神灵放心。"姑娘听了很高兴,笑道:"虽然南国的恶魔法术高超,但你可以降住,我把磨刀石给你,你把刀在石上磨一磨,任何恶魔都可以降服。"说着,把磨刀石给了渔人,就回到水中,渔人收起磨刀石,又躺在岸上了。

话说,南国的隐士在做完二十一天的道场后,就到国王旁边说:"我们可以迎神灵去了,不然错过时机,就会有变动。"一切准备就绪,隐士就带着一个随从出发,走了七百多里路程,在四月十五那天就到了莲花鲜湖,就装成个喇嘛,在湖边烧起了香,他想通过这个"善"的办法,念念佛咒把他们赶回去。他一念经,就惊动了龙宫,龙王说道:"是不是渔人又在睡大觉?恶魔是不是来了?"说着,被咒语逼出水面,龙王的身体刚露出水面,就看见一个喇嘛在湖边念佛,他就问:"你俩叫出我们是为什么?"隐士一手拿着白练,一手拿着一束五谷,答复道:"我是从遥远的南国来的,你本是南国的龙王,离开南国的时间很长了,我一面来请你回去,一面来向你请安,请你不要待在北国,回到南国去吧!那里有森林湖泊,气候温暖,比北国都好。"龙王说:"谢谢你的一番好意,你向我请安,这太感谢了,但要叫我回到南国去,这是不可能的,如果南国好,就请你回去吧!我是不回去了,请你不要多费嘴舌,要是北国的王子知道后,你的性命也保不住。"说完,就钻入水中去了。

隐士看和善的办法无效,于是就施行了恶毒的办法,把随身所带的八个降魔杵和配有毒药的血摆设好,对湖叫道:"不知趣的龙王,我本想用和善的办法逼你回去,你不肯就只得用武力对付你了。"说着,就在八方钉了八个降魔杵,把毒药撒入水中,吹了三声号,念起咒语,霎时,湖水沸腾,湖中的龙王、鱼蟹越来越感到热,龙王支持不了,就浮出水面大叫:"岸上的渔人,你是死了,没有本事,你昨天就不要说,现在魔鬼来了,你又不出来。"渔人醒来,见龙王已烫得要死地站在他旁边,又看着湖水沸腾,哭声、叫声吼遍,于是就仓仓促促地扎紧腰带,拿起刀子来到隐士旁边,问道:"你这不知哪方人士,无故到我们湖边做什么?把湖水弄成这样,是谁叫你干的？"他很生气，边说边举刀就砍隐士，隐士的魂魄都被吓掉，向他求饶道："我不是自作主张来扰乱你们，是因为受国王之命来带龙王回去，请你和龙王一同回去，你要高官厚禄，金银财宝，娇妻美妾都有，如果龙王不回去，我的性命就难保了。"渔人生气地说道："你执行国王的命令，为什么不在你们国家执行，要到我们国家来执行呢？什么高官厚禄，金银财宝，娇妻美妾，我都不要，你如要你的性命，就赶快把旁边的降魔杵拔掉，把湖水平静下来，否则，我就把你砍掉。"说着，便举起刀来，隐士又求饶道："请你不要杀我，你如果杀了我，湖水也不能平静下来，还是好好地说事情才好办。"渔人说："既然如此，你就把湖水平静下来，把已死的生命复活过来，把毒药捞干净。"隐士被迫拔了降魔杵，把解毒的药撒入湖中，一会湖水平静了，死了的生命复活了。他向渔人说道："我已照你家的命令做到了，现在就请你放我回去吧。"渔人心想："放他回去可能不好。"于是就把隐士的两腿砍断，叫他行动不得，隐士又求饶道："为了他人利益，我牺牲了我的性命，希望你不要把我害掉。"渔人不听，举刀结果了隐士的性命。

2

渔人杀死了隐士，脱下了隐士的衣服，垫在地上，用其尸体做枕，仍然躺在岸上睡觉，这时，龙王出来向他说道："你是我们救命的恩人，你救了我们的性命，现在请你到龙宫去生活，吃的穿的由我们负责。"渔人答道："我生活在湖边一辈子，不知龙宫是怎样的，我若去，怕水把我淹死，你若要报答我，请你把报酬拿出水面交给我就行了。"龙王说："恩人，请你去一下，龙宫非常好，房顶是金的，房子的四壁是银的，宫女美女如麻，金银财宝应有尽有，比外面要好千万倍。"渔人说："你说的可能是真的，但我不是黄鸭能钻水，我好比菩萨，着水就完蛋；我不是皮船会漂水，我是渔人会落底。你若有沙粒、白粒请拿出水面我收起。"龙王又说："你的性命我保全，去龙宫不用步行，只要你扶在我背后就行了。"说完，背着渔人往龙宫去了。

渔人到了水府，睁眼一看，见眼前是另一种天地，有山，有水，有雄伟瑰丽的宫殿，有家禽，有歌女、舞女、宫娥彩女来迎接他，与世间无异，比世间稀奇。他在里面过了一个多月就如只过了几天一样，吃的是山珍海味，真是享受不尽。虽然龙宫的生活很幸福，但他却不时地思念着家乡，有一天，他就问龙王说："我到这里时间已经很长了，我很思念家乡，请你送我回去吧！"说着又把磨刀石交给龙王："我的任务已经完成了，现在把这块磨刀石交给你，望你一定送我回去。"龙王说："请你不要回世间去了，就生活在这里，要什么我们给你什么，我们服侍你到老，你若是回去，又要残害生灵了。"渔人拒绝道："世间有恩有德的事是很多的，但诚心诚意的却很少，你们报答我的恩义，我是很高兴的，要叫我长期住在这里，我也很感谢，但是我想起我的小渔船，我不能再待下去了，现在我什么也不要，以后要什么，再告诉好了，你还是让我回去吧！"龙王又说："世间恩德很多，但是最大的恩德就是你这个大恩人了，有了你，我们的性命保全了，现在留你不住，你到底要什么宝贝，请你提出吧。"说着，就叫下面的那个臣子打开所有的仓库，把一万两千多件宝贝摆在渔人面前，说道："救了我们龙子龙孙的大恩人，这是世间稀有的宝贝，你要什么，就请挑选吧！"渔人说："我自从到了你们这里，富贵荣华享不尽，现在我要回去，你们还要叫我带宝贝，这不必要了，如果你们硬要叫我带，这些东西我不懂，那就请你们酌情给一件好了。"龙王说："我们的宝贝应有尽有，有可以降雨的，有能长出森林的，有能得高官贵爵的……有的宝物千千万，我们把'卫锐崩奴'如意宝贝赠给你，有了它，你要什么就有什么。"说完就取出装入木匣给了渔人，并说道："我们龙宫中有三件宝：'珠并禄玉'是神龙必需的；'顿雨杀巴'[①]是龙王必需的；'卫锐崩奴'是人间的宝贝，有了它，世间就国泰民安，五谷丰登。"渔人接过木匣背在背上，向龙王、龙子、龙孙说道："你们把最珍贵的宝物赠给我，这种恩义说不完，我要离开龙宫回去了，以后见面仍有机会。"

---

① 顿雨杀巴：指捆仙索。

说完,龙王背着他回到水面上。

渔人回来仍然住在原处,但过了五天后,自己的身体变得力大无穷,眼睛更明亮了。于是他就离开湖边,到其他地方去了,有一天晚上就在老两口的人家住了下来,并拿出宝贝向他们问道:"这是世间最稀奇的宝贝,你们知道吗?"老两口一见宝贝霞光万道,就问道:"我们没见过世间的宝贝,现在你有这宝贝,是不是偷来的?"渔人直言不讳地照实说了,又问道:"你们既知道宝贝的珍贵,一定知道它的名字,请你们说出来一下吧!"老两口说:"我们这些穷汉,知道这东西是宝贵的,但要说出它的名字,我们就说不出来,离这里不远的'格窝'山洞里住着一位什么都懂的高僧,你可以去问他,除了他,这世间所有的宝贝,任何人都说不出它的名字。"渔人谢过,离开他们而去。

渔人走了三天,来到一个原始森林,树木很密,草木茂盛,花草繁多,但却不知高僧住在何处,于是就捧着宝贝祷告道:"我已经迷失了方向,请宝贝指引一下!"正在祷告,忽然飞来了一对布谷,叫了几声,从东北方向飞去了,他感到奇怪,于是他就从东北方向走去,走不多远,见一口井,井边有脚迹。他循迹而去,见一个山包,山的表面,有一个如堆着经书的石岩,石岩的旁边放着一个石堆和一根木杵,于是他就敲着石堆喊:"我因为寻求高僧迷失了路,高僧是否就住在这里?请开门见一下。"喊声惊动了洞中的高僧,只见石门打开,身穿白色袈裟,头发已经如雪的高僧走了出来,见他说道:"一般人是不能到这个仙境来的,你是很有佛缘的人,我刚做完功,你就到了这里,你有什么事就请说吧!"他把他经过的详细情况说给了高僧,又说道:"我因不知道这件宝贝的名字[①],路上听老两口说高僧在此,特来求你告诉一下这宝贝的名字。"老僧说:"虽然你投生在一户一样没有的渔人家,但你很有佛缘,你救了莲花鲜湖的众生灵,这件宝贝只有你才能得到,它是在佛祖时代才有的,名叫'卫锐崩奴',我在这里住了五百年,

---

① 此句与前文逻辑衔接不畅,但原资料如此,予以保留。——编者注

也只是耳闻未见,今日得见也很幸运,你有这件宝贝,今生要什么,就有什么,来世要怎样,也能办到。"说完,把渔人留了住下,用素酒来招待渔人。第二天,渔人又问高僧:"我是个渔人,世间的人已经见惯了,但唯有昨日遇见的那老两口十分年轻,这是什么缘故?"高僧答道:"说起这事来一般人是不能告诉的,因为你有了这宝贝,所以就把这情况告诉你,离此地三里的森林中有一个漂亮的小池塘,每逢十五仙女们都要来洗澡,载歌载舞,一般人不能到那里,只是我经常去服侍她们,那老两口也经常跟我去,仙女中有一个长得特别漂亮的小姐叫玉处木,如果洗到了她洗澡的水,就会长生不老,我因为服侍她,所以能活到现在,那老两口也沾了我的光,因此这样年轻。"渔人听了准备告辞高僧而去,但被高僧留下,晚上,他因为白日听了高僧的话,心里非常高兴,所以一夜没有入睡。第二天起来他就向高僧要求道:"昨天听了你讲的那些,晚上我一直睡不着,是不是请你在仙女们洗澡时带我去一下?"高僧说:"你这渔人根本去不了,我是有了道行才能去的,万一我把你带去,天神也会责怪我的。"渔人又说道:"你道法这样高加上我有这宝贝,依靠你的佛法和我的宝贝,请你带我去一下,万一死掉,我也瞑目了。"老僧推辞不了,就同意了,他又说道:"现在离仙女洗澡的时间还长,你是渔人,残害生灵,造下了罪恶,必须把你肮脏的身躯,在这一月内,每天洗一次,洗干净了,才能去。"

一月过去了,到了十五的那天,高僧就带着渔人往池塘处去,到了池塘边,高僧念了咒语,所有天堂的仙女纷纷而来,到池塘内开始洗澡,在玉处木的身旁,有很多侍女,有的拿着金瓶,有的打水,搭好座子开始洗澡,旁有音乐伴奏:"外体的东西要洗掉,内体肮脏的东西要洗掉。"洗完,渔人见她很美丽就动了情,就向高僧提道:"这个仙女太漂亮了,这么多仙女我只看中她一个,我想捉住不放她,但又捉不到她,请你帮我捉住,你能成全这件事,我把宝贝送给你。"说完并向高僧叩了三个头。老僧说道:"你不要妄想了,这些仙女都是神灵,太阳一出来,身体就化了,永远也捉不住的,请你死了这条心,还是收收东西回洞去吧!"

渔人因被仙女玉处木所吸引，一心想把她弄到手，高僧之说，不得不依，所以依依不舍地同高僧回来了，回来后，他向高僧说："我托你的佛，沾了我宝贝的光，没有见到的已经见了，你不是说我有这法宝，要什么就有什么，现在，我想的是那个仙女，只要我能把她弄到手，这法宝我也不要了，是不是请你为我想一想办法？"老僧劝道："我说的话你不要误解，我是说世间所有的东西，你要什么就有什么，但要获得仙女是不可能的，你若要拖住仙女，龙宫中有件宝贝叫'顿雨杀巴'能够捉住，但这件宝贝是龙王的魂魄，如果龙王失了它，就会丧命。"渔人高兴地回答："只要龙王有就好办了，我是他的大恩人，他说过，我要什么，就给我什么，现在我把'卫锐崩奴'还给他，把那捆仙索取来，就可以去捉那仙女了。"高僧答道："你是龙王的大恩人，他可能会给你的，但你必须向他保证，说你拿去这捆仙索，决不去捆龙王的龙子、龙女，是拿去捆仙女的，这样他就会给你了。"渔人谢辞高僧而去。

渔人走了三天三夜，来到莲花鲜湖，就对着湖的南面叫道："我有事来找你们，望你们来见我。"没有答复，于是他又转到东、西、北三面去叫，仍然没有回声，最后他又回到南边骂道："你这忘恩负义的龙王，你比野兽还不如，你若再不出来，我就要返回南国，那里还有十个比前次那个更厉害的隐士，我叫他们来，放下毒药，你们的性命就难保了。"说着，便拿起前次砍死的隐士的尸体丢入湖中，龙王知道，就连忙出来说道："岸上的渔人，请你息怒，今天呼唤我龙王有什么事情？"渔人说："龙王你在湖里好好听一听，我不是别人，而是你们的恩人，今天来叫你们，你们无情无义，一声不应，现在把你们给我的宝贝送还你们，如果你们还把我看作你们的恩人，就请你把你们的'顿雨杀巴'捆仙索送给我。"龙王说道："今天你要把人间的宝贝还给我，要去龙王的宝贝，是不是有什么打算？这个龙王为了感你的恩情，可以借给你，但人拿着是没有效的，如果你硬要，也就不好推辞了，那么，就让我把这件拿去放着，再取那件给你。"龙王接过"卫锐崩奴"，回去取了捆仙索向渔人说道："这本是我们龙宫的宝贝，离了它，我们就不能生活,今天为了感你的恩情,所以拿给了你。"说着,拿出捆仙索,霎时,霞光万道,照亮了整个莲花鲜湖,他把捆仙索一头拿在手里,一头交给渔人,向渔人提出:"这捆仙索我愿献给你,但你必须保证三条:第一,三十三天堂的神灵特别是神女,你不能去捆她们;第二,四周的仙子你也不能去捆;第三,海里的龙子、龙孙你也不能去捉他们。只要你答应这三件事,所有的人你都可以用这条绳子去捆他们。"渔人答复:"三十三天堂的神灵和仙姑不捆,我可以保证,龙子、龙孙不去抢,我也可以保证,但四周的仙女不能捆,我是不能保证的。"龙王念他有恩没法,就把捆仙索交给了他。

渔人拿着捆仙索不停地走,只两天两夜就到了高僧那里,并拿出捆仙索向高僧叩头道:"由于你的指点,我的事办完了。"接着又说:"是不是真的?请你看一看。"说着,把捆仙索递给僧人,最后又说:"我不顾生死存亡到处奔波,目的是要把那个仙女弄到手,现在绳子也拿来了,我不弄到她,我就不放手。"说完,就做出马上就要去捆仙女的姿势。老僧劝道:"你不要忙,你要捉那仙女,还不到时候,要到七月十五她们才来洗澡的,等到时候我们一起去捉就是了,你现在去还是捉不到的,这段时间你好好养一下神。"渔人照高僧的指点住了下来。

他俩住了下来,老僧想:"这个捆仙索是否能捆到?但是他有缘可能实现得了。"到了十五的那天,老僧又带着渔人来到了池边,僧人照前一样唤来了仙女,仙女们比前次打扮得更漂亮,渔人看见更加被吸引住了,玉处木下来后就对侍女说道:"我们是因为心里不快,才来洗澡的,今天不知有什么祸降临,我们赶快洗洗回去吧!"等到玉处木洗了澡快要回去时,渔人却不知所措,还呆呆地站着不动,僧人见了,就忙向他打手势,但他没领会,到仙女们已经飞得很远了,他才把绳子连忙撒向空中,把玉处木捆了下来,其他的仙女及侍女们都飞走了。

渔人捆来了玉处木,紧紧把绳子握在手中,玉处木想挣脱回去,于是他就说道:"仙女,仙女,你莫慌,你如长在湖上的莲花,我们有福有缘,今天相见了。"仙女说道:"天上的神灵,你不保佑我,现在我已落到渔人的手里，我虽有点法，但我不能挣脱，望你来救我回去。"又对高僧说："在旁的高僧，你看到不管我，你太不对了。"说着，就痛哭起来。老僧见仙女挨近凡人，怕压着仙女，故对渔人说道："仙女是最干净的，你是凡间的俗子，她有仙气，你有俗气，俗气是会冲掉仙气的，你们还是不能站在一起，你还是站远点，让我给你劝一劝。"说着，就站到他们中间，渔人说道："我不辞辛苦找来了宝贝，今天这个仙女却背着脸不看我。"说着，便推开僧人，走过去挨近仙女，玉处木慌忙说道："我已经落到渔人手里，正如莲花遭霜扎，雪山狮子受狗欺，我俩配不成，请年轻的渔人放我走！"渔人说："生在仙境的玉处木仙女，正如生在雪山的狮子被马鹿赶下山，你已经落在我手里，要想挣脱万不能，我们还是配成夫妻，我渔人如在高处撒下网，鱼儿落到网里边，你这美丽的仙姑，已被我用捆仙索捆住，要想挣脱万不能。"说着，就把玉处木拉到自己的身边，玉处木向僧人求道："我是诚心诚意受你的邀请才下来的，过去，我没有得罪过你，我把金戒指送给你，请你想法搭救我一下！"她把戒指拿给僧人，继续说道："我是生在仙境的仙子，年轻的渔人是打鱼为生的俗子，仙子俗子配不成，我把戒指交给你，请你调解调解。"僧人答复："你所说的我一定转告给他，他虽然是渔人俗子，但他本事很高，你不要看不起他，我向他说，他不会不听的。"最后，玉处木又说："要叫我与他成夫妻，我宁可死在你们这里。"渔人听后说道："有心想把山上的狗猎回来做家狗，即使它死了，我也要把它的皮剥下来，我有意与仙女配成夫妻，就是死了，我也要脱下她的衣。"僧人劝道："她不同意，也是不行的，是不是你把戒指留着，放她回去？"渔人又说："我捉住仙女，不是为了这戒指，而是为了成夫妻，正如上山打鹿不是为了鹿角，既然得了鹿子，鹿角也是归我的；我不是为了狮子的项毛而去猎取狮子的，既然得了狮子，项毛也是归我的；今天我捉住了仙女，她的全身都是归我的。"仙女听了，就丧着脸向渔人说道："我俩要想配成夫妻，生儿育女不可能，你是世间凡人，我是仙家女子，同你善说，请你把戒指留下，善说不行，我使起法术，你是没有办法的。"说着举起手想飞上天去，渔人吓得后退了几步，连忙紧紧抓住捆仙索，慢慢镇定下来，对玉处木说道："你有多大法术我不怕，我也有本事把你捉回来。"说着，就想跳过去把她拉过来，僧人见了又站到他俩中间，把他们隔起来，对渔人说："年轻的渔人，别着急，毕生的精力一时失去划不着，万一仙女白白死去，对你和世间都不利。"渔人听了高僧的话就忍了下来，仙女见事不对，便低下了头流着泪，沉思着。

正在这时，其他的仙女及侍女们回去把玉处木的事告诉了父母，于是父母就派了她的妹妹带着侍女来到山头上向她说道："我们姊妹虽然多，但没有这样地疼爱你，今天失掉了你，我们很悲伤，薄命的父母失掉了你也很难过！"她抬起头回答道："我已落到渔人手里，请妹妹及众位回去告诉父母，拿些珍珠宝贝来赎我回去！"渔人听了就向她的妹妹说道："请你回去告诉你的父母亲，金银财宝我不要，今天她已落到我的手里，要赎回去不可能。"僧人见玉处木被捆得很难过，就说："你已经被捆仙索捆得很难过，而且又不能飞去，你是不是把你冠子上能使你飞的宝珠解下来给渔人？渔人是不是把捆仙索放松一下？"玉处木答道："我可能死也逃不了渔人的手，你来为我们调解，我愿把我的宝珠解给他，就请你从我头上拿下来吧！"僧人把宝珠交给渔人说道："玉处木能飞主要是靠宝珠，现在我把宝珠交给你，望你把捆仙索解开，不然，她的性命就难保了。"渔人解去了捆仙索，玉处木又回到池塘里洗了澡，三人就回到岩洞里来。

且说，玉处木的妹妹回到仙家，将她的事告诉了父母，父母听了就立即昏倒，后来，又为她卜了个卦，卦中说，她虽然暂时遭到一点折磨，但后果是很好的，于是，为了解除她暂时的灾难，所有的仙人就为她念经拜佛。

他们三人回到老僧的洞里，当夜一个也不敢睡觉，仙女怕渔人来与她同房，就一直守到天亮，老僧怕凡人与仙女同房，那么，仙女也会死去，凡人毕生修仙怕到地狱里也要受难，渔人考虑，他既然弄到了她，不同她同房是不行的。于是老僧坐在他俩中间，男的坐在前，女的坐在后，就这样，三人一直坐到天亮。虽然他们坐守待旦，但老僧却在空隙之间，闭上眼做了一梦，梦见在区间奴诺的宫殿中的三丁六甲在向区间奴诺法王献花。区间奴诺当时也梦见金色的太阳猛照在他的宫殿上，宫殿四周摇起彩旗，所有随从在奏乐，自己手中捧着一朵最美丽的花。第二天清晨，高僧一起来就跟渔人说："英勇的渔人，你对众生做了一件最好的事情，但你自己怎么想？"渔人说："至高无上的老僧人，我过去依着你的话去办，今后我应该怎样做，请你教导，我遵从去做就是了。"老僧说："你要我跟你说，我就跟你说，你身体不洁，而且是带有罪的，仙体一点脏东西都不能沾，你俩是永远配不成的，离这里有三百里的地方，有一个贤明的君主，区间奴诺法王，他有五百多个宫妃，但如玉处木这样美的却一个都没有，你是不是把玉处木献给他做王妃？这样你的罪就可以赎掉，荣华富贵也就享受不尽了。"渔人答复老僧："你说得有道理，但我有个想法，我就是贤明君主区间奴诺的臣民，我虽然未见过他，但却知道他，你要叫我把玉处木献给他也可以，只是我费了很多辛苦才得到她，而一晚上都没有同过房，我是舍不得的，假如能与她同房一晚，献给他，我也情愿了。"老僧说："你不要想得太多，我跟你说的句句是真心话，玉处木要配区间奴诺早已注定，你不成全此事，如果王子把她抬走，你又有什么办法？并且性命也难保，照我的说法，你还是好好想一想，把玉处木献给他并把你得到她的经过告诉他，这是再好没有了，这样，你的荣华富贵也就享受不尽了。"渔人最后说道："你所说的我不是不依从，过去我依了你，才会有今天，我本舍不得玉处木，经过你详细地说了，那我就左手拿着捆仙索，右手捧起宝珠去献给王子！"说完，又对仙女说："仙女公主，请你不要难过了。"三人非常高兴，仙女就向高僧感谢道："我的性命能够保全，全是依仗了高明的师父，我只要有一个月一日回去见到父母，你的恩情我永远不忘。"说完，流出了喜泪，并向老僧叩了头。老僧见了，又对她说："你不要流泪了，区间奴诺与你成亲是前生命定的，年轻的渔人我已经说好了，他送你去献给法王，请你放心，不会有什么，现在你俩就起程了吧！"

渔人带着玉处木走了三天，来到区间王子的宫城，世人争着来看玉处木，很是拥挤，寸步难行，到了宫廷门口，渔人问守门官道："请你禀告王子，有一渔人带着一个女子要见王子。"门官立即告诉内臣，内臣禀告了王子，王子说道："过去我梦见，今天有这事降临，也完全符合，你们快准备茶水、座位，请他俩进来见我。"臣子们遵命而行。

他俩见了王子，就连忙下拜，渔人对王子说道："玉处木不是凡女，是仙家最美丽的姑娘，我已经捉到了她，听了高僧说，我乃是贱骨头，不能与她成婚，依他的话，我把她献给你，我的衣食请王子给我解决。"说着，就把仙女的宝珠献给了王子，王子很高兴，就叫内臣为他自己做了一个金座，上面垫上三个垫子，铺上一张虎皮，为玉处木做了一个绿松①宝座，一左一右，渔人坐在侧面。然后对渔人说："你住在何处？你与高僧怎么得到玉处木？请把经过告诉我。"渔人照实把经过告诉了王子，恰巧在王子与仙女要成婚的那天，天上下了雨花，大家非常高兴，王子积极准备结婚典礼，举国欢腾，仙境里也知道玉处木已献给了王子，并准备成婚，她的父母非常高兴。王子为了酬谢渔人，因向渔人问道："你要什么东西？请你考虑下，今天暂时给你一件锦缎衣服，四个侍女侍从你，明天要什么又再说。"并把渔人安排住了下来。

土六年四月二十日那天，王子与仙女成婚，举国上下，放假庆贺，城内跳舞唱歌，城外跑马射箭，路上行人拥挤，王子坐上金座，玉处木坐上绿松宝座，渔人坐在用虎皮垫上的第一个客座，庆贺他们的婚礼，另外还写了一张布告，全国人民都知道此事，并为渔人修了一间如宫殿一样漂亮的房子，划五百户给他作为庄户，还有牲畜等。

3

王子与仙女成婚后，玉处木对王子非常爱慕，王子也很喜欢玉处木，两个性格很是相投，有一天，玉处木就把心里的事告诉王子："天神转世的

---

① 绿松：指一种宝石的名字。

王子，我能伴随你真是三生有幸，我们夫妻要恩爱到老才行。"王子把玉处木的手拉过来说道："我心爱的仙女，我得到你如在黑暗中得到光明一样，我们恩爱同到百年。"从此，夫妻一天比一天恩爱，国家风调雨顺，日日好转。

　　王子与玉处木成婚后，对玉处木十分宠爱，对五百宫妃越来越疏远，五百宫妃感到自己度日如年，连个侍女都不如，于是她们就三五成群地经常议论王子，其中有一个叫"板鲁萌么"的说道："贫贱的渔人自从带来了烂丫头后，王子对我们的态度就变了，使我们连一个丫鬟都不如，如果不把这婊子除掉，我们一天也不能过了。我们同样是有名有位的贵族人家的女儿，来做他的妃子，现在却在受这种灾难，我们是否去找找阿吹哈拉道士，请他想想办法？"所有宫妃完全同意她的意见，并说："只要能把这个婊子除去，我们愿把我们所有的金银财宝送给道士。"第二天，她们就背着王子派了四个代表拿着金银财宝去请阿吹哈拉，并向阿吹哈拉说道："我们没事不会到这里来的，我们是五百妃子派来的，我们的王子自从得了那个女子后，和她整天有说有笑，对我们就转转都不打一个，我们想来向你问一个计，想把这颗眼中钉拔出去。"阿吹哈拉答复道："听说那个女子很贤惠，你们今天不来，王子如何对待你们，婊子在其中作祟，我是不知道的，只要你们如王子赏赐渔人一样地赏赐我，我可以为你们想一想办法。"四个宫妃满口答应地说："只要你能把这颗眼中钉拔掉，我们一定重重酬谢你。"

　　阿吹哈拉自接受五百宫妃交给他的"任务"之后，有一天，他就托了一个噩梦给区间奴诺的父亲——老国王，原来这个道士也是老国王最宠幸的人，老国王梦见在他家的羊群中，来了一群比羊还多的狼子，把羊全部咬完。第二天，老国王就带了几个内室臣子来找阿吹哈拉，说道："昨晚我做了一个噩梦，看来是凶多吉少，究竟是什么事？请你卜卦一下。"阿吹哈拉就得意地摆好一切，念起咒语，开始卜卦，卜卦完毕，翻开卦书说道："国王如插在大风中的旗一样，自然一阵旋风，把旗子吹走了，王子如长在狭谷中清水边的一朵美丽的山茶花，冰雹一来就打得他花叶都没有了。"又说：

"我一生卜卦,像你今天这种凶卦从来未卜过,你俩父子的凶实在大,对我们北国都不利!"老国王听后说道:"法师你说的真是不吉,但真正的凶在哪里?请你把方向说出来。"阿吹哈拉又继续念道:"我们北方的国境上有一批野人准备造反,如今年不兴兵制,到了明年就不可能平息了。"老国王问道:"如果不用万兵,念念咒语,是否能够把他们制止下来?"阿吹哈拉又翻开卜卦书说道:"要制止他们造反,求佛念经是不能平息下来的,只有兴兵讨伐才能解决,而且带兵的必须要奴诺王子才行。"老国王说:"如果要兴动刀兵,只有我去。"阿吹哈拉听了,就慌忙地收起卦书,变了脸色说道:"你这老国王,神灵的话你不听,就只有把我们的江山送给野人了,你若要替区间奴诺去,此事是办不成的。"老国王见他这样,又说道:"你不要发怒,我不是不听神灵的话,这只是我的意见,如果除了区间奴诺去都不行,那我们就回去商量一下。"

老国王回来,就召集了群臣,带来了奴诺,把他的梦及阿吹哈拉的卜卦告诉了他们,群臣说:"既然必须要太子去,就请太子去好了。"奴诺说道:"父命我是服从的,征服野人的事我去好了,但就是母亲、妻子还未商量定,恐她们不放心。"说完,就退朝去了。

奴诺回到自己寝室中,玉处木一见他表情与往常不一样,就牵起他的手问道:"你得了什么病还是有什么心事?你讲一讲,我给你分担一点。是不是今天父王责怪了你?"奴诺喝了一碗茶,回答道:"今天我心里难过,没有其他原因,并非父母责备我,因为我们北面野人造反,这个任务交给了我,我就要离开慈母和爱妻了,所以我难过。"玉处木听到立即昏倒在他怀里,眼里流着眼泪,哭着说道:"我们国王独生你一个儿子,要同野人打仗,这是件危险的事情,你不好推辞,让我到母后那里去讲一讲情,把卜卦中的事详细说给母后。"奴诺说:"既然这样,你明天就去和母亲说一说,看父王怎么样。"

第二天,玉处木一清早就来到母后那里,把问卦中的情形告诉了母亲,说:"昨天父王决定叫他出征,因为此事我才来问母后的,请问你野人是否有？是不是父王听了谗言想害王子？"说完，就哭了起来，母亲说道："山人卜的卦是真是假还晓不得，你父王做出这个决定，我是舍不得儿子的，假如儿子有一好两歹，那江山谁来继承？媳妇你不要难过，我们两个去见父王。"说着，就拉着玉处木而去。

婆媳来到老国王面前，母后一开口就同国王吵了起来："你这老糊涂，野人你哪里听见过？你随便听信道人的话，叫我们独生的儿子远离家乡，没有儿子的苦你是否受过？今天有了这个儿子，又要叫他离开，请你把这个决定收回去吧！"说着，婆媳就哭了起来。国王听到妻子的话，就把他的梦及卜卦的情形告诉她们，并说："他本身没有什么祸福，这是件大事，出征的日子可以缓几天，但不去是不行的，你俩还是回去吧。"婆媳俩见老国王翻脸无情，于是她们又回到奴诺那里，母亲说道："你父王决定你去讨伐野人是根据阿吹哈拉卜卦决定的，我俩已向你父王请求过，但你父王说，这是由神灵决定的，所以事情就讲不好了。"奴诺跟母亲说："父命不得不从，但我担心的是，母亲年老，寿命长短，难以确知，所以我有点不放心，还有玉处木你俩在一起，大概什么事都不用我担心，我出征没有什么，望你们放心好了。"玉处木说："无情害义的父王，命年轻的丈夫远离家乡，我们去请求，不但不准，反而遭到责备，现在你要去出征，请你把我带走，如不能带走，就请让我回娘家去！"奴诺听了妻子的话，说道："聪明、贤惠的仙姑不要说这些话，假若你同我去，年老多病的母亲谁来侍候。你还是死了同我去的心吧，在家好好服侍母亲，我去后，才无牵无挂，讨伐野人也是没有问题的，望你不要担心。"母亲说："我的儿，不敢违反父王的命令，玉处木贤妻不要违夫的意，我们在家求神烧香，祝他早日胜利归来。"

下来以后，玉处木就根据婆婆的劝告，带了一些仆人到所有神山顶上去烧香拜佛，插旗子，祈祷丈夫很快平安胜利归来，她到了一座最高的山顶上眼望北面，浓云密布，于是想道："我的丈夫就要出征去了，不知道如何艰苦，假若有一好两歹，那我怎么办？"想着，就昏倒在地，丫鬟侍女连忙回来，告诉奴诺，奴诺骑上千里马飞到山顶，见玉处木就如死去一样，于是他就用水往玉处木的头上浇口里喷，玉处木方才苏醒，睁眼见丈夫在身旁，就忙站起抱着丈夫哭，奴诺说："这里不能久留，我俩快回宫去吧！"

他俩回到宫中，玉处木向丈夫提出："今天我在高山，向北看了一看，那里是平叛最危险的地方，你要丢开我，我就不让你去，要去，就请你把我带着，夫妻一起去好了！"说着便哭了起来。奴诺听后，思想就有些动摇。这事已被阿吹哈拉知道，当晚，他又托了一个梦给老国王，老国王梦见他父子被一些赤身裸体的人围得水泄不通，老国王当夜不寐，第二天清早，就把它告诉了他们夫妻俩，并召集内室大臣商议说道："这次兴兵北上讨伐野人是件大事，昨夜我梦见的是凶多吉少，如再拖延时间，怕就不行，明天在教场阅兵，后天出发。"说着，转向儿子："出发前你要记住，少接触处女、妻子、母亲，否则对兵行就不利。"说完，又到仓库中取出一把上面刻有青龙的宝刀说道："这是我们传家的宝刀，你拿去明天在教场点兵，后天就出发吧！"又对母后和玉处木说道："行军携带家眷是不利的，望玉处木好好在家服侍母亲，在送行时也不要哭哭啼啼，这样，对兵行也是不利的。"说完，大家散朝。

第二天，宫殿上插满旗子，王后和玉处木拿了钥匙，打开仓库，取出所有兵器，奴诺也全身披挂到了教场，开始阅兵，阅兵完毕，卸掉镂甲，回到宫中，对母亲和玉处木说道："我明天就要起程北上，玉处木屡次提出要同我去，父亲已经说过，带起眷属是不行的，我未班师回来之前，望你们俩就搬在一起住，互相照应，并希望母亲如对我一样对待玉处木。"说着，把手中的玉处木的宝珠交给母亲，叮嘱道："这颗宝珠是玉处木随身携带的法宝，一直由我保存，现在把它交给你，在我未到最危险最紧急的关头时，请你不要交给她。"母亲接过宝珠，说道："我心爱的儿，死别是有的，但生别则少见的，你吩咐的我照着做，望你放心好了。"玉处木说道："黄鸭能生存，主要是依靠了湖泊，湖泊干涸，黄鸭就不能起身，我能生活在王宫，主要是有了你，你去后，我就不能生活，这并非我不愿服侍母亲，而是怕遭到坏人的陷害，你能带就把我带去，如不能带，在你回来之前，请让我回到我的母亲那里去。"奴诺听了妻子的话，就说道："亲爱的仙姑，你不要这样说，你同我北上出征怎么行？那里白天无人，晚上到处是鬼，你怎么生活？你想同我去和想回娘家去的打算请你丢开一下，还是在家好好服侍母亲。"玉处木不好再推辞，只得同意了，奴诺又叮嘱母亲："玉处木到了生命攸关时，请你把宝珠交给她。"说完，各回宿舍安宿。

第二天清早，以老国王为首，五百妃子、母后和所有臣民都准备欢送奴诺起程，父亲在天井中拿起哈达，捧着酒献给奴诺，说道："此次叫你独儿出征，并非父王刻薄，而是为了我们的江山社稷，我并不是不了解你，你的武艺还是超人的，此去一定能班师回朝。"说着，把哈达献给儿子，奴诺接过父亲献给的哈达和酒后，对父亲叩了三个头，说道："谢谢父王对王儿的赠予，我一定听从父王的指示把野人征服。我只请求父王对母亲和玉处木相看①一下，若有坏人来穿梭②，请你不要听信。"告别父亲出了城门，五百宫妃见他说道："今天英明的王子要出征了，我们五百妃子在此送你，望你旗开得胜，早日回家团聚。"奴诺答谢："今天我遵父王之命要出征了，暂时与伴侣们相别，但时间不会太长，回来我们再团聚好了。"走了一程，来到坡脚，母亲手里端着一碗酒相送，说道："母亲所生的独子，根据父王的决定要出征了，时间大约要十二年，这十二年中，如果我不能活着，这碗酒就成为母子相别的酒了，如我还能活着，这碗酒就作为母子团聚的酒吧！"奴诺接过酒对母亲说道："年高的母亲，请你不要悲哀，王儿去后，一定能把敌人降服，王儿出去后，不会把想念母亲的心丢开，望母亲放心，我们母子班师回来一定能够见面，即是生前不能相见，九泉也是能够相见的。"奴诺离开了母亲到了坡顶，妻子和侍女们正摆着香案相送，玉处木手中捧着一碗酒献给他说道："夫呀，你要离开我走上远征的道路，虽然我不在你的身

---

① 相看：云南汉语方言，意为"留意""照看""留心"。——编者注
② 穿梭：此处意为"撺掇""挑拨离间"。——编者注

旁服侍你，愿你在相别的时间中，没病没痛，等你班师回来，我们夫妻再团聚。"奴诺左手接过碗，右手拉起玉处木垂泪道："如心肝一样的玉处木，我们夫妻快要分别了，望你好好服侍母亲，不要听信谗言，我很快就会回来的。"说完，就牵过马，准备上马而去，玉处木见到心里更加难过，又悲哀地哭道："天哪！天哪！我怎么也不能与你分开。"哭着，跑过去拉住马缰绳更加痛哭起来，奴诺看了怜悯而又不舍地劝道："今天我依父王的命令，将要离开你去了，要带你去又违背了父王的旨命，不带你去夫妻又难以分离，真叫我进退两难，望你详细三思。"玉处木答道："自从你接受父王之命后，我就开始想了，不管怎样，是不能和你分开的，除非是死了，才与你不得不分开，所以还是请你把我带去，正如池塘里的黄鸭双双对对，孤单的黄鸭，我未见过；高高的山岩顶上飞起的鹰也是一双一双的，单鹰我也未见过；树林中的布谷鸟同样是双双飞起，单单一只的布谷鸟我未见过，真正是死别的，单身是有的，但不死而别的单身世间是少有的，请你把我这苦命的鸿雁带去一下！"奴诺又说道："我想与你分开的想法一点没有，无奈父王之命我不敢违背，请你放掉我的缰绳，我们今后还是有机会相会的。今天，我要上马准备出发，你又把缰绳拉回，这是我很快就要回来的一个好的预兆，为了我们夫妻的恩爱，我把帽上的缨子摘下一个，剑的一半灵毛和随身携带的小刀赠给你，请你不要拖延我北上的时间了。"玉处木接过了丈夫赠给的东西，并把它好好地收藏起来，放了缰绳，奴诺离别而去。

奴诺走后，玉处木和侍女们泪眼相送，直至太阳落坡才返回宫殿，到了宫殿，玉处木跑到母亲那里痛哭了起来，母亲说道："我亲生的儿子今天离开了我，你虽不是我亲生的，但也如我亲生的一样，我俩相依为命，还是可以过下去的。"玉处木对母亲说道："我亲生的母亲远在仙境，终身的伴侣远离我身，现在我只有依靠你。"就这样，婆媳俩就忍泪住了下来。

奴诺带着兵马，离开了母亲和妻子，踏上征途，往北而走，每过一座山，就烧起天香祷告："愿我旗开得胜，保佑母亲、妻子无病无恨。"走了十天以后，到了一个没有人烟又鸟兽、草木不生的荒坝，见此情景，于是就心中默默嘱咐："我奉父王之命来北方征服野人，为什么经过这么长时间，走了这么长路途，不见人烟、不见草木的地方都到了，究竟野人在什么地方，请神灵告诉我。"祈祷完毕，忽然东北方现出一块黄云，他认为是神灵来指点了，于是就命令兵马朝东北方向走。由于战马无草又无水，走了一会见一眼井，井边有点青草，人困马乏，见了水草，比见灵芝还要高兴，于是就在此驻了下来。当晚，奴诺与随从商量道："我们暂时在此住下，到水草茂盛的地方，再长期驻下来好了。"第二天，他就带了三个随从仍往东北方向行走，走了一程，忽见一群野马，野马中，雄马在前，小马在中，雌马在后，一群一群在走，他见此情况，不觉就思念起家来。"刚新婚不久的我，遵父王之命，远离了母亲和心爱的人儿，不知道敌人造反在哪里，现在到了连人烟、水草都没有的地方，请神灵显圣一下，把我带到敌人那里，赶快把他们消灭，早日能回家乡。"说完，又继续前进，走了一程，又遇到一处水草丰茂的地方，于是就派了一个随从，回去领着部队走了两天两夜在此驻下休整，并在全军中打发四匹最得力的骏马出去探听野人到底在什么地方。四人出发，去了三天，发现有两个野人父子牧放着一群牲畜，于是他们就走近前向野人父子问道："你们野人村庄在什么地方？"野人父子答道："要到我们野人居住之地，还需走五天才能到达。"四人继续走了五天，来到了野人住的地方，见住的都是牛皮帐篷，吃的都是肉类，穿的都是兽皮牛皮①，使用的武器除了刀子，什么都没有。四人见此，即回来禀告王子，奴诺听后，心中高兴，说道："既然在附近，那征服他们就不要多长时间了。"于是就带着兵马，浩浩荡荡往野人村庄进发。

他们到了野人村庄，所有的大大小小的野人都从未见过此种情况，小的跑了，大人也不敢接近他们，于是原来放牧的两父子就向所有野人说道："乡亲们，不要害怕，有什么事情，我们去找他们的头子商量好了！"说着，就带了一群野人来见奴诺，并向奴诺提道："你离乡背井到我们这里做

---

① 此处将野兽与家畜区分开，牛皮与兽皮属于两类皮革。——编者注

什么？是不是没有毛皮和饭吃来到这里给我们要？或者要向我们请求什么？请你不要隐瞒，告诉我们一下。"奴诺答复："我主要是来征服野蛮的敌人才到这里来的，你们要如何办赶快做出决定。"野人听了更加害怕。放牧人的父亲虽然心里也很害怕，但仍装着若无其事的样子，问道："你是来征服敌人的，那么，敌人是谁？是不是把我们这群野人当作你的敌人？你到这个地方实在是不要命了，你要是听我年老野人的劝告，住在我们这里有什么，我们大家同吃穿地生活；如果你不听劝告，妖魔鬼怪是我们的援兵，究竟如何，请你考虑好了。"奴诺说道："不是人的听一听，你们依靠的对象搞错了，你们依靠妖魔鬼怪，你们就不是好人了，我要到的地方，我都要去，武器兵马我都有，世界上的任何地方我都可以到，你们这些就是我的敌人，我很快就要把你们消灭掉，我的大名叫区间奴诺，我不把你们消灭掉，我就不回去。"他这样一说，更把野人吓住了。于是野人就退到一个僻静的地方去商量如何办，老头说："看此情况是不好了，奴诺人强马又壮，长短武器又齐全，远处他能用箭射，近处他用刀来杀，他的话这样坚决，据我的蠢见，要与他敌对，是敌不得的。"

奴诺又来到他们旁边说道："我们骑兵未来以前，你们要与我作对，现在大军来了，又不敢在我身旁，你们如果要与我作对，请看我的箭，若你们跑得过我的箭，我们就可以打起来；如果跑不过，那就请你们歇下来好了。"说着，就拉开弓射了一箭，箭过之处野人立即昏倒，谁也不敢与他作对，所有野人都向着他叩头，奴诺又说："你们这些愚昧无知的不信佛的野人听起，你们要求我不与你们作对，那你们就好好地信佛，到你们信了三宝佛后，我就收兵回宫，你们不信三宝佛，我就要杀掉你们。"野人们说道："根据你的指点，我们信佛好了。"其中有三个野人没有向他提出信佛，三个当中有一个年老的说道："你平白无故到了我们这里，我们又没有做出侵犯人家的罪恶，我们是不信佛的，请你不要杀我们，你就住在这里，我们共同生活下去，有什么吃的，我们一起吃，有什么穿的，我们就一起穿好了。"奴诺说道："虽然你们没有侵犯我们的地界和做出反事，但是由于你们不信佛，违背了我父王的意旨，我是来感化你们的，假如你们不听感化，那你们的死期就到了。"说着，举起金刚宝剑就要杀那三人，并又说道："我并非要杀你们，主要是由于你们愚昧不信佛，今天你们还这样提出，不杀你们是不行的，但是虽然你们死在我的剑下，但来生还是有好处的。"说着，就把不信佛的三个野人砍死。

奴诺杀了三个野人后，认为任务已经完成，于是说道："我奉父王之命来征服野人，现在任务已经完成，在雪山未倒，海水未干以前，释迦佛的教义永远昌盛。"说完就安抚了所有同意信佛的野人，收了兵马，转回宫殿。

且说，在奴诺出征之后，五百宫妃就趁机陷害玉处木，她们认为现在奴诺不在家正是时候，于是就派了代表来找阿吹哈拉说："现在奴诺不在家，拔去眼中钉是时候了，究竟如何办？请你想一想办法。"阿吹哈拉又变了一个魔术，托了一个噩梦给老国王，当晚，老国王见奴诺骑着马空跑回来，兵马一个不留，另有一群兵马来将宫殿团团围住，旌旗倒塌。第二天，老国王就派人去请阿吹哈拉来卜卦，阿吹哈拉拿着卦书、骰子来国王眼前，国王说："我昨夜做了一个不祥的梦，请你卜卦一下。"阿吹哈拉听了国王这样说，就故意为难地说道："本来，我是应当给你卜的，但我卜的卦你不照着干，不如不卜还好一点，前次奴诺出征，你拖了一月多的时间，所以才有灾难，现在不如不卜倒还好一些。"

国王请求道："高明的道士，你不要怪，前次出征拖延，主要是由于他母亲和玉处木的请求，并非我不照办，现在请你卜一下，我就照着你卜的办好了。"阿吹哈拉听了很满意，就立即摆了香案、供品准备卜卦，口中念着咒语向国王说道："今天的卦比前次更不吉利，太阳到处都照到，唯独在你的房顶上出现了日食，这对你们父子不利，只有求神念经才能解决。"

国王说："既然有办法转凶为吉，要念什么经就委托给你，你要怎么办就怎么办。"阿吹哈拉说："既然要叫我念经，就要念驱魔经把妖魔驱走。第一，要糌粑一百二十斗，供品青稞三十斗，酥油一千斤，要五色彩缎来做魔鬼的衣服及上面的伞，要四张连头的牛皮摆设供品，要一百根箭来拴彩旗,铁三脚架四个,在王宫前要挖俩塘子,方方三等,①下面用石头镶起,在石头上要用十种油磨过,这十种油就是:虎、豹、熊、鱼、水蝉、猫、青蛙等,另外还要一个绝世美人心上的油,所有禽类的毛,杀过人、马、狗的一把刀,一块三角的青铜木,你把这些快点准备好,就能转凶为吉。"

国王听了,觉得其他都好办,唯独绝世美人的油不好办,因而考虑问道:"是否能用其他东西代替?"阿吹哈拉说:"你若以江山为重,绝世美人的油就得从玉处木身上取出。"国王听了,脸马上变得漆黑,说道:"奴诺是我的独儿,玉处木是他的心上人,要害死她,这事我是干不得的,你若干了,他回来,你也是活不成的,这事还是请你不要想了,是否可用其他代替?"阿吹哈拉说:"国王你怎么不守信用,未卜之前,你答应要什么都可以,现在为了社稷江山,提出要一女人的油,你又不同意了,好了!问题也好办,只要你能舍去你的儿子,保住一个女人,那就用不着干了。"

国王考虑了一会,想道:"自从玉处木到了宫殿后,接二连三的噩梦做了,是不是她在作祟?"于是对阿吹哈拉说道:"为了保全社稷江山,取她的油是可以的,要怎么取?请你答复好了。"阿吹哈拉说:"杀玉处木很简单,只要叫五百个宫妃动手,杀死在她们面前就是了。"国王叫内使唤来了五百宫妃,把他的噩梦及向阿吹哈拉卜卦的情况告诉了她们,并叫她们赶快去取出玉处木的油,五百宫妃很高兴地提出:"既然国王是叫我们去取玉处木的油,就请国王赐给我们武器。"国王每人发了一件武器给她们,由阿吹哈拉带领把玉处木的宫殿团团围住。玉处木出来看见这种情况,就把门抵得紧紧的,跑到母亲身旁说道:"宫外人声嘈杂,五百宫妃拿着武器,看样子是要来害我了,请你把宝珠拿给我,我回到仙境去,免得大家受损失。"母亲答道:"这无价的宝珠是儿子临走时拿给我的,等他回来,我要照原物还给他,现在你提出,究竟是什么事?让我去问一下。"

说着,带了侍女来到门口对五百宫妃说道:"你们是否听到我的儿子

---

① 此处意为"挖掘两个池塘,每个以'3'的倍数单位(虚指)见方"。——编者注

阵亡了？还是看到国王驾崩了？你们这样兴起刀兵来，赶快给我退回去！"五百宫妃听了很是生气，其中有一个年纪较大的妃子就提出："我们没有听到奴诺阵亡，也没有看见国王驾崩，而是遵国王之命来取玉处木的油的，我们已在高山布好罗网，草原四周已布满猎狗，柳林四周已有猎人包围了起来，宫殿已被我们五百宫妃团团围住，玉处木是否能够逃得出去？母亲，请你看看吧！"母后听了非常生气，就返回把她们的"回答"告诉了玉处木，玉处木流着泪向母亲说道："既然不是奴诺王子阵亡，我们婆媳也不用担心，既然我的宝石在你身边，王子离开时，他嘱咐过你，念我们婆媳之情，请你把它交给我。"母亲打开宝匣拿出宝珠，一手交给她，一手拉着她流着泪说道："今天我把宝珠交给你，你要离开我到仙境去了，等我儿子回来时，请你回来一下，免得我这老不死的在这里受罪。"玉处木说："年老的母亲，请不要悲伤，我虽然被逼着回家去了，但我把心爱的侍女留下来侍奉你，去之前，我还要让五百宫妃看一看。"于是她把宝珠放在头上，走上宫殿顶上向五百妃子说道："五百妃子及阿吹哈拉，好好听起，虽然四面的高岩上撒下了罗网，但白色的鹰会飞到更高的地方，虽然在海洋里到处布满了钓钩，但我这青色的鱼儿会游到更美好的地方，草原四周被猎狗包围了起来，我这鹿儿会奔到水草肥美的地方，柳林四面已设好了射手，但我这画眉鸟儿会找到更美丽的森林，宫殿已被你们包围起了，但我会飞到仙境里去的。"

说着便叫门官把宫门打开，五百宫妃蜂拥而入，直至房顶上，此时，玉处木已飞到高空，在空中徘徊了一会，向宫妃说道："贪心妄想的五百宫妃，死无良心的阿吹哈拉，你们有神箭手，就请发箭射我，有长枪，就请打我，有本事就到空中来，想取我的油就到天宫来拿好了。"五百宫妃狼狈而失望地互相争吵起来，一个埋怨一个，正在这时，阿吹哈拉就提出："你们不要再争吵了，这本来是你们想出来的，由于你们不饶我，才采取这样的行动，现在就如绿叶做成的经幡①已经干枯了，要考虑的是如何去答复老国王和如

---

① 经幡：此处指藏族用贝叶制作的经书册页，用来比喻木已成舟、事已至此。——编者注

何对付要回来的奴诺，你们还争吵什么？"说着，就带了五百宫妃来到老国王跟前说道："现在北面的野人离开国境了，玉处木已经飞走了，你们父子的厄运已经转好了，现在只要随便念一下经就可以了。"国王信以为真，这场风波就这样暂时歇了下来。

玉处木回到空中，停了一会，想道："我心爱的伴侣奴诺北征，现在还未回来，我回去后，怕他不顾一切来找我，我不如留下一件信物作为我们以后相会的东西。"想着，就飞到了高僧的岩洞旁说道："尊贵的高僧，现在我有一件心腹事要同你说一下，由你劳驾出来见一面。"高僧听见，出门见玉处木，说道："过去，根据我的指点，你做了奴诺王子的王妃，听说，你们夫妻很好，现在又到我这里来，你有什么心腹事，就请你说吧！"

玉处木说："自我被渔人捉住后，蒙你在其中转圜，保全了我的性命，并指点和王子结成了夫妻，夫妻很好，只因老国王听信谗言，把丈夫调去北征，并挑起五百宫妃要来取我心上的油，把我的宫殿团团围住。我没法，只得飞出到此，我因想到，奴诺回来可能要来找我。我留下一个口信，请你转告给他，如果他到你这里来找我，请告诉他并希望他出家念佛。如果他不，就叫他听从母后的命令，继承父王的王位和江山。倘若他一定要来寻找我，就请你把这个戒指交给他，到我们洗澡的那个池塘洗了澡再到仙境里来找我，路上碰到凶神恶煞，拿出戒指就可通过了；走了一程遇见一座白塔，那么，就绕着白塔绕三圈，叩三个头就可以通过；又走一程，遇见一块方块木，上面有一白练，取下白练，放在身上披着就可以继续行走。走着见有一只睡着的象的一块石岩，岩旁边有一个小锤，拿起锤敲一下象脚，就会流出泉水，饮了甘泉，又可往前行走。到了森林遇见一只白兽，取出戒指亮一下就能放他走。走到一个花丛中，取出戒指来亮一下，就会飞出一只蜜蜂来引路。经过草原里有青蛇来挡道，照样取出戒指亮一亮，就会走出一只马鹿来，带着他平安通过。再走，翻过一个坡，就能看见我们住的地方了，走到村中，见村边有一口井，叫他在那里等着，我们夫妻就可以见面了。请你把这些转告给奴诺。"老僧答应，玉处木就飞回仙境去了。

奴诺自从征服了不信佛的野人后，就班师回来，一天一天地接近了家乡，越走越思念起家乡来。有一天，来到塔拉山，就在山顶上烧起了香，祝家中人平安，忽然飞来了一对乌鸦，他就问道："你们两只神鸦来指点我了，我思念家乡的心很切，如果父王平安无事，请你向左绕三圈。"他才说完，果然两只乌鸦就向左边绕了三圈，他又说："我年老的母亲不知道平安与否，若是平安，还是请你们向左绕三圈。"两只乌鸦照样做了，他感到很高兴，于是又继续问道："我心爱的玉处木现在在不在？如果在，请再往左绕三圈，如不在，请往右边倒转三转，用嘴在地上啄三啄，翅膀抖三抖。"乌鸦听了，果然就往后退了三步，然后向右转了三转，飞到石头上用嘴在石头上啄了三啄，最后拍了三下翅膀，奴诺气得脸色发白，考虑道："我出征前关于我的妻子玉处木已交代给了他们，我出来后，他们又不管了，现在玉处木已不在了，这两只鸟不是神鸟，还是凶鸟，向我来报凶信，我要用箭把它们射掉。"他拔箭欲射，两只乌鸦又飞向他，点了三点头，于是他又想道："我这行动有点粗暴，这样做不行。"于是收回了弓箭，又对乌鸦说："今天请你俩指引，我心爱的人儿已经不在宫内，我也没心回去了，但不见一下年老的母亲也是不行的。"说完，写了一封信给乌鸦衔着带了回去，信中把他征服野人班师回国及知道玉处木已不在了的情况叙明，并祝他们平安。乌鸦衔着信飞到了王子的宫殿上，刚好碰见老国王在楼顶上，乌鸦放下信就飞走了。

老国王见了奴诺写来的信后，就立即召集所有大臣、五百宫妃及阿吹哈拉，把信的内容告诉了他们，阿吹哈拉及五百妃子听到这个消息后，吓得面如土色，一个观望一个，母后站起来对老国王说："我儿即快回来，关于玉处木的事，国王你如何处理？他回来我没人交给他，请你赶快想一想办法。"老国王说道："老妇不用担心，你积极准备到二台坪子欢迎，关于玉处木的事，你就说：'自从你去后，她就回到仙境去了，等你回来，她就飞回来了。'现在坡顶没人去欢迎，就叫五百宫妃在坡下欢迎，我就在我们宫城的大门迎接他，你们赶快去准备就行了。"说完，散去各去准备，并派了一队快马去通知奴诺。

　　隔了几天，奴诺班师回朝，先到坡顶，不见玉处木，心中很生气，只到了二台坪子，看见母亲，就远远下马，捧着哈达走近母亲，问道："你儿现在班师回来，还要兴动举国上下欢迎，照理说，年轻人应在前面，为什么不叫玉处木来前面迎接我，倒是让你老人家到前面来？"母亲说："亲爱的王儿，你胜利地归来了，我们在家的人，事情没有做好，详细情况一下讲不完，望你坐下，我们母子慢慢地说好了。"奴诺坐下，面呈青色，对母亲说道："我班师回来，路见两只神鸦告诉我玉处木不在了，是否被人陷害了？如果没有，她到哪里去了？"母亲说："希望我儿别着急，先请歇下，母亲准备好给你的茶酒，等你饮了茶酒再说好了。"奴诺喝了一碗茶、一碗酒，又问母亲："我现在见到了母亲，但没有见到玉处木，我心里很难过，如果她真的不在了，我就决不回来，倘若我能见到她一面，我就万分地高兴了。"母亲把详细情况告诉了他，并说："你远征回来了，父王听了谗言，叫五百宫妃来杀她，依你的话，我把宝珠交给了她，她飞回仙境去了，望你不要着急，和母亲一起回宫去吧！"

　　母子来到坡脚，五百宫妃问候道："你为我们社稷的安定，远离宫殿讨伐野人，胜利而归，我们很高兴，特来此迎接你。"奴诺未下来并把拿着马鞭的右手放在腿上说道："父王的命令我已完成，你们的事，是否做到头了？因为我的敌人太多，我早已听见你们远道而迎，谢谢你们！"五百宫妃听了，心里非常焦急、害怕，知道此事已被他知道，奴诺也来饮她们的茶酒，骑着马一直来到南门，下马走近父亲旁，父王手中拿着酒碗说道："你是否平息了北方的寇乱？在此长征途中有无病痛？这么长时间离开父亲、母亲，心不心焦？你把那边野人的情况与父亲详细谈好了，父亲独生你一子，今天，父子重逢太高兴了，请你饮掉我敬你的这一杯酒。"奴诺拿着弓箭答复父亲："作为儿子的我，已尽了父亲的命令，但父亲你是否做到了我临走前对你的要求？我现在一直见不到心爱的玉处木，请父亲带来我见一下。"父亲说："年轻的太子，肚量不要太狭小，玉处木回到仙境侍奉父母去了，她虽然不在,但你眼前还有五百宫妃,你如想要像佛堂中的佛子一样的,我可以找给你,望你不要过于慌张。"

奴诺说:"我在临走前向父王请求的事情,现在我终身的伴侣不在了,我不要我心爱的人儿,倒要那佛子?社稷江山,我不要了,我要去寻找我心爱的玉处木,要是找不到,我就不回宫殿。"父王说:"你这不孝的畜生,你对一个烂婊子比对父母还爱,你就是变成花子,我也不认你了。"说着,就抽了奴诺一鞭子,奴诺说:"父王别发脾气,我正是由于孝顺父母才到北方征服野人,现在如你所说,野人已经征服了,外边的敌人也没有了,甲胄武装也用不着了,请你收下吧。"说着,就把弓箭甲胄交给父亲,卸了兵马,又说:"第一,人去不了的地方,你叫我去了;第二,你把我的玉处木搞得没有下落,你偏信了小人坏蛋的谗言;第三,你这样对待我就是真正的敌人怕也不能这样做吧!"说着哭了起来。母亲在旁说道:"王儿才北征回来,虽然父王责怪了你一点,请你不要心胸过于狭窄,还是回到宫殿去吧!"说着,就拉着儿子的手想回到宫殿,奴诺又对母亲说:"父王已被坏人穿信[①],叫我到北边去受苦,在我北征的阶段,又把玉处木搞不见了,现在我辛苦能回,还要打我,就是真的仇人也不应该这样对待吧!""我心爱的玉处木要离开这里,究竟底细如何,回去再说吧!"母亲一面说,一面拉着儿子往宫中而来。

回到宫中,母亲把详情告知奴诺,气得奴诺三天未吃饭,第三天他就向母亲提出:"我虽身在宫殿住,我的心早已不在了,我思念玉处木,如被子一样,把我压得太重,我决定离开母亲,把她找回。"于是在四月十五日的早晨,月亮还没落下,他就独自离宫而去了,父母后来发觉他不见了,就到处打发人去寻他。

---

① 穿信:此处意为"相信了别人的撺掇、挑拨"。——编者注

4

奴诺独自走出宫后，不知玉处木从何处飞上天去，他爬到高山顶上就眺望，正当此时，天已经亮了，他自言自语说道："我半夜里糊涂出来，到了山顶，主意也没有，我只能在山顶上吼叫，望心爱的仙子答应我一下。"说着就"玉处木、玉处木"地喊了起来，但一处也没有回声，于是他自己又说道："我现在已爬到高山顶上，但不见玉处木的踪影，现在我只有自尽。"刚说完，在格富山上扯起了一股彩虹，他见到就说："玉处木先前从哪里来，现在我还是先到那里去吧！"说着就下了山顶，走到了那里，他就对着石堆道："在这深山有学道的高僧，我有委屈向你诉说。"

高僧听见，走出洞门，见他生得容貌不凡，心中考虑："不知为何？"于是问道："你年轻小伙，哪里人氏？到这荒山老林有何事情？"他见高僧仙风道骨，就拜见答道："我是北国人氏，国王的太子，我今天来此打扰你，是有说不尽的苦楚告诉你。"说着双膝跪下，又说："我家住在北国，父亲叫农称，母亲叫尼格罗摩，我叫奴诺，在北国继承王位，父母以前许配了五百妃子，土六年四月十五日由于高僧指点，渔人把仙女玉处木赠给我，从我们成亲的那天起，国泰民安，风调雨顺，玉处木上敬父母，下爱良民，这种贤惠的女人世间少有，由于夫妻恩爱，五百妃子就嫉妒不服，她们收买了黑心的阿吹哈拉去求我父亲，把我放到遥远的北方去，五百妃子把我心爱的玉处木包围，玉处木被逼飞上天去了，我由北方回来，见她不在，我就向父母群臣把情况问清。现在，我为了寻找她而到这里，你是我的大恩人，你若知道她的底细，请你告诉我，如是不知道，到底如何办？请你指点。"老僧把他请入洞内，对他说道："太子不要这样随便奔波，你丢了美丽的江山和堂上的父母、五百宫妃，独自出来，太不必要，关于玉处木的事现在不知什么，以后有了新的消息，再告诉你，现在请你还是回宫去。"

奴诺又说："我因以社稷为重，才远征北方，历尽了多少苦难，现在玉处木不见了，我要把她找回，如找到，我就立即回宫继承王位；若找不到，我就永远当个流浪人。以后你如知道她的事情，请你不要瞒我，告诉我，我就要去了。"老僧未答，他就气冲冲地走了，到了山顶，又扶着石头哭了起来，老僧见了，就脱下袈裟，走到他身边，他见袈裟在招他，他又回来，老僧说道："你不要去到处流浪了，仙子已给我留下言语和信物。"说着，把戒指交给了他，并把玉处木的话——向他说了，奴诺接过戒指，就立即昏倒在地，老僧在旁呼唤，才慢慢苏醒过来。把他带到了仙境的水井旁，老僧就回来，他就在井旁等待着。

奴诺在井边，一面观望一面等待，他见此地乃是另一个天地，风景美丽，宫殿漂亮，不多一会，就有三个仙女远远而来背水，见了他就停住脚步，交头接耳了几句，走到井旁问道："呆坐在井旁的年轻人，你为什么事情留在这里？这是仙家的井，你不能在此久留，你如有事，跟我们讲一讲，我们好去告诉仙主。"他说："你们三个姑娘，平白无故问我做什么，我有事才到这里，你们要打水就过来，我让你们。"说着，就退了几步，离开水井，三个仙女到了井边，准备打水，他就跳到井边，抢过一只水桶说道："这是什么地方？你们的姐姐叫什么名字？你们打水去做什么？请你们告诉我，如果不告诉我，我就不把水桶还给你们。"原来这只水桶正是玉处木的妹妹通追木的，于是她就说道："请你不要留住我的水桶，你要问的，我告诉你，这里叫仙境极乐宫，我的父亲叫东鸟间，母亲叫呀给么，我的姐姐叫玉处木，我叫通追木，这两个是我们的侍女，今天来打水，是因为我姐姐到凡间刚回来，人间不洁的东西沾在她身上，我们才来打水给她把这些不洁的东西洗净，请你赶快把水桶还给我。"奴诺问清底细，就会意地说道："既然这水是打给你姐姐洗澡用的，那么，就请你转告给你的姐姐，请她把你们打去的水全部用完。"说着，机灵地把戒指丢入水桶，然后把水桶交给通追木。

通追木和两个侍女把水背回到玉处木旁边，就把她们遇到奴诺的事告诉了玉处木，玉处木以为是她们故意开她的玩笑，于是就取水来洗澡，忽然在倒水时，发现桶里有一个戒指随水掉到盆里，她一看，就立即昏倒在澡塘里，妹妹见此情况就马上跑去告诉父母，父母听闻，一面给群众下令，任何人不能接近井边的那个人，一面又叫通追木及侍女到井边去招呼奴诺。

当玉处木醒来后，见妹妹、侍女在旁，于是就对她们说道："你们今天见到的那个人，一定是我的丈夫来到仙境里了，你们快同我到井边去看个是非。"她们走出门，到了大门旁，门官挡住不让她们出去，玉处木来到父母身边说道："我落到渔人手里时，父母未曾管我，幸亏在世间遇到这样一个好心的太子，用很多金银财宝赎了我，我俩配成夫妻，今天他来到这里，为什么不让我去见他？"父亲说："既然你的恩人到了这里，要金银财宝去报答他完全可以，由于他是凡人，如果与仙子在一起，就会厌着我们，你要是同他见面，人家就会有是非说场①，你若硬要见他，那么，就只能隔着相见。"于是就命人在东门旁边拉起一块布幕，让他们隔着布幕谈话，奴诺说："天空的太阳天天出，但没有今天这样纯皎，我遥远而来，见到了你，我万分的高兴。"

玉处木说："你的声音我听得很熟，但没有今天这样的悦耳，我天天等待、盼望，今天你终于来到了这里。"奴诺又说："听到你清脆的声音，我高兴万分，但我俩相见，为什么要用布幕拦起？布幕阻止不了我们夫妻的恩情。"说着，便用手拉开了布幕，夫妻相见了。玉处木眼里流出了泪水，拉着奴诺的衣服跪在他面前说道："恩重如山的丈夫呀！遵父王之命离开我们去北方征战辛苦了没有？我在家中，父王听了谗言，使我回到这里，你现在又不辞辛苦来寻我，这种恩情比四海还深。"奴诺睁着泪眼说道："我们的愿望已经实现了，我俩已经见面了。"并把他去北征的经过告诉了她，说完，夫妻相抱了起来，旁边的侍女见了也非常感动，玉处木又说道："你远道而来，历尽辛苦，我们回到宫廷去吧！"说着，带着奴诺来到了她的绿松宝石的宫殿中。

---

① 场：云南汉语方言，意为"对象""目标"，常与前置动词构成名词性短语，表示有价值的特定行动目标，如玩场、吃场、说场。——编者注

来到宫里，奴诺跟玉处木说："我俩自结发为夫妻后，一个熟悉一个的性情，虽然父王在其中挑拨，但我们夫妻的感情还是拆不开的，你也不要记在心，还是同我回去，在未走之前，请你带我去见一见岳父、岳母，把这事说清楚。"玉处木说道："你要我回去，这事可能做不到，我一想起父王、阿吹哈拉及五百妃子，我誓死也不去了，为了我们夫妻的恩爱，你就住在这里好了，要见父母，我领着你去见吧！"奴诺又说："亲爱的仙姑，你不要这样说，看在年老的母亲分上，应该下去一下，你在时，她也没有虐待过你，自你走后，她的饮食起居也失常了，我走了以后，她不知又怎样了，还是请你回去一下。"玉处木答复："母亲对我的情义比对亲生的女儿还要深，我去是可以的，但不知双亲是否能够同意，请你想一想办法，既不惊动鸟儿，又能把蛋拿走。"玉处木来到了父亲旁边，禀报："我的丈夫现在已经同我居住在一起，他提出要见双亲，请双亲答应同他见一见面。"父亲说道："虽然你的丈夫来到这里，但凡人与仙子是不能在一起的，否则，凡气就会沾在仙子身上，你不听我的言语私去与他见面并带来与你住在一起，现在又提出要见我们，这个念头请你丢开。"玉处木又求道："人间太子奴诺不比其他凡人，他的佛法无边才会来到仙境，他身上并没有什么俗气，望父亲还是答应见他一面。"母亲在旁边帮助女儿说道："据女儿所说，奴诺来到这里，看来是与他人不一样，他又提出要见我们，可知他是个有见识的人，望你不要拒绝，去见一见他。"在女儿及妻子的劝说下，东鸟间只得同意，说道："那么，后天就在伦奴殿中去见他好了，你们赶快去做好准备。"玉处木回到宫中与奴诺说过。

东鸟间命人在伦奴殿中为他设了一个金座在前面，为玉处木及其母亲各设了一个银座在后面，另外，在旁边设了一个较矮的银座给奴诺，周围由臣子们分座，当天，大家入座，乐队奏起，奴诺进来，就先给岳父朝拜，献上哈达，东鸟间见了，当场几乎吓得昏倒，在旁的两个内室连忙扶起，奴诺见了就说："今天奴诺为了呈敬岳父而来朝拜，并未怀有其他想法来影响你们。"说着，献哈达，继续说："岳父有什么教导请教导好了。"群臣见他很有礼，很是高兴。东鸟间慢慢镇定下来说道："由凡间来到仙境的奴诺，辛苦了没有？你不辞辛苦来到这里，有什么要谈的，就照直说吧！"奴诺说道："仙境的国王听我禀，玉处木我俩结成夫妻，国泰民安，年年丰收，对上尊敬，对下爱护，我俩感情深厚，不幸父王听了谗言，五百宫妃要来杀玉处木，使她回到仙境，我今日来，一面是来给岳父、岳母及玉处木道歉，一面是来把玉处木接回北国去，别的没有什么，请你答复一下。"

东鸟间说："远道而来的姑爷，你俩虽有过一段姻缘，但现在应该终止，我的姑娘玉处木现在说亲的人很多，不能再回到凡间去了，你俩夫妻的感情就到此为止吧！你从渔人手中把我的女儿赎回，这些银子我负责赔给你就是了。"奴诺说："我来这里是为了把我的爱妻迎回去，并非来要我的银子，你说有很多人来求她，但在渔人捉她时，为什么他们不去显示一下法术？我俩已经结成夫妻，如有人来破坏，我就要与他作对，假若是他们没有钱用，我可以从凡间帮助他们，不接回玉处木我是不甘心的。"母亲说："今天是吉日良辰，你俩所提的问题，不一定要今天解决，奴诺你远道而来，望你舒舒服服住上几天，以后再慢慢地商量解决好了。"此问题暂且放下不说。就摆了宴席，跳起舞蹈，奏起乐器，不知日落，到了晚上，玉处木把奴诺接回自己的房间住了下来，并为了让他安心住下，于是就经常陪他赏花，跳舞，唱歌。

父王及母亲下来以后，就召集所有群臣商量玉处木下不下去的问题，有的提出不能让她下去；有的说"由你双亲决定，怎么决定怎么行"；有的则说，叫她下去；有的说，奴诺若要把玉处木带回去，就要和他打起来。东鸟间看意见纷纭，没法决定，于是就说："你们大家再好好想一想，如要同他打起来是不是行？奴诺的法术也是很高的，何不如我们叫他与我们比一下武艺，他能战胜我们，就让玉处木回去。"大家齐声同意。东鸟间即下令通知仙境里所有武艺高强的人集中起来，挑出了四个最强的，并装作由远方来的客人，设宴招待，并举行欢迎典礼。东鸟间在会上提出："在座的各国使臣、奴诺和臣子们听一听，我生一女玉处木，求婚的太多，现在就有五个，给了一个，其余四个就不行，就会挑起刀兵，现在让你们来比一比武艺谁最强，就许配给谁。"奴诺答复："玉处木我俩结发夫妻，其余他人想要是不可能的了，父王你既然这样提出，谁要比，我也可以同他比。"

第二天开始射箭比赛，并排栽了几棵木桐，木桐前面放了几块铁片，比赛开始，其他四人只射穿了三棵木桐，到了奴诺，一箭就射穿了九棵木桐和九块铁片，群众见了，都大为惊讶。射完，东鸟间又叫他们五人各自把木桐拔起放到他身边，奴诺听了，如拔草一样把九棵木桐拔起，丢到东鸟间身边，那四人连动都不能动一下，此时观众对奴诺更加喝彩："此人力气不知有多大。"奴诺交了靶了，就走到东鸟间身旁说道："根据父王的意旨，我也比了，我领了先，大家都看见，其他四人已经失败，请父王不要反悔你的话，让我把玉处木带回去。"东鸟间被吓得默默无语，其中有一个臣子就出来与奴诺说道："虽然我家国王有言在先，言语不能反悔，但今天只比了一样，明天还要比其他的，如果都胜了，才能把玉处木带去，现在你们就休息去吧。"奴诺听了生气地说道："在座的王臣，好好听起，我奴诺由北国来到仙境，主要是把我的妻子接回去，玉处木本来就是我的宝贝，任何人要抢她根本不可能，现在既然又这样提出还要比，就赶快比，母亲在家我不放心，我要马上回去。"散场后，玉处木又把奴诺接回寝室。

下来，东鸟间又召集臣子说道："看样子是不能与他比，要与他比，除非请下天上的金刚力士，否则任何人也不能同他相比，我们只有把所有的宫娥彩女及玉处木召集起来，叫他们五个人各交一支箭来，把五支箭射出去，箭落在谁的头上，就把谁许给他。"大家齐声同意，母亲又提出："明天就这样做了，他俩真正有缘，就让他们去吧，但明天射了箭后，就再不能反悔了。"决定了以后，当晚东鸟间就唤来了他们五人说道："今天比武暂时结束，奴诺领了先，明天你们各带一支拴有彩带的箭，我把宫娥彩女们都集中到广场上，谁的箭落在谁的头上，就把谁许配给他。"奴诺答道："这是我一生的伴侣玉处木，任何人要把她抢去，根本不可能，现在父王你还要提出一些狡猾的办法来，那就请你拿出来，我都可以办。"玉处木在场说道：

"为了我的事,引起了这多事情,现在父王下出这样的命令,就请父王不要再反悔了,请大家听起,作为见证,奴诺也牢牢地记住。"决定后,各自回到宿舍。

第二天,玉处木的母亲及所有人都集合到东门广场,有一千五百个姑娘。东鸟间宣布:"今天为了接亲,举行了这个典礼,凡间奴诺及其他的人都来到了这里……"原来,这一千五百多姑娘昨日已亲眼看见奴诺的武艺出众,所以每一个都在想着,希望他的箭落在自己的头上,即使不能同他长期生活,就是同他坐一下,挨他在一起也是高兴的,所有的视线都集中在奴诺的身上。五人把箭拿给国王,国王接过箭祷告说:"愿神灵保佑,每支箭落在他心爱的人的头上。"说着,把五支箭一齐射出,结果其余四支落在面前,唯独奴诺的那支飞出九霄之外,在空中转了几转,就正正落在玉处木的帽子上,所有的人见到都感到惊奇,奴诺高兴地说:"在座的老幼观众,根据你们国王的决定,叫我们投箭招亲,由于玉处木我们的姻缘前生注定,现在我的箭已落在她的头上,现在我要带着她离开你们回到北国去了,以后再见。"东鸟间当场被迫宣告:"今天由于神灵保佑,我的姑娘玉处木已许给了奴诺王子,其他与我接亲的人,不要再与我谈这个话题了,玉处木同奴诺王子由于前生命定,他们结成了夫妻,他们要到哪里就让他们到那里,挑婚典礼到此结束。"说完,各自散去。

回至宫中,玉处木的父母把她叫到眼前说道:"亲爱的女儿,你有缘配了这样一个英俊的法王奴诺,像这样的人,世间少有,我们虽然舍不得让你离开我们,但看在他的面上不得不让你去了,在未走之前,要什么嫁妆你就说吧!"玉处木答复道:"严慈的双亲,真是恩高无上,红颜我,由于前生积下了德,虽然生在仙境,但要嫁到人间,在人间得到这样一个称心如意的人,父母之命我服从,到北国去做王妃,别的嫁妆我不要,望父母赐给我一架佛像。"父王听了就积极准备,通知举国上下,明天欢送他们下凡。第二天,举行了隆重的仪式,所有臣子在场,准备了许多金银财宝,锦缎布匹、马、牛、羊、大象等,应有尽有。东鸟间说:"心爱的女儿玉处木,你俩夫妻快要下凡去了，回去要好好侍奉双亲，夫妻要相爱到老，不管什么灾难都阻止不了，现在父母养你一生已经到头了，快来给父母拜一拜。"玉处木跪拜，父王拿了一本佛经放在她头上顶了一顶，玉处木说道："谢谢双亲养育我的恩，今天还要用这么多财物赠给我，这种恩情比海还深，命运决定我要到凡间与奴诺成婚去了，我一定不忘二老的恩，临别时祝父母万寿无疆，祝仙境的人民风调雨顺，国泰民安。"

说完，向父亲叩了头，又拜了母亲，母亲赠给她一个绿松石的观音佛像，向她说道："由我身上分出来的心爱的姑娘，你是我们仙境里的王冠①，由于我们的规矩你不能长期待在母亲身边，出嫁以后，夫妻要相好，说话要和气，现在我把我出嫁时母亲赐给我的佛像赐送给你，望你经常带在身边。"说着，双亲流下眼泪，伤心痛哭，玉处木说道："两位双亲别难过，我与奴诺成亲这是天赐的，同时也是父母指命决定的，奴诺不辞辛苦到这里，这短短的时间，他的神通广大已经显出来了，我配上这样的人满足了，望父母别难过，我回到凡间，我也不会忘记你们的，也望你们别把女儿忘记，最后，祝父母身体安康。"奴诺在旁说："最难到达的仙境我已经到了，最难见到的仙子、国王我已亲自见到了，最难得到的玉处木仙子我今天已经得到了，最难听到的仙人道理，今天我也知道了，这些道理我一定尽力去做，我和玉处木就要离开你们到人间王国去了，祝国王和仙境的臣民身体安康。"夫妻双双向父母叩拜。仙境里大家穿了盛装，排成队欢送他俩出来，玉处木的两个妹妹、一个弟弟和一群送亲的人直送到澡塘边，临别时姐妹依依不舍，弟妹三人祝他俩夫妻和好，白头到老，并说："心爱的姐姐要到凡间去了，对凡间来说是件幸福的事，我们已经离开了一个心爱的人，但这是天命的决定，我们也无法挽回。"说着，拉住玉处木不放痛哭起来，玉处木拉住他们说道："一个母亲生下来的四个兄弟姊妹，独我离开父母，我到凡间去了，望你们自己凭着自己的心愿好好生活下去，虽然仙境、人间

---

① 王冠：指最珍贵的东西。

不能相会，但到来生极乐宫里面我们再来相见！"由于时间不允许久留，兄弟姊妹只得洒泪而别。

夫妻双双来到了人间，到了藏松老僧那里，见藏松出来，双双下拜感激说道："由于高僧的指点，我俩不认识的王子、仙女成了夫妻，经过一段妖魔坏人的折磨，夫妻离开了一个阶段，由于你的帮助，我们又团圆来拜见你。"说着拿出金银财宝报答高僧，高僧接过，并把他俩带入洞府，设茶招待，说道："现在你俩又双双团圆了，望你们不要在外久待，双双回宫去吧，你俩的折磨已经够了，从今起生活会一天比一天更好。"玉处木说道："高僧的指点句句是金石言语，我们句句记在心里，过去由于你的指点，一切折磨都征服了，今后望你保佑一下。"夫妻向他叩了头，离开僧人，把金银财宝驮着就赶着回来，到了北边王国的国境，当地官员大大欢迎，穿起盛装吹起号角，迎进家里住下，奴诺向所有官员叙说了他征讨野人和寻找玉处木的经过，并感谢了官员们对他的欢迎，他说完，有个扎希汪波老人答道："太子兴师北伐之事，我们早听说了，取你贵妃玉处木的心的事也听说了，现在你们又双双回来，我们也很高兴。"说完，大家向他俩下拜。奴诺准备在此住上几天，于是向老头说道："请你先到父王那里报一下信，说我已经回来，住在这里，望家里准备迎接，准备宫女服侍妃子。"

老头不分昼夜赶到王宫，把此事告诉国王、王后，国王、王后得知非常高兴，王后流着喜泪说道："我的独生的王子已离开我半辈，今天归来，我死也瞑目了。"国王即令所有臣子、人民、宫女积极准备彩旗歌舞，敲锣打鼓，大办酒席，准备迎接奴诺回来，并准备请举国人民大宴一餐，并决定放假一天，又向五百宫妃以及阿吹哈拉说："你们迎接不迎接都在你们，挑拨我的王子及全家的就是你们。"

次日，就选了一百个宫女，盛装迎接奴诺及玉处木。她们见奴诺远远而来，很是高兴，奴诺见了她们就说道："为我们的事情麻烦你们了，双亲是否平安？你们是否好在？"其中有一个说道："你的双亲和我们都平安，由于坏人穿梭使你们夫妻分离，今天你们回来，我们举国上下都很高兴。"第二天，他们就起程，所到之处都欢迎他们，第三天，来到顿汝林，母亲在那里欢迎他们，母子相见，高兴异常，叙说不完，母亲双手拉着他俩，三人流着喜泪，各情细说。第四天，拂晓起程，欢迎者一望无尽。第五天，到了环城附近，唱歌的、跳舞的排列成行，父王在南门广场欢迎，五百宫妃没脸见他俩，只是躲在背街后巷，偷看他们，阿吹哈拉装疯不来迎接。夫妻更换了衣服，浩浩荡荡到了南门，奴诺见了父亲，就拿出哈达向父亲问安，父王接过哈达说道："奴诺王儿，你背着父母出去了，虽然我们有些气愤，但你到了仙境，接回了玉处木，夫妻感情还是存在着的。"并把玉处木离开的经过说了，玉处木向父王问道："你一向依靠的法力无边的阿吹哈拉到哪里去了？"父王无言可答，慢慢才说道："我这老头真的做错了，听了坏人的挑拨，使你们受到折磨。但是如果不这样，我也不知儿媳的本事究竟有多高。"

国王把他们迎了回来，就举行宴会欢迎她们，会上，奴诺把他征服野人以及寻找玉处木的经过向举国人民讲了，大家听了都很感动，宴会完毕，奴诺和玉处木回到寝室，奴诺把其中两个宫妃叫到身旁，那两个很是惧怕，以为奴诺要责怪她们，但奴诺却和气地对她们说："你俩是比较清白的人，为什么五百宫妃要采取这种行动？请照直说，如不说出，就把你俩杀掉。"两个宫妃害怕，就把详情由始至终地说了，并求饶地说道："这些都是事实，不信请问其他的好了。"奴诺听了有点可怜她俩，但仍装出非常愤怒的样子，玉处木在旁劝道："你俩说的都是事实，用不着害怕，也不用求饶，和我们吃饭好了。"两个妃子感谢道："像你这样的人，世间少有，请你保全我们的性命一下。"

奴诺下来，把两个宫妃的口供写成书面文交给父王，说道："这是两个宫妃的口供，请你详细看看。"父王接过，用手在膝盖上拍了两下，脸发红道："我再问她们一下。"于是又把那两个宫妃叫来说："你们把详细情况告诉我。"两个宫妃说："详情我们已经向奴诺说过，那上面的都是真的，不信请问阿吹哈拉和其他宫妃好了。"说完，离开国王而去。国王听了就下令暗中把五百个宫妃和阿吹哈拉监视起来，第二天叫内使把阿吹哈拉捆来问道：

"你这死无良心的阿吹哈拉,你的所作所为,详细跟我说出来!"说着,把两个宫妃的口供丢在他身边,阿吹哈拉顽固地说:"你儿子北征是我根据卜卦得来的,围玉处木是你下的命令,你要问就去问五百宫妃。"国王听了很生气,就叫人把他暂时押下,又命令把五百宫妃之中为首的顿鲁崩么叫来说道:"荡妇贱人,你们的所作所为就在里边。"说着,把口供丢在她身边。顿鲁崩么说:"这些看不看都没有意思,父王你不要发雷霆,这些都是你的梦引起的,五百人的风波还是你挑起的,你不发武器给我们,我们也是搞不出来的,这些都是你搞的嘛!"国王生气,就叫人砍来荆棘,叫来阿吹哈拉,痛打阿吹哈拉,打得大叫忍耐不了,就把情况照直说出,并求饶道:"请你不要杀我。"国王听了阿吹哈拉说的与两个宫妃说的全部一样,于是就把阿吹哈拉放了,并下令把五百宫妃中以顿鲁崩么为首的三个妃子监禁了起来。

国王下来就和奴诺王子、玉处木商量道:"我年老糊涂干错事了,相信了妖道阿吹哈拉,一切事情由此发生,经他们几个对证,事实已经全部弄清,为父已经清楚了底,我的意见是把五百宫妃、阿吹哈拉全部杀掉。"玉处木提出:"请父王好好考虑,事实已经弄清,把他们全部杀掉,太残酷了,刚才的那两个请饶让她们一下,其他,如果都要杀掉,也怕太过分了。"父王说:"刚才那两个,看在你的面上,就饶了她们,其余的就全部杀掉。"玉处木又说:"这事应该怪你,父王,过去的忠言相劝,你当作谗言,谗言你当作忠言,妖道你当作法师,今天这事请你三思,是不是把阿吹哈拉充军?其他的杀了,也怕没有什么意思。"老国王又说:"这事也不要全部怪在我身上,我要这样做,主要是阿吹哈拉托梦给我,今天不能饶恕他们了,一定照我的想法去办。"母亲说道:"刚才玉处木提的很对,根据他们干的事,任何大慈大悲也不能饶恕的,但现在事情已经弄清了,究竟如何处理,明天再作商量好了,我们现在就回去睡觉吧!"说完各自归房睡觉。

第二天,除了国王、王后、奴诺、玉处木以外,还召集了所有臣子商量,玉处木提出:"我来到你们这里,使奴诺杀害北方野人,不辞辛苦去寻找我,现在又要杀掉五百宫妃,这都是为了我,你们讲一下情,是不是把阿吹哈拉烧死，把顿鲁崩么挖去眼睛充军，其他的赶出宫外，嫁给下流的人？否则我就要回娘家去。"国王没法，只得同意照办。

第二天，国王照着玉处木的意见办了，奴诺在这天就继承了父亲的王位，土六年七月十五日，正式举行典礼，登上王位。从此国内风调雨顺，邻近的国家都来进贡，这个国家就这样一天天地富强起来了。

藏王的传说

记录者：杨东礼、杨开应
搜集地点：云南省迪庆藏族自治州维西傈僳族自治县白济汛乡喇嘛寺村

藏王有个儿子叫德越，妻子死了，又娶得一个，生一个小孩叫德药，德药母死，又娶了一个妻，生下一个孩子叫德珠，德珠的妈不喜欢前两个孩儿，想要立德珠做王子，并想法杀死德越。德珠虽然年纪小，但很懂事，他晓得后，跟大哥在一起住，在一起吃，并对他哥哥说："妈妈在今晚鸡叫头遍就来杀你，你赶快逃走。"哥哥舍不得弟弟，跑了又回来，对弟弟说："要活在一起活，要死在一起死，要跑也一起跑。"弟弟没法，只得跟哥哥跑。

到了一个地方缺水，德珠渴死了。哥哥把德珠尸体放在树丫上，祷告："我弟弟因缺水死，请给他点水喝。"这天半夜下大雨了，德珠活回来了，不见了哥哥，只见到处都是猴子采野果吃，他也跟着采野果吃，不久他就变成猴子了。

哥哥见着一个和尚，和尚可怜他，便把他留下做徒弟，两师徒处得很亲热。

后藏有个风俗，每年洪水泛滥要丢一个属龙的小孩进江中，放牧人跟德越常在一起，知道他属龙。有一天，后藏王派人来捉德越，师父把他藏在柜子里，找不着，后来他们要砍柜子，师父无法，才把他交出来，师父气得要死。

德越被拉到后藏王身边,后藏王姑娘见他生得很英俊,便舍不得丢他,她说:"这是我的丈夫,不准丢。"后藏王没法,只得把他留下,晚上叫他俩去划船,半夜就叫人把德越丢下水了,到了水里,龙王赶快把他接进龙宫,说:"藏王来了,留下他几天,他来了,我们地方也好了。"德越住了几天,心里想起师父,一定要回去,龙王说:"后藏王不应该每年丢一个人,这是迷信。"挽留不住只好放他去。德越到了师父门口,叫道:"师父,开门开门。"师父问:"你是哪个?""我是德越嘛。"师父不信:"别伤我心了,我徒弟早就死了。"德越无法,从门缝中把手伸进去给师父看,师父一看手掌心上的痣,便开门了,两师徒相抱而哭,师父说:"你这回莫出去了,第二次捉去便没有活命了。"

有一次,后藏王过年请大师父打鼓念经,德越想去,师父不同意他去,德越做了个面具,他坐在下首,戴上面具,不料吃茶时回头去袋子里拿茶杯,不注意把面具掉了,后藏王的姑娘一见很高兴,就叫德越上去,从此登了王位。

德珠变成猴子,猎人打猴子时,他会说话,新王登基,猎人便去报告新闻,说:"猴子会说话,吃野果吃一半留一半。"德越心想,真怪,便叫人去找,几百猴子找不着,他哥哥去找也找不着,后来把猴子围起来,才找到,相认,慢慢把猴子剃了毛,吃着人吃的东西,就变成人了,哥哥做了后藏王,弟弟做了前藏王。

阿肯的玛的传说

记录者:杨东礼、杨开应
翻译者:张化文等
搜集地点:云南省怒江傈僳族自治州贡山独龙族怒族自治县(原)一区重底村

阿肯的玛诡计多端,但心很好,父母亲都不在了,他有一个穷朋友,也是无父无母，他对穷朋友说："我替你去说皇帝的姑娘。"穷朋友不相信，皇帝姑娘怎么要得着呢？这简直是梦想，他说："不怕，你跟我走好了。"他给穷朋友准备了一套衣裳，骑在马上，穷朋友没有骑过马，很害怕，阿肯的玛扶着他走，到了皇帝家门口，阿肯的玛大叫："札该甲补①的儿子来说你家的姑娘了，开开门。"皇帝信以为真，开门迎接，穷朋友见皇帝家里摆设得阔气，地上铺了虎皮，穷朋友吓得发抖，话也说不出来，皇帝奇怪地问："为何札该甲补的儿子不会说话。"阿肯的玛马上说："他不能说话，他来讨你家姑娘，他不能说话，说了话就对你不尊敬，还是我说好。"皇帝又问："他为什么发抖？"阿肯的玛说："他今天早上胆上有点病，本来不该来的，怕错过了好时辰。"皇帝听了便说："他上不给，又给谁呢？"②便同意了。阿肯的玛说："我们先回去准备，姑娘明天送来，要一百个打鼓的、吹号的……照着前面两条路来。"阿肯的玛走到一个村子，那是妖怪居住的地方，他对那妖精说："明天天不亮，就要来许多人，你要躲一躲，不然你的命就保不住了。"妖精没法，阿肯的玛说："你最好躲在水缸里不说话。不听话，命就保不住了。"妖精听话了，大妖精都躲在水缸里，装不下，小妖精在房里，阿肯的玛就把水缸盖上，烧起来大火就把妖精完全蒸死了，小妖精不会吃人，也吓跑了，跳江的跳江，死的死了。

第二天送亲的来了，敲锣打鼓的很热闹，阿肯的玛把妖精房子里的骨头收拾好，变成很漂亮的新房，他帮助穷朋友把新娘接到新房中，穷朋友和新娘子过着美好的生活。

---

① 札该甲补：指皇帝的名字。
② 此处夹杂少数民族汉语的方言语法，意为"姑娘不许配给他，又给谁呢？"——编者注

梁祝传说

记录者：曾有琥
翻译者：雷震坤
搜集地点：云南省迪庆藏族自治州香格里拉市

从前有两个学生，一男一女，不是同一地方的人。女的化装成男的去读书，二人路上同行，在一个学校，同桌同床，感情很好，但不知女的那个是女的。女的那个想和男的结合，但又无法使男的知道，她就想了几个办法要使他了解。

后来，女学生接家里来信，要她回去，嫁一个官家人。

她先用一碗水放在床上，说明二人同床不同被，晚上不能把水打泼，想借此使男人怀疑，但睡了一晚，水仍然是好好的。女的又用一个办法，在床上放上木柴，不准动着，过了一夜木柴也是好好地摆着。女的又不便表白，就回家去了。回去以后，家里将她许给别人，这消息被男学生知道了，害起相思病死了，死后埋在路旁。女的出嫁到这里下马就在坟前大喊三声男的，坟裂开了，女的跳了进去，坟又合了起来。

那家很气愤，就把二人的坟分埋在河的两边，后来两边的坟都长出两棵树，树枝相接，遥遥相对，那家又气愤了，说："□□□，照此不成，将它砍了。"于是树被砍了烧成灰，丢在大河边，当树灰下了河，就变成一对黄鸭，这对黄鸭自由自在地在河里游着。

后来的人不打黄鸭，若打黄鸭，就"杀黄鸭的罪恶，用黄金做一个藏经堆也不能赎回"[①]。

---

① 藏语中是一个成语。

四、笑话

记录者：郑孝儒
翻译者：松银巴
搜集地点：云南省迪庆藏族自治州香格里拉市三村

1

从前有一个很会冲壳子①的人，名叫大冲客，有一人向他学习，名叫小冲客。

小冲客学了三年，一天，大冲客到一家念经，走时，对小的说："我去了，家中煮着一锅鱼，不能打开，里面煮的是鬼神，另外柜中盖着的一碗酥油，也不能动，里面是毒药。"说完便走了。

小冲客等他一走，将鱼吃了，酥油吃了，又把鱼土锅砸了，脸上抹上灰。

---

① 冲壳子：云南汉语方言，意为"侃大山""拉家常""摆龙门阵""吹散牛"。此处引申为口才出众。——编者注

大冲客回来时，见此情景问道："你为什么这样？"小冲客哭哀哀地说："你走后，我将土锅盖掀开，将你煮的鬼神放跑了，我心中害怕，于是想服毒自杀，只好将柜中酥油吃了，可是死又死不了，就成这样子。"

大冲客听了，心中想："我还没有他厉害，只好将他赶走。"

2

从前有两冲客，一大一小，大的对小的说："我村中有条大角①，两角隔得远，在这边'喂'地叫一声，那边听不见。"

小的听后说："我村有一大铜锅，早上去串，晚上还串不回来。"

大冲客听了，心中害怕，问："你村这么大的锅，用来做什么？"

小的说："它就是用来煮你村中的十条犏牛。"

---

① 大角：牛角。——编者注

五、民歌

婚歌中的大歌①

记录者：尹明举
翻译者：苏郎甲楚
搜集地点：云南省迪庆藏族自治州香格里拉市小中甸镇

男方（主方）唱：
河对面长长的白草，
砍它的话要用几刀，
扭②它的话扭得几捆，
驮它的话要用几驮，
架它的话要用几架。

女方（送亲方）唱：
河对面长长的白草，

砍它的刀次数不清，
扭它的捆数数不清，
驮它的驮数数不清，
架它的架数数不清。

新娘临行前送亲人唱：
今早上天亮了以后，
新姑娘绿松石的头发未着水以前，
父亲不知道嫁出去女儿会伤心，

---

① 正喜日晚上唱。
② 原文为"纽"。

当新姑娘绿松石的发上着水的时候,
父亲才知道嫁女儿是伤心了,
伤伤心心地坐在垫子上,
伤心了,泪水盈眶。
日到中午的时候,
新姑娘不换上福衣①以前,
母亲是不知道嫁出女儿的伤心,
当姑娘穿上福衣的时候,
母亲才知道伤心了。
伤伤心心地在房子里来回走,
伤心了,流着眼泪。

太阳要落坡的时候,
在未烧起白烟子的香以前,
哥弟并不知道伤心,
在烧起白烟子的香的时候,
哥弟才伤心起来了,
伤心地骑上送亲的马。

要走的客人未上路以前,
姐妹们是不知道伤心的,
当要走的客人上路了的时候,
姐妹们才知道伤心了,
伤伤心心跟随走。

迎亲人唱:
听说父亲很伤心了,
父亲伤心是理当然,
但请父亲莫伤心,
会把她当作亲生囡,
还让父亲常教管。

听说母亲很伤心,
母亲伤心理当然,
但请母亲莫伤心,
会把她当作亲生囡,
还让随时回娘家。

听说哥弟伤心了,
哥弟伤心理当然,
但请哥弟莫伤心,
把她当作亲姐妹,
田里做活打伙去,
家中休歇打伙歇。

听说姐妹伤心了,
姐妹伤心理当然,
但请姐妹莫伤心,
把她当作亲姐妹,
用金子的花儿安慰她,

---

① 福衣:出嫁时才穿的一种很贵重的衣服。

用欢乐的歌舞解她愁。

送亲人在女方出门前唱：
火塘上边是金光闪闪，
金子的床和绸子的垫，
上面坐的父亲，
要给父亲请求的是：
给她一百零八页的经书，
一百零八页经书要给也不敢说，
可是十六页经书也不给的话请莫说。

火塘侧面是绿松石的光闪闪，
绿松石的床上是毛布的垫，
上面坐着哥哥，
要向哥哥请求的是：
请给她肥壮的枣栗马，
要给肥壮的枣栗马虽不敢说，
小小的马你不给的话请莫说。

火塘下面坐的是姐姐，
要向姐姐请求的是：
请给她有福的绵羊，
要给有福的绵羊的话虽不敢说，
可是小小的羊羔不给的话请莫说。

父亲别慌慢请坐，
母亲别慌慢请坐，
哥哥别慌慢请坐，
姐姐别慌慢请坐，
大大的中柱慢请坐，
我们是要走的客人了，
绕一转两转绕三转，①
祝绕上三转又三转。

走的时候，路过别的村子时唱"过村调"：
天地万物可安好？
日月星辰可准确？
跑马的宽阔草坝可平坦？
村这边和村那边都可安好？
村这边的父亲可安好？
村那边的母亲可安好？
两村的姐姐妹妹可安好？

送亲的行列走到男方门口的时候，
下马前，要唱"下马调"：
不下，不下，不下枣栗马，
九色衫是上等的见礼品，
不摆出上等的九色衫，
不下，不下，不下枣栗马。

---

① 指绕中柱。

不下，不下，不下枣栗马，
六色衫是中等的礼品，
不摆出中等的六色衫，
不下，不下，不下枣栗马。

不下，不下，不下枣栗马，
三色衫是下等的礼品，
不摆出下等的三色衫，
不下，不下，不下枣栗马。

于是男方摆出三色衫并摆茶和酒，并敬神山，唱"敬神山调"：
敬神敬神敬这边的神山，
如若不敬神山的话，
恐怕今天无人来相迎，
敬神敬神敬这方的神山，
如若不敬神山的话，
恐怕明天没人送。

敬神山调唱完以后，女方就下马，然后唱"进门调"：
别拦别拦，别捅门，
所有的人群别拦门，
不是陌生人是自己的人。

别捅门，别捅门，别拦门，
门边的狗儿别拦门，
不是陌生人是自己人。

进门时，男方请上一个人站在门头上向新娘洒水，女方送亲的唱"洒水调"：
别洒别洒，别洒水，
新娘穿的是九层绸衣服，
莫把九层绸衣服弄脏了。

别洒别洒，别洒水，
陪女穿的是六层氆氇衣，
莫把六层氆氇衣弄脏了。

别洒别洒，别洒水，
送亲人穿的三层布衣裳，
莫把三层布衣裳弄脏了。

对唱①

记录者：尹明举
翻译者：雷振坤
搜集地点：云南省迪庆藏族自治州香格里拉市尼西乡幸福村

送亲人唱：
路，
漂亮的路像白绸铺的，
路上面飘荡着白色的云霓，
路下面有白缎子做的篷帐，
你可曾见过这样的道路，
这路是如此的新奇。

村子，
美丽的村子像喇嘛寺一样背山濒水，
村后有菩萨、青蛙②、柏树和高山，
村前的海子好看得像酥油的平地。

迎亲人唱：
欢迎！

请来了，来得很快一定是安康的，
远方的客人到来了，
本想用三只金鸟欢迎您，
但终没有用三只金鸟。

您从金山顶上走来了，
本想用金子的花把您裹起，
但终没有用三朵金子的花将您裹起。

您从银子的山顶上走来了，
本想用三朵银子的花将您裹起，
但终没有用三朵银花将您裹起。

您从玉石的山顶走来了，
本想用三朵玉石的花将您裹起，

---

① 结婚时送亲人与迎亲的主人的互相赞美，送亲的人连路走着连路夸赞。
② 据说青蛙是龙变的。

但终没有用玉石的花将您裹起。

送亲人唱：
你们的房屋方方正正像是菩萨居住的房子，
左面是金子的佛堂，
右边是银子的藏经堆，
第一道大门宽足有十八庹。
守门狗的叫声像蜂子一样不停，
牦牛、耕牛像是载重的大象。
左边的门框是金子的，
右边的门框是银子的，
门板是玉石的，
果苏①是白珊瑚做的，
稀奇，稀奇，真稀奇。
这样的门从未见过呢，
门头上的ཨ②是天生的，
门下的ཨ་དཀར③是天生的，
大门口有牦牛的老老相对。

您金子的帽毡像飞鸟的翅膀，
您圆圆套着帽带是银子的，
枣骝马的毛旋涡像金子的花朵一样，
您银做的马鞍像落着一层白雪。
从没见过如此稀奇的装潢，
客人，客人，请到上面去，
酒和茶就好像满溢的湖水，
糌粑好像雪山一样高高堆积。
上座是三层氆氇铺成的坐垫，
中座是三层绸子铺成的，
下座是三层布铺成的，
围着楼板的横档像是白带牵起来的。
地板像蛇肚皮一样齐整，
粗壮厚实的三脚④稳坐在火塘中央，
铜勺子多得像纷飞的蜜蜂，
北京出的——
汉人的瓷碗白得像⑤子一样，
白瓷碗从外面看，
就好像北京的城墙围绕，
白瓷碗从里面看，
里面画着有福气的金龙。

---

① 果苏是把几块木板拼成的门的楞子。
② 是藏族挂在门头上的石块，上刻咒语。
③ 是门下的石槛之类的石头。
④ 火塘上架锅用的三脚。
⑤ 疑原文缺漏。

送亲人唱：
你说的话句句不错，
酒和茶就好像满溢的湖水……
（以下同上面主人所述。）

迎亲人（主人）唱：

英雄的年轻人，
您坐在这样的座位上是否舒适？
从您喝的茶和酒里面，
是否感到了我们丰收的年成？
在您的座位上唱起歌来，
是否能使人畅快舒服？

迁新居之歌

记录者：尹明举
翻译者：苏郎甲楚
搜集地点：云南省迪庆藏族自治州香格里拉市小中甸镇

今天是天上最好的日子，
明天是地上的太平日，
好日子上新修好房屋，
三个好看的姑娘来扫地基，
木匠师傅拉准线，
三个英雄平地基，
高大的石头砌石脚，
碎小的石头填石缝，
檀香大树做墙柱，
扁柏大方做墙板，
用杨柳木来做撑杆，
小小灌木做楔子，
八股篾条做墙绳，
青刚木来做墙棒，
英雄的小伙子来筑墙，
好看的姑娘来送土，
火热的太阳做墙官，
十五的正月做墙主，
迁往新居时跳的锅庄调，
高大的雪山是在坡那面，
雪山上的狮子是在坡这面，
这两个的中间是宝贝的地方，
在这宝贝的地方，
修建起金子的宝塔，
跳舞的我们，
来转这金子的宝塔。

把鲜花献给毛主席

记录者：马祥龙
搜集地点：云南省迪庆藏族自治州香格里拉市汤满村（旧称汤美村）

在那金子样的山上，
开满了金子样的鲜花，
我们要把鲜花采了献给
亲爱的毛主席。

在那银色样的山上，
开满了银色样的鲜花，
我们要把鲜花采了献给
亲爱的毛主席。

在那玉石般的山上，
开满了玉石般的鲜花，
我们要把玉石般的鲜花采了献给
亲爱的毛主席。

新民歌集

搜集者：中甸县（今香格里拉市）工委宣传队
供稿者：兰文亮
记录者：秦家华
时间：1962 年 6 月 25 日

1　恩情

毛主席的恩情比天高，
共产党的政策比太阳还暖，
比星星还多的劳动人民，
个个都翻身站起来了，

封建统治者都一扫光，
各族人民政权掌握在手，
翻身的人们把幸福歌唱，
领袖毛主席呵万寿无疆。

比污水还臭的国民党呵，

共产党把它清洗流入大海,
我们的恩人把金桥搭上,
草原的人们登上了天堂。

翻身的农民是千万朵金花,
共产党的太阳照到了草原,
锁链的奴隶个个得到解放,
为幸福生活永远歌唱。

人人说天上的星星数得清,
只有毛主席的恩情数不清,
人人说天下的海水最深,
天下哪有比党的恩情深?

过去荒凉黑暗的草原呵,
如今建成了人间的天堂,
感谢我们的恩人毛主席,
坚决跟着共产党的路走。

快来吧!亲爱的朋友们,
来庆祝十年的幸福生活,
我们欢呼毛主席万岁!
伟大的共产党万岁!

孔雀、大雁和布谷鸟,
孔雀生长在汉族地区,
大雁生长在印度地方,
布谷鸟生长在藏族地方,
过去我们互相不认识,
因为我们不是同乡,
你飞在草原上空盘旋,
阵阵枪声把你惊跑了,
这样的时代已经过去了,
是因为党的领导。
孔雀呵!来自北京城,
带来了毛主席的政策,
大雁你别在空中飞翔,
如今草原是我们家乡,
党的政策真是伟大呵!
各民族团结亲如一家,
一条金桥搭到北京城,
草原藏民登上了天堂。

2　歌颂井冈山

井冈山的顶上,
出了金黄色的太阳,
不,不是金黄色的太阳,
而是中国人民的领袖毛主席,
井冈山的山顶上,
还有一个银白的月亮,
不,那不是银白的月亮,
那是人民革命军的朱总司令,
井冈山的山腰上,

出了数不清的星星,
不,那不是星星,
那是中国人民解放军,
啊,洁白的鸽子飞满了天空,
那是世界和平幸福的吉祥。

3 歌唱草原

金沙江呵,流不尽,
草原的好处说不完,
金银钢铁样样有,
要说森林数第一,
虫草贝母挖不尽,
獐子马鹿遍山跑,
肥壮的牛羊放草原。

总路线,是灯塔,
照耀草原放光芒,
草原变化赛火箭,
牛羊发展赛星星,
公路修在草原上,
北京边疆连接起,
日用物资运草原,
藏民生活大改善。

层层山峰是宝塔,
草原处处建工厂,

藏民个个是英雄汉,
拿起镑锤开矿山,
炸得雪山低了头,
吓得神仙下了凡,
这山开矿那山应,
那山顶是红旗飘,
谁把红旗插山顶,
年轻英雄勘测队。

辽阔的草原,
肥沃的田野,
拖拉机开在田野上,
汽车喇叭应山岗,
藏民齐把歌儿唱,
欢呼草原建天堂。

金江沿岸出产多,
又产米来又产棉,
高原地带产皮毛,
还产酥油和糌粑,
酥油糌粑香又香,
来和米棉两交换,
样样味儿都吃上,
草原真是好地方。

酥油香,营养大,
藏民身壮力又强,

能赛愚公山来移，
多少人吃惯了它，
谁要离开草原还回头望，
还买点带着做纪念。

这一切，不算高，
更好的生活在招展，
在不久的将来看，
草原实现机械化，
藏民理想便实现。

4　歌唱高原人民公社

天上出的金太阳，
地上开遍银花朵，
金太阳呵毛主席，
银花朵呵粮满仓，
金山银山我不爱，
就爱青稞堆成山。

中央领导真英明，
藏民生活日日新，
草原照着总路线，
村村寨寨放红光。

清清泉水流不尽，
公社的好处说不完，

工农业生产齐跃进，
穷苦的子弟进学堂，
门前设的小商店，
白发老人卖盐茶，
武器握在穷人手，
半夜开门也安然。

牛羊成对马成双，
青山绿水带笑颜，
公路条条通四方，
工厂矿山布满山，
铁马来回千万转，
拖拉机开动在草原。

苦难日子过完了，
幸福的日子已到来，
感谢党的好领导，
搭上金桥上天堂。

5　金太阳

金太阳在我们的心房，
红艳的太阳从金山上升起，
草原上盛开了万朵金花，
谁说太阳在金山里，
它就在藏民的心中。

毛主席呀，金太阳，
你日夜照耀在我们的心房，
你是藏民的血脉和肝脉，
我们跟着您才到人间天堂。

6 花丛中

公社建在花丛中，
家乡在草地森林间，
鲜花争艳蜜蜂舞，
公社就建在花丛中，
盛景胜过茶花山。

7 牦牛

牛奶挤不完，
牦牛壮得似山坡，
奶浆涌出像喷泉，
山里喷泉流不尽，
我们的牦牛奶挤不完。

8 宝树

我们伟大的祖国，
是一棵庞大的宝树，
我们全国各民族，
是宝树的枝叶。

我们伟大的领袖，
是宝树的主根，
宝树若没有主树呵，
怎能长出丰盛的果实？

9 高山顶上烧天香

高山顶上烧天香，
浓烟卷上九重天，
我烧天香召吉祥，
降的却是苦日子。

高山顶上烧天香，
风起天晴艳阳红，
神仙领袖毛主席，
降下了吉祥的好日子。

10 手推粪车口唱歌

手推粪车口唱歌，
我唱山歌她应和，
乌黑的肥料喷喷香，
山歌越唱心越乐。

11 天堂

喝够了苦水吃够了辣，

日盼月盼好生活,
问过星星问月亮,
幸福生活在哪方?

问日月,日月不答,
问星星,星星不答,
只有共产党和毛主席呵,
领导藏民上天堂。

12　宽不过中甸大草坝

宽不过中甸大草坝,
高不过中甸大雪山,
满坝牛羊赛繁星,
满山肚里是金银。

13　公社一周岁的日子

不是跳神的日子,
小伙子却戴起节日的帽子,
不是"请茶"的约会,
姑娘却穿起长袖舞衣。

不是节日,也不是情会,

是公社一周岁的日子。

14　团结在一个家庭里

内地的香茶,
藏族的酥油,
它俩虽产异地,
但同聚在白瓷碗中。

北方的汉族,
西方的藏族,
我们虽各居一方,
但团结在党的周围。

15　唱歌

问我为啥要唱歌,
我为解愁唱山歌;
问我忧愁有多少,
单讲苦情要九十九天。
问我为啥要唱歌,
我为欢乐而唱歌;
问我欢乐有多少,
单讲改革就要九百九十九。

短歌集

搜集者：中甸县（今香格里拉市）工委宣传队
供稿者：兰文亮
记录者：秦家华
时间：1962 年 6 月 25 日

1 情歌十二首

（1）

山顶茶树弯又弯，
我想砍来做骑鞍，
它若不合做骑鞍，
改做驮鞍也愿意。

山后有个姑娘真美丽，
有心和她夫妻配，
她我不合成双对，
也得交个知心伴。

（2）

为了得到太阳的温暖，
才把帐篷在山脚搭起，
为了和你谈情，
我才在帐篷里老等你。

为了看到四面八方，
才把房子盖到山顶，
为了和你谈情，
才走拢挨你。

（3）

当你还没骑上马的时候，
要看马鞍子稳不稳，
趁你和姑娘还未谈，
要看她真不真心。

（4）

柔软的是丝绸，
好看的是花布，
丝绸发光的时候，
花布不要嫉妒，
姑娘爱不爱你，
她心中自个有数。

（5）

姑娘是水中的岛屿，
我是岛旁的流水，
别人嫉妒我的话，
就像水上的泡沫。

（6）

用了千斤黄金，
铸成护身符，
若要背它，永不离身。

用了百斤青铁，
打成一架三脚架，
若要架它，永世不动。

跑遍整个村庄，
找到个合意的姑娘，
若要娶她，永世同居。

（7）

好吃的香茶姑娘能做，
但喝茶的要是个多情的歌手，
金边的帽子姑娘能缝，
但戴帽的要是个英雄。

（8）

跑开了我的枣马，

若要追，我定可以追到，
但呵！虽然不驯服你，
追回又有何用，
背弃我的情人呵，
我对你的态度就是这样。

（9）

有人问起我的情人，
我说她是天上的仙女，
因为她那慈祥的面容就像仙女。

（10）

我和情人的爱情，
就像丝线结成的疙瘩，
若想解开这个疙瘩，
就像上天取星拿月。

我和情人的爱情，
就像一个圆满的鸡蛋，
蛋黄和蛋白永在一堆，
我俩的心永远相连。

（11）

我爱上了个牧羊姑娘，
要问爱得怎么样，
就像牧羊姑娘爱羊一样。

（12）

情人的面容，
就像樱桃那样美丽，
但愿她的心肠，
也像面容那样美丽。

2　诉歌

（1）

小马不愿在圈里长大，
主人却把它关在圈里，
圈里长大的马呀，
四脚四蹄都拙笨。

姑娘不愿意嫁给官家，
狠心的父母偏要和官家交亲家，
官家规矩千万条，
十六七的姑娘怎能嫁官家？

（2）

鲤鱼爱到岸边游玩，
但怕渔夫的捞网，
我喜欢进寺朝佛，
但怕遇到债主和尚。

3　格言歌

（1）

孔雀开屏的时候，
野鸡也摇起尾巴，
野鸡尾巴虽长，
比不过美丽的孔雀。

（2）

家鸡虽有翅膀，
不能展翅高飞，
白兔四脚虽短，
却能翻过千重高山。

（3）

核桃只是心仁好吃，
樱桃只是皮肉好吃，
甜果"阿玛拼布"，
果里果外都好吃。

（4）

长得最长的是竹子，
长得最直的是竹子，
竹竿有几节竹子，
只有砍竹人才知道。

4 修水利锅庄调

在封建社会的时候，
雨水多么珍贵，
土司和喇嘛勾结在一起，
向人民进行派款，
老天爷没有下雨，
人民忍受剥削。

在共产党领导的时候，
雨水多么珍贵，
人民想了办法。
干净的大水库一个连着一个，
从半山腰把水引来，
灌满了田地，
水灌满了田地，
生产得到丰收，
余粮卖给国家，
人民心里多快乐。

锅庄三首

翻译者：周廷铎
搜集地点：云南省迪庆藏族自治州德钦县奔子栏镇

文本一
歌名：美丽的姑娘齐力卓姆

大理海子旁边有个齐力卓姆，
美丽聪明的姑娘齐力卓姆，
头上缠着美丽的丝绒，
让我们为姑娘尽情地歌唱，欢跳，
让我们祝福她消灾免疫，
我们快乐，我们欢唱。

美丽聪明的姑娘齐力卓姆，
戴着美丽的珊瑚耳环，
让我们为姑娘尽情地歌唱，欢跳，
让我们祝福她消灾免疫，
我们快乐，我们欢唱。

美丽聪明的姑娘齐力卓姆，
脖子上挂着美丽的绿松石①项圈，
美丽的绿松石项圈相衬越发美丽，

让我们为姑娘尽情地歌唱，欢跳，
让我们祝福她消灾免疫，
我们快乐，我们欢唱。

文本二
歌名：有一个最好的地方

有一个最好最好的地方，
两山之间有一座金桥，
金桥上环绕着美丽的花纹，
美丽的花纹是知斯达姐②。

有一个最好的地方，
两山之间有一座银桥，

银桥上雕着美丽的花纹，
美丽的花纹是知斯达姐。

有一个最好的地方，
两山之间有一座绿松石桥，
绿松石桥上雕着美丽的花纹，
美丽的花纹是知斯达姐。

文本三
歌名：天上的太阳、月亮、星星

天上的太阳、月亮、星星，
出时不一样，但在同一个天上。
敬神的酥油灯、香柴、敬水③，

产地不一样，但同时出现在经堂。
绿松石、珊瑚、碧腊④，
产地不一样，但同时挂在姑娘胸上。

---

① 绿松石：是种装饰品，绿色，出产自四川西康打箭炉及青海一带。
② 知斯达姐（ཤིས་དར་ལྕགས）：即吉祥，鲜花、爱情、胜钟、伞盖、经轮、海螺、金鱼、宝瓶，风马上即有这八样东西。（这八样东西类似藏传佛教八吉祥，为法轮、白海螺、莲花、金鱼、伞盖、宝瓶、吉祥结、胜利幢。风马是一种类似旗帜的祭祀用品。——编者注）
③ 酥油灯、香柴、敬水：是敬神用的三种东西。
④ 绿松石、珊瑚、碧腊：藏族年轻姑娘的装饰品。碧腊是蜜蜂几十年酿成的，系黄颜色。

拉萨姑娘

搜集者：秦家华、符国锦
翻译者：雷振坤
搜集地点：云南省迪庆藏族自治州香格里拉市

拉萨姑娘来到平坝上，
来放白羊了，
左边放放，
右边放放。

拉萨姑娘来到平坝上，
来养白羊，
这边养养，
那边养养。

拉萨姑娘来到平坝上，
来剪白羊毛，
这面剪剪，
那面剪剪。

拉萨姑娘来到坝子上，
来撕白羊毛，
这面撕撕，
那面撕撕。

拉萨姑娘来到坝子上，
来纺白羊毛，
这面纺纺，
那面纺纺。

拉萨姑娘来到坝子上，
来搓白羊毛，
这面搓搓，
那面搓搓。

拉萨姑娘来到坝子上，
来绕经线[①]，
这面绕绕，
那面绕绕。

拉萨姑娘来到坝子上，

---

① 经线：织布之经线。

来织白羊毛布,
这面织织,
那面织织。

拉萨姑娘来到坝子上,
来缝白羊毛布,
这面缝缝,
那面缝缝。

拉萨姑娘来到坝子上,
来穿白羊毛衣服,
这面穿穿,
那面穿穿。

播种歌

搜集者:秦家华、符国锦
翻译者:雷振坤
搜集地点:云南省迪庆藏族自治州香格里拉市

苗长草盛,
苗根长,草根烂,
麦秆好像竹子,
麦穗好像钢刀,
麦穗好像猪脚,
情歌好像雀胆,
长得稳定像钉桩样,
种一亩地丰收一年够吃,
百人回来很欢迎,
千人下去很欢迎,
一百多美丽的姑娘割青稞,
百多小童堆麦子,
百匹骡马运青稞,
百多男人架青稞,
勇敢的男人打青稞,
百多美丽的姑娘收青稞,
马路上百多口袋驮来运,
百多仓库装满了,
一辈子也吃不完。

热芭舞歌

记录者：秦家华
翻译者：兰文亮
搜集地点：云南省迪庆藏族自治州香格里拉市建塘镇

1 姑娘的要求

演唱者：田缅阿妈

姑娘：
我没有不要的东西，
我最需要的是——
银丝绕红线的辫子，
我就像孔雀的姑娘。

姑娘：
我没有不需要的东西，
我最需要的是——
要十五两银子打成的手圈，
是父母给我的装饰。

姑娘：
我没有不需要的东西，
我最需要的是——
玉耳环三套，
我就像孔雀的姑娘，
飞舞在锦绒垫上。

姑娘：
我没有不要的东西，
我最需要的是——
金、银、玉合制的银盒，
挂在胸前闪光，
是父母给我的装饰。

姑娘：
我没有不要的东西，
我最需要的是——
氆氇褂子和楚巴，
让情人穿上氆氇楚巴，
就好像孔雀在旋舞飞翔。

姑娘：
我没有不要的东西，
我最需要的是——
一根丝织的花带子，
丝的各色带絮前后摆动，
好像孔雀的羽毛随风起伏。

姑娘：
我没有不要的东西，
我最需要的是——

鸵毛织成的花围腰，
挂在腰间呀，
我要去自由欢乐地跳舞，
我要去跳自由的婚舞。
姑娘：
我没有不要的东西，
我最需要的是——
一双丝织的花脚带，
我就像一只美丽的孔雀，
在自由地舞蹈。
姑娘：
我没有不需要的东西，
我最需要的是——
一双锦绒马拉靴，
我要自由地舞蹈，
我就像妈妈的姑娘时代。
姑娘：
我没有不要的东西，
我最需要的是——
一套农业生产的农具，
用我自己勤劳的双手，
为青稞的丰收劳动，
日子就过得更加甜美，
最好的酒是喜酒，
牛奶海里出的树是好树，
金树、银树的树梢金鸡先歇，
金鸡飞去后金光闪闪，

金鸡又飞来地上都太平，
地上太平的是毛主席的恩情，
高挂岩上的洞是野鸽的家，
因为岩洞隔远认为不能相会，
党的政策很好又得到相会，
世界的寸土都是人民的家，
但由于分散在各地很远的地方，
远离了家乡被认为永远不能相会，
共产党领导后又得相会，
中国的土地、人口众多，
分散在东西南北四面八方，
人民的心齐向北京，
东南西北的人们都在北京相会。

2　北京金山上

最幸福的地是，
东方的北京地方，
我们的毛主席住在那里，
要想去见毛主席，
是我们青年的理想，
只是理想没有实现，
一年两年过去了，
但我没有忘记北京。

上山去砍香树柴，
但砍的树子节子多，

我最好的象牙刀，
砍斫带来了裂隙，
这些裂隙我不亏心，
因为天下大象还多。

要骑马就骑中甸草白马，
背鞍子要背金子鞍，
去到高山打野蒿①，
这山没有去那山，
我的家乡是石岩头上，
见到石岩就想家乡，
我家落在森林边，
茶花盛开就想家乡，
布谷鸟是汉区来的，
它没有美丽的羽毛，
但它的嗓子唱歌好听，
就它的名声响遍四方。

金山上，
金树生长在金山上，
金鸡歇在金树上，
唱出了和平的歌，
唱出了平等自由的歌；
银山上，
银树生长在银山上，

银鸡歇在银树上，
唱出了新时代的歌，
唱出了新生活的歌；
玉山上，
玉树长在玉山上，
玉鸡歇在玉树上，
唱出了祖国的大家庭，
唱出了祖国每个村庄都是家乡。
金子的北京城里，
金子的太阳从这里升起，
温暖了全国人民，
指出了前进的道路，
全国人民歌颂金太阳。

金山、银山、玉山，
就是金岗山，
北京是金岗山上生长的，
金鸡从金岗山上飞来北京歇，
这时就升起了金太阳；
金山、银山、玉山，
就是金岗山，
北京是从金岗山上生长的，
金鸡飞来到北京城里歇，
1949年的10月，
是永远难忘的日子，

---

① 原文为"高"。

金太阳从天安门升起，
金鸡飞来了北京上空，
祖国的土地停止了枪声，
和平的日子从这天开始。

老虎下山，
必定要伤害生命；
豹子、豺狼下山，
牛羊必定遭殃。
不消灭老虎，
我们的生命一天不安宁；
不消灭豹子、豺狼，
牛羊就很难发展。

国民党下村，
人民生命就要被伤害；
地主阶级下村，
穷苦人民必定遭殃。
不消灭国民党反动派，
人民的生命一天不安宁；
不消灭地主阶级，
穷苦人民的苦难就不能消除。

革命的四十年，
是为了消灭老虎、豹子、豺狼，
是为了保护人民的生命财产，
是为了保护牛羊的发展，

革命者付出了光荣的生命，
消灭了国民党，
把蒋介石赶到□□，
消灭了地主阶级，
穷苦人民得到了翻身。

革命一步二步，
革命走了三步，
革命首先是工农红军，
有了工农红军，
处处为人民办事，
人民就很高兴，
这是共产党领导的工农红军，
是共产党的恩情。
革命第二步是，
新民主主义的革命，
新民主主义的革命中，
我们进行了民主改革，
民主改革以后，
打垮了地主阶级，
打垮了地主阶级以后，
剥削压迫没有了，
没有剥削压迫，
是毛主席的恩情。
革命第三步是，
社会主义革命，
我们建起了合作社，

各民族一律平等，
人人平等有权利，
人民有了权利后，
就进行了集体生产，
生产发展以后，
人民生活改善了，
这是共产党的恩情。

在金子的山上，
金树要想出在金山上，
金鸡要想歇在金树上，
过去国民党的时代，
金鸡没有在树上歇的权利，
在今天的新社会里，
金鸡金树可以相会了。
在银子的山上，
银树想在银山上生长，
银鸡想在银树上歇，
银鸡银树想会面，
但是国民党的制度不好，
银鸡没有在银树上歇的权利，
在今天的新中国里，
银鸡银树可以在一起，
在一起银鸡银树很高兴。
在玉的山上，
玉树想在玉山上生长，
玉鸡想在玉树上歇，

准歇不准歇是常事，
鸡有翅膀要飞就要歇，
为啥鸡和树要分开，
鱼儿离水怎能活得成？
国民党的制度最不好，
如今时代真正好，
金鸡自由了，
金鸡金树也相会；
银鸡自由了，
银鸡银树也相会；
玉鸡自由了，
玉鸡玉树也相会。
它们抖动着翅膀，
飞向社会主义和共产主义。

在拉萨金帐篷里面，
金帐篷里放着金盘，
金盘里放着金杯子，
金杯子里盛满喜酒，
这酒好不好？
如果这些喜酒很甜美，
口合意合心就一条。
在中间草原的金帐篷里，
金帐篷里放着金盘，
金盘子里放着金杯子，
金杯子里斟满了喜酒，
这些喜酒好不好？

请你在座的客人，
如果这酒很甜美，
口合心合心就一条。
在中间金帐篷顶，
出现了金子的太阳，
草原上金光闪闪，

是毛主席的太阳放射光芒，
他指给社会主义的路，
此酒更加甜蜜，
口同意同心也同，
共同建设祖国。

附记：这是和热芭舞配合的民歌。

热芭舞（弦子舞）

记录者：秦家华
翻译者：兰文亮
搜集地点：云南省迪庆藏族自治州香格里拉市建塘镇

1　今天的孔雀很好

今天的孔雀很好，
是什么地方的孔雀？
孔雀头上的羽毛很美，
是毛主席的孔雀。
今天的布谷也很好，
是什么地方的布谷？
布谷的嗓子很好，
是共产党的布谷。

今天的鹦哥很好，
是什么地方的鹦哥？
鹦哥的羽毛很美，
是毛主席的鹦哥。

拉萨地区的枣①骦马，
汉族地区的枣骦骡，
自己地区的鞍子和缰绳，
如今掌握在人民手中。
（此首是东旺锅庄。）

---

① 原文为"早"。

2　搬开千年的大山

搬开千年的大山，
建起金子的政府，
在这个金子的政府里面，
搭上一张金床，
在这个金床上面，
铺上三层缎垫，
三层缎垫上面，
毛主席坐在上面。

搬开千年的大山，
建起银子的政府，
在这个银子的政府里面，
搭上一张银床，
在这个银床上面，
铺上三层缎垫，
三层缎垫上面，
毛主席坐在上面。
在一个欢乐的草原上，
有一个幸福的海子，
这个海是牛奶的海，
海中游着宝贝的鸭，
宝贝的鸭子变成三棵树，
三棵树是一个根，
三棵树梢歇金鸡，

这只鸡是毛主席。

最温暖的皮子是羊羔皮，
但温暖不了全世界，
全世界最温暖的是太阳，
这太阳是共产党的太阳，
共产党的太阳最温暖，
人民像花朵一样开放，
这幸福的太阳过去没有，
过去的太阳也不温暖，
我还没有梦见的时候，
温暖的太阳照到了全世界，
这太阳照到全世界后，
穷苦人民最快乐，
群众心里最高兴，
学习也更加努力，
努力学习以后，
消灭了地主阶级，
可以消灭地主阶级，
是共产党的恩情，
不是共产党的恩情，
群众没有权利消灭地主。

山头接着山头，
大雪盖住山头，
天上出了太阳，

雪没有不化的方法，
我这个青年的想法①，
像千年积雪永远不会化。
山腰接着山腰，
山脚却是一个，
马刀砍来时候，
没有砍不烂的办法，
我这青年的想法，
就像铁柱砍不断。
山根连着山根，
水头连着水头，
如果水头隔断，
没有不干的方法。

高山上的三个草原，
下了大雪变成四个，②
变了四个草原我不知道，
如果我知道会变成四个，
不去放牧我错了，
没有计划，都错了。③
高山上的三块荒地，
开了花后变成四个，④
如果我知道变成四个，

不去放羊我错了，
不剪羊毛，我们大家都错了。
（东旺郭庄）

3 挤奶歌（挤牛奶时唱）

小牛长到三岁了，
奶包已经涨了三个月，
牛的父亲是大正牦牛，
母亲是最壮最肥的母牛，
挤奶时要好好地祝福，
奶子挤得像海一样，
大白牦牛毛又多又厚，
拴脚的绳子像蛇一样，
拴牛角的绳子是金链子，
拴牛的柱子是金柱子，
这个金柱子千年不会倒，
拴牛的索子千年不会断，
小桩是檀香木做成的，
千年不会烂，
奶盒比海洋大，
这个奶子的海洋不会干。
可爱的小牛，

---

① 没有指明具体的想法是什么，只是作为青年敢想敢干的比喻。
② 雪算作一个。
③ 草原被雪盖住，不能放牧。
④ 花一个。

赶你出坝的时候，
上前去不得，
前面有罪恶的豺狼；
可爱的小牛，
后面走不得，
后面放牛的娃娃会打着你；
可爱的小牛，
你要走中间，
中间很平安；
可爱的小牛，
沙木已经出头了，
柳树已经吐叶了，
夏天的水已经开始涨了，
下小牛的时间已经到了。

4　锅庄

出产黄金的不是这个地方，
黄金是出在大河边上，
不搞浑河水拿不到黄金，
搞浑了河水鱼儿又不喜欢。

出产白银的不是这个地方，
白银是出在岩石上，
不凿开岩石拿不到白银，
凿开了岩石雄鹰又不喜欢。

产绿松石的不是这个地方，
产在草原远方的山梁上，
不铲开草皮得不到绿松石，
铲开了草皮老鸦又不喜欢。

我只吃过一口酥油茶，
却说我吃了一顿茶，
既然说我吃了一顿，
就请再给我加些茶吧。

5　酒歌

三升，两升，照向村庄，
在东方的山顶升起，
东方十五的月亮，
在东方的山顶升起，
不是十五的月亮，
是我们这一伙年轻人。

三升，两升，照向村庄，
在东方半山腰升起，
东方金黄色的太阳，
在东方半山腰升起，
不是金黄色的太阳，
是我们的年轻的姑娘。

三升，两升，照向村庄，

在东方的山脚升起,
东方的六星①,
在东方的山脚升起,
不是六星,
是我们相会的场合。

6　敬酒②歌

今天欢喜,欢喜!
格卓弹③呀发展了!
今天快乐,快乐!

弦子舞歌

文本一

演唱者:李如远等
记录者:李荣高
翻译者:李兆吉
搜集地点:云南省迪庆藏族自治州德钦县升平镇

1　送别

那一座山的山顶上,
一百头牛带着一百头小牛犊,
你不要为远行而难过。

那一座山的山腰里,

一百匹马带着一百匹小驹,
你不要为远行而难过。

那一座山的山脚下,
一百只绵羊带着一百只小羊羔,
你不要为远行而难过。

---

① 六星:天上六颗星的星座。
② 敬酒是结婚时的一种仪式,大家举起酒杯,在佛堂里用敬辞赞美佛堂,花瓶是摆在佛堂前神圣的装饰品。
③ 格卓弹是一种佛法。

一百匹马拴成行，
小驹就要离别远行了，
快拿金鞍来欢送。

一百头牦牛排成行，
小牛犊就要离别远行了，
快拿牛奶来欢送。

一百只绵羊排成行，
小羊羔就要离别远行了，
快拿羊毛来欢送。
（该送别调放在任何调子都可以。）

2　颂装饰

演唱者：李如远、李兆福

我这个姑娘不要的东西一样都没有，
白色的绸头巾就是我的装饰，
嵌三层宝石的耳环是我的装饰，
有三层花的领扣是我的装饰，
缎子的外衣是我的装饰，
花条纹的带子是我的装饰，
绣龙的围腰是我的装饰，
狮子相对的银带是我的装饰，
金子的三丝是我的装饰，
银子的银色、荷色是我的装饰，
孔雀翎一样的靴子是我的装饰，
鸟脚印的靴带是我的装饰。

我这个小伙子不要的东西一样都没有，
长寿金边帽是我的装饰，
金钱纹的缎衬衣是我的装饰，
绿松石、珊瑚、琥珀是我颈下的装饰，
十二属相的护身符是我的装饰，
水獭皮、豹皮的楚巴是我的装饰，
花条纹的带子是我的装饰，
腰间嵌三颗宝石的腰刀是我的装饰，
嵌银花的火链是我的装饰，
嵌银花的腰包是我的装饰，
漂白的藏绸裤子是我的装饰，
康巴长靴是我的装饰，
霓虹色的丝带是我的装饰。

文本二

演唱者：阿沙米
记录者：李荣高
翻译者：李兆吉、钟秀生
搜集地点：云南省迪庆藏族自治州德钦县升平镇

1 送夏歌

夏季的草坪到处开鲜花,
草坪像过客一样要走了,
别看它是过客,
将来还会再见面。

2 送秋歌

地里庄稼长得很茂盛,
六谷①像过客一样要走了,
别看它是过客,
将来还会再见面。

3 送冬歌

大小河流到冬天像一条白练,
河流像过客一样要走了,
别看它是过客,
将来还会再见面。

弦子歌

演唱者：马秀英
搜集地点：云南省迪庆藏族自治州德钦县

最美丽的一座山是在山那一边,　　　金鸟母子搭起了金桥,

---

① 六谷是指青稞、麦子、苞谷、大麦、豌豆、荞子。

我们老百姓到那里去观观，
大金鸟飞过了山坡，
小金鸟落在山这边，
使人忧虑，使人悲伤，
眼睛里充满了泪水。

最美丽的一座山是在山那一边，
银鸟母子搭起了银桥，
我们老百姓到那里去观观，
大银鸟飞过了山坡，
小银鸟落在山这边，

使人忧虑，使人悲伤，
眼睛里充满了泪水。

最美丽的一座山是在山那一边，
绿松石鸟母子搭起了绿松石桥，
我们老百姓到那里去观观，
大绿松石鸟飞过了山坡，
小绿松石鸟落在山这边，
使人忧虑，使人悲伤，
眼睛里充满了泪水。

留客的歌

记录者：李荣高、田玉忠
翻译者：周廷铎
搜集地点：云南省迪庆藏族自治州德钦县奔子栏镇

东山顶上十五的月亮[①]，
请不要落下西山，
留在雪山顶上。

东山顶上的太阳[②]，
请不要落下西山，

留在半山腰上。

东山出来的鸡窝星[③]，
请不要落下西山，
留在雪山根上。

---

① 月亮：ཟླ་བ་（诺瓦），在这段歌里象征女人。（诺瓦即为藏语康方言中的月亮。——编者注）
② 太阳：ཉི་མ་（尼玛），在这段歌里象征男人。（尼玛即为藏语康方言中的太阳。——编者注）
③ 鸡窝星：指天上聚集的六颗星，象征随仆。

打卦调

文本一

记录者：罗祖熊
翻译者：雷振坤
搜集地点：云南省迪庆藏族自治州香格里拉市尼西乡幸福村

1

在一条大道旁边，
有一座金子的磨坊，
你若有绝大的力量，
就请将水磨推转。

2

走向高山顶上，
插上洁白的旗子，
莫认为旗子小，
它标志着吉祥如意。

3

在大道之上，
拾到了一个花带子，
它不能在腰上束三转，
是非却转了九环。

文本二

记录者：罗祖熊
翻译者：松秀清
搜集地点：云南省迪庆藏族自治州香格里拉市小中甸镇向卡村

1

在绸子的草原上，
捡着一个糌粑口袋，
口袋里装着的豌豆糌粑，
豌豆糌粑扎实好吃了。

2

桃子结得很高，
结在三层楼上边，
我的手儿又短，
不能采摘桃子。

3

在拉萨转经的路上，
歇着一只格桑鸟，
有人打个石头，
鸟就飞去了。

4

水是往下流，
浪是往上起，
鱼儿往底钻，
无法打着它。

5

无心用的木根碗，
成了一世用的碗，
有心用的白瓷碗，
成了三天的装饰品。

6

河上面像黄鸭的金色，
河下面像绿松石的绿色，
要清就清掉，
要稠就稠掉。

7

东方中甸的草原上，
不是没有宝贝，
万请阿热阿互，
就是中甸的宝贝。

8

在高高的山顶上，
跑来一匹肥壮的白马，
不消喂料喂草，
是前世姻缘所配。

9

在拉萨转经的路上，
歇着一只格桑鸟，
有人打个石头，
鸟就飞去了。

文本三

记录者：曾有琥
翻译者：李鸿基
搜集地点：云南省迪庆藏族自治州香格里拉市小中甸镇吉沙村[①]

1

我南来的大雁啊！
要和湖水结识，
未曾和湖结识的大雁，
忧伤却非常沉重。

2

根源好像很清，
又像在下游混浊，
你要清就清吧，
要浊就浊到底吧。

---

① 吉沙村：团结行政村吉沙自然村（今上吉沙村和下吉沙村）。——编者注

3

顺着奔流的河水，
架了一盘新磨，
不知是在哪年哪月，
水轮被大风吹走了。

文本四

记录者：曾有琥
翻译者：松秀清
搜集地点：云南省迪庆藏族自治州香格里拉市小中甸镇上吉沙村

1

没有吃核桃以前，
核桃壳就已有一手掌了，
如果吃了核桃，
壳就要成了一堆。

2

在锦绣的草原上，
拾到了一个锦绣的糌粑口袋，
看起糌粑口袋很好看，
里面的糌粑却很粗。

3

公虹母虹中间的虹，
公虹扯到雪山上，
本来不想扯到雪山上，
但因雪山有福相扯了；
母虹还是扯在岩石上，
本来不想扯在岩石上，
但因岩石上的香柏而扯了；
中间的虹扯在草坝上，
本来不想扯在草坝上，
但因草坝上花朵好看扯上了。

打卦歌

文本一

记录者：田玉忠
翻译者：兰文亮
搜集地点：云南省迪庆藏族自治州香格里拉市建塘镇

1

一条河水旁边，
喊了三声妈妈，
因为河水声大，
没听到妈的回声。

2

瓷碗外面好看，
有心同吃同喝，
如果有心相爱，
翻山越岭同路。

3

搭桥要搭河宽，
桥木要用红杉，
搭桥莫用弯木，
我俩心意远离。

4

门前栽着花木，
花开时节已到，
如果我俩同心，
谁也阻挡不了。

文本二

演唱者：白木
记录者：李荣高
翻译者：李兆吉
搜集地点：云南省迪庆藏族自治州德钦县升平镇

1

水源头领了一股水，
水到中央洒了一块麦子地，
水源头放上一棵"万宝库"，
永保庄稼得丰收。

2

高山上的马鹿，
我俩失交朋友，①
马鹿角枝太多了，
交友恐怕不妥当。

3

最美的山茶花，
开在山顶上，
不美丽的酸桃花，
遍地都开花。

4

播种在高山上，
等待雨水来浇，
如果雨不下，
前世已定没办法。

5

太阳未出前，
花朵开得鲜，
太阳出来后，
花朵顿失色。

---

① 此处意为"我俩的友谊失之交臂就像马鹿角分叉一样"。——编者注

6

国王的马厩里，
骏马很多很多，
我心爱的骏马，
一匹也没有。

7

你备上金鞍子，
不是金鞍是木头，
草坝上鲜花开，
不是鲜花是叶子。

8

善马不敢骑，
因是国王马，
缰绳不敢拉，
是因有主子。

9

白的瓷碗里面，
倒出白的牛奶，
白的白到底，
黑的黑到底。

10

不合脚的鞋，
再好也无用，
心不愿的人，
最美有啥用？

11

高方管你高不高，
西方管你低不低，
天空飞翔的雄鹰，
不是没有栖息处。

藏族人民的心

翻译者、创作者：张化文（农民、二十二岁）
记录者：杨秉礼、杨开应
搜集地点：云南省怒江傈僳族自治州贡山独龙族怒族自治县丙中洛镇孜当村

　　像蓝天一样干净光洁的是共产党领导的国家，

　　和日月光辉一样耀面的是毛主席指出的道路，

　　像鸡一样欢乐歌唱的是当家做主的藏族人民，

　　如烈火一样感情的是翻身农民的生产热情。

歌唱新生活

记录者：杨秉礼、杨开应
翻译者：张化文
搜集地点：云南省怒江傈僳族自治州贡山独龙族怒族自治县丙中洛镇孜当村

　　今天像太阳一样光辉普照的是我们的国家，

　　今天像月亮一样明亮的是毛主席指出的道路，

　　像天上六颗星星一样热闹的是当家做主的各族人民，

　　像天上飞翔一样的是我国工农业发展的速度。

小中甸都土村情歌对唱

翻译者：松秀清
记录者：曾有琥
搜集地点：云南省迪庆藏族自治州香格里拉市小中甸镇都土村

男：
只有说过像鸟一样飞翔，
没有说过像树枝一样烂掉。

女：
檀香树挽成疙瘩的地方，
孔雀鸟有心在树上旋转。

男：
我还在年纪很轻，
还可以打一百次的主意。

女：
杨柳树还在很小的时候，
只有母亲做柳树的主。

柳树长得很高的时候，
所有的人儿做柳树的主。

没有相遇又想着相遇，

相遇后又不好意思谈出爱的心。

我们姊妹的爱情，
就像氆氇一样。

氆氇一样的爱情，
就要摆成一百个十字花来相爱。

我们姊妹之间的相爱，
就像锦绸一样，
像锦绸一样地相爱，
要宽容相等地相爱。

论年纪比我的情侣还要轻，
但聪明却是我的情侣聪明。

我们姊妹之间的相爱，
就像布匹一样地相爱，
像布匹一样地相爱，
摆着各种颜色的布来相爱。

心爱的，你家①走来的时候，
就像骑着骏马一样。

你家结婚的时候，
给我来做陪郎可行？

这面与那面的爱情，
要比流水还要长。

心爱的，我们情投意合的话，
由茅草搭的桥上来经过。

只要相亲相爱，
中间可以架座金桥。

心爱的，我们之间，
有座金山来隔拦。
只要我们相亲相爱，
可以绕过金山相遇。

你是高山就说是高山，
我好在山尖堆起一百个旗台。

你是平原就说是平原，
我好在平原放上百条牦牛。

你是河水就说是河水，
我好在河上架上金桥。

相遇过百条河水，
像印度净水样的还没相遇过。

百条牦牛在小时就有相约，
主意没有另打，一直等到今天。

金山高处无缘分，
金鸟同飞来相约。

有缘分的十八年相爱，
有了因缘相遇了。

阳光是时热时暖，
把我年轻的心引诱上了。

想由印度正转，
结果成了从内地倒转。

像马鹿围绕雪山一样，
自己的终身就像围绕着一样。

只有相遇的权利，

---

① 你家：云南汉语方言，意为"你"的尊称，相当于"您"。——编者注

没有谈情的权利。

正在十八年相爱的途中，
有人放个石头隔拦。

在我生长的房子里面，
我已成了行走的客人。

因为神山太高，
不好意思烧上天香。

趁有百条主意可打的时候，
应该早打主意，
等到才有一条主意时候，
使人太忧伤了。

一棵树的根子，
枝叶连到四方。

心爱的，你家走到大山林的时候，
我该是像大鹏一样的犏牛多好。

叫天鸟有纯真的爱情，
但把它给小看了。

母亲养我恩大了，
不能报答恩情无情了。

我由山脚下走来的时候，
请你家前后关照一下。

望你又被高山阻拦，
喊你又被风吹断了声。

终身不要小时就许配，
将来只会带来痛苦。

心爱的，你家是行走的客人，
听见歌声就很好听了。

我们姊妹是八个同样地相遇了，
在大路上修个金子的转经塔，
因为我们几姊妹能相遇，
是大路的恩惠。

大路上随便碰着一个人，
就问："你家格安好？"

心爱的，你家生长的地方，
看山看水都好看，
到了你家贵庄的时候，
就好像走上了天堂。

开在拉萨的中德花，
可惜采花的地点太远了。

中德花开在大路上，
可惜又没有采它的权利。

夏季三月开的花朵，
愿你开到冬季三个月。

在没有想到的东方，
突然相遇欢喜了。

太阳还照在路上的时候，
就来穿过这个村庄去。

本来能走到的地方，
又被大水相隔。

只喝上游的净水，
不喝屋檐的滴水。

像星星一样的单人独马，
没有人主和马主。

不喝山上流到水沟的水，
只喝印度的净水。

由于我太老实，
受了别人的欺骗。

欺骗着老实的人，
他到阴间也无路可走。

相爱可以绕过雪山，
不相爱的话可以翻过雪山去。

不配的骑着雪山一样的马，
即使背上金鞍也不好看。

树梢上的鸟雀都飞走了，
无情地把我留在树根。

比自己母亲还慈爱的，
是与异乡的伙伴同行。

天上撒开的银河，
就像我姊妹相遇的道路。

我和雪山上的马鹿两个，
不在圈里牲畜之例。

恩最大的是母亲，
语言最甜的是旁人。

我只想着恩大的方面，
甜言蜜语我不喜欢。

想着绳头绕成团,
但又把绳子撒开想他了。

未翻过山坡以前,
在山顶上来砌个旗台。

在伤心的时候,
就愿遇着能长期相遇的人。

想起重重的负担,
使我不想再立门户。①

中甸的神山很高,
上粮的坡又不大。

情歌两首

翻译者:松秀清
记录者:曾有琥
搜集地点:云南省迪庆藏族自治州香格里拉市小中甸镇吉沙村

文本一

我们年轻的几姊妹能相遇,
是共产党的恩情。

宗詀的下面(宗詀:吉沙的神山),
尽是风流的人物。

雪山多高是知道了,
有没有公马鹿是不知道;

假如知道有公鹿的话,
可以早就扯上爱情的线。

在神山宗詀的下面,②
爱情是没有心愿的。

在初恋的时候,
房前屋后都闪耀着金光。

---

① 不嫁人。
② 藏族唱情歌时,首先就要唱出宗詀,即神山,唱到对方时,不唱对方的名字,而只提神山的名字。

外面下的大雨，
人人都会知道；
里面滴的漏水，
只有自己晓得。

由于母亲喜欢香茶，
我被用茶换掉了。①

十五六岁的时候，
伤心在哪里也不知，
每到这个时候，
伤心由心里涌出。

异乡是苦是乐，
到今年才知道。

情歌不讲究多唱少唱，
合情合心的唱一个。

村里有公正的书②，
它会做公道的凭证。③

自己经历的忧伤，
三年也叙述不完。

我自己心中的忧伤，
没有人来同情，
只有天上的日月才会同情我的忧伤，
天上的日月比慈爱的母亲还要亲。

追随着天上的日月，
围绕地球飞行。

只要我们相亲相爱，
不怕官家的王法，
用白银来约个赍，
不爱的人丢了可以给他钱。

只要相配着心爱的人，
就是苦了也当作前世注定。

只要我们相亲相爱，
九道的城墙也不能阻挡；
假如没有相亲相爱，

---

① 藏族的社会包办婚姻，用一筒茶——七个就换一个人了。（一筒茶——七个：此处指的是普洱茶七子饼。在茶马古道上，出于马帮运输规格考量，通常将7块直径21厘米、重量357克的圆形茶饼装为一摞，装在竹笋壳做的筒子里。——编者注）
② 公正的书：契约。
③ 一个老妈妈娶了一个儿媳，被儿媳赶在外面，她忧伤地唱出了这句。

白纸做的幕也拦得很牢固。

野燕麦泡在水里，
可以反复九次。

心里本来不爱，
装着去爱，一辈子又怎么过？

有如被人强送到异乡，
不如早日逃跑更好。

地方上时常被匪抢，
我自己好像羊毛片一样，
可以随便飘到哪方。

地球可以围绕行走，
像母亲慈爱的怕不能相遇，
在不同名的神山下面，
有比母亲还要好的情侣。

不走大山是没有办法，
不砍大树是可以作保。

大地是已经走遍了，
和我相遇的人是没有遇着。

因为要会年轻的情侣，
丢了大路走捷径。

本不能相爱的人，
但前世命中注定，
却与他相会了。

跟东山拉起一根绳子，
不要欺骗了西山。

心爱的，你从对面走来的时候，
脚步在这面看着就已经很好看了。

说过不离不分，
拿金子的塔来做证。

鸟中的百灵鸟啊，
我俩生长的地方就是一个啰。
百灵鸟的声音太多，
激起了我心里的忧伤。

心爱的！
你像嫩绿的蔓菁，
我却像菁边上的枯叶。

心爱的！

你像转经塔的心柱，
我自己像塔上数转的石头，①
转经的数石，
想跟塔的心柱成婚配。

除了想走的心情外，
想在的心连针头大也没有。

叫天雀在记白色的记号的时候，
白色记号到哪里去了也不知道。

没有遇见心爱的情侣，
布谷鸟又叫了一年了。

情投意合的情侣，
相遇相见的也没有；
不想不爱的人，
一天却遇见了一百个。

想在这个地方的心一点也没有，
绿绿的麦苗还有一点点心愿。

月亮光线太亮，
启明星也像没有一样。

心爱的！你生长在高处，
我不想你，
但为了瞭望方便，
我又恋上了你。

想要像鸟一样飞翔，
做了一双金子的翅膀，
像鸟一样没有飞成，
一只翅膀掉到了水里。

土锅里面花栽满了，
那朵大的施张花只好丢在外边。
栽起的一土锅花里，
开的花有黄的有红的，
我爱是爱黄的花，
但红的花又十分好看。

在人地生疏的异乡，
增加了我的忧伤，
我在这里的忧伤，
慈爱的母亲是不会知道。

白天是走在异乡，
夜里又梦到了自己的故乡。

---

① 每转一转放一块石头。

异乡再乐心里也不乐,
故乡再苦心里也很欢乐。

在异乡已经够苦的了,
但自己的忧伤又加了一层负担。

要见苦见乐不知道,
心里向往着异乡。

只要相互恩爱,
一片一片的草棵①也可搭座桥。

文本二

翻译者:李鸿基

你是孔雀的尾翎,
我是印度的茅草,
我俩若有缘分,
可在宝瓶里相聚。

麦那都吉金菩萨,
是用一百两金子铸成的,
在吉日良辰,
也没有朝拜过一回。

那山顶上的鲁登西绕,
是住在月宫里的天神,
能睁眼遥望,

却不能触摸他的全身。

山茶花的枝儿向东弯,
杨柳树的枝儿向西弯,
两枝弯过来呀弯过去,
枝梢儿是有缘分才结合的。

在拉萨的大道上,
走着个无衣无鞋的叫花子,
别看他无衣无鞋穷样儿,
他有铁打的纯真爱情。

桃树是我栽的,

---

① 草棵:云南汉语方言,指比较茂密的草丛或灌木丛。在滇西北青藏高原的草甸(通常为湿地)上,有时需要架设桥梁通道,而这些地方如果草丛过于茂密,则不便施工。此处引申为坚守爱情,不畏阻碍。——编者注

粪水是我浇的，
熟透了的颗颗桃子，
却被别人收去。

在拉萨的大道上，
响起了动听的弦乐声，
弦乐不知是谁拉的，
那余音还在我心中回应。

那一片绿茵茵的草原，
真像我可爱的故乡；
那树枝上歌唱的布谷鸟，
就像我的爹娘在呼唤。

在那高高的山顶上，
竖起了一面白色的经幡，
山坡上的风呀不住呼啸，
使我的心啊忧忧不安。

吉沙情歌

翻译者：松秀清
记录者：曾有琥
搜集地点：云南省迪庆藏族自治州香格里拉市小中甸镇吉沙村

要不就看准清水处过河，
要不就架起一座金桥。

地方上连喝水处都没有，
金桥往哪里去架？

既然要架桥，
就要架起八块金方①的桥。

东方的草原很旺，
小犏牛的毛片很好，
小犏牛的毛片好看，
全是东方旺草的恩情。

叫天雀在盘飞时候，
受到恶鹰翅膀的袭击。

就因为我大恩的父母，

---

① 金方：意为"金砖"。——编者注

我没有下定决心。

父母是胸襟上的纽扣，
无法将它摘了丢掉。

我好像是高山上独走的牦牛，
没有主子是放生的牦牛。

十八载放生是不用说的，
要做一个一辈子放生的牛儿。

同是一个骡马下的小马，
跑的脚步却不一样。

无数相配的情侣，
你别现在我眼前是多好。

丢了故乡走异乡，
哪有不使人伤心的地方？

假如不是婴儿的话，
可以走遍所有的天下。

金鸟带来的口信，
忘记在高山的顶上了。

白嘴黑色的骑骡，

是心爱人儿的坐骑。

心里是想着你家的方向，
但又怕遇着你家的配偶。

终身是寄托在树尖上，
树腰被斧砍成了痕迹。

看起树梢上的果子，
不知道树根的长处。

桃子嘴里已经吃了，
桃核的情请记在心上。

对自己终身不能慎重的，
恐怕只有我一个人了。

不管地方上的舆论再多，
只要我骏马跑得小心。

好日子上定下约会，
到月初翻过坡去。

我生长在金山的对面，
流浪在无门的山林里面。

无路深山里面，

没有人来分担我的忧伤。

心里没有忧伤的，
只有沉重的石头。

因大路上的碎石头，
脚上起了泡了。

在别人的异乡，
好像布谷停在柳树上。

小小的犏牛犊，
离别母亲是未免太早了。

所有钥匙都不合，
是打它的铁匠的罪孽。

在知心像一条命一样的情侣跟前，
就想同鞍同垫。

想你的不知有多少，
相遇的只是我姊妹，
只要我俩相亲相爱，
可以由地底下扯上一股青线。

终身无权做主，
是前代的官法不好。

像如今的社会，
终身可以自己选择，
得到婚姻自由，
是共产党的恩情。
毛主席的阳光啊，
早照三年那是多么好。

亲爱的、羊羔毛的处巴，
后面叠的八叠是很美丽。

伤心会不会这样集中，
只有今年才知道。

我说的话是多了，
希望不要得罪你们两位。

心爱的，你生长的地方，
我也能在那里生长该多好啊。

你们两位是要走的客人，
把我①的话记在心间一下。

---

① 原本疑遗漏"我"。

明早要走的客人,
今夜请留个知心的话。

就因以前的制度不好,
没有人来这里探访。

就怪以前的制度不好,
小时就许了终身,
小时许下的终身,
如今使人忧丧。
会不会有这样的自由,
到今年里才知道。

没有这样或那样的自由,

密林里砍柴那可不行。

一个不知道一个许下的终身,
就像无路山林里砍下的木料。

终身是拿到秤上去过了,
但遇着了一个假秤。

骡子与马相调,
补头①是有了行市了。

没有情侣的地方,
看地看村都很寂寞。

和平情歌

翻译者：松秀清
记录者：曾有琥
搜集地点：云南省迪庆藏族自治州香格里拉市小中甸镇和平村

在天空飞翔的小鸟,
向地上使了一个暗号,
我生来不很聪明,
使的暗号不能领会。

短命的小鸟在路边做起了一个窝,
被大鹏般的犏耕牛一角挑死在窝里。

人生地不熟,

---

① 补头：此处指中间商。——编者注

鸟生不识书。

布谷鸟要飞了，
杨柳树请你慢慢留下。

金山是共产党的山，
我们青年从山顶上游玩。

共产党的政策很公道，
我们青年要记在心头。

唱歌要站在高山顶上唱，
让歌声给毛主席听见。

雪山上的雪没有化以前，
但愿鸟的叫声不会停。

草原不属于哪一个的，
是百条牦牛游玩的场地。

一天相思一百次，
就像风吹绿树梢。

伤心就像四门八窗，
窗户比门还要亮。

大山的树林虽然已满，

但也要以一棵树为准。

只要一个的心在一个上，
就可以翻山越岭。

心中虽然忧伤，
无法调换神山。

天上撒开的银河，
就像通向你的道路。

终身就像树上的白胡子，
刚刚清理好却又乱了。

心爱的！你就像胸前的护心镜，
未挂上以前就光亮四方。

只要党的政策，
不要藏族的白银，
拿起藏族的白银，
不能换来党的政策。

因为月光很亮，
星星看不在眼里。

有了共产党，
可以自由出嫁。

在初恋的时候, 喝着情水去逍遥。

情歌四首

演唱者：阿清钗
翻译者：李兆吉
记录者：李荣高
搜集地点：云南省迪庆藏族自治州香格里拉市

1

你不要光看山的高,
应看山的面积广不广,
你不要光看红白肉色,
应该仔细全面地考虑。

2

（爱情破裂时谈的）
街上沟中淌的水是最脏的,
口再渴也不喝它。
若要喝水的话,
要喝王山上的水。①

3

花条带子没带来,
带来别人闲话多,
寄来一对狮子的银镯头,
袖子里面藏起来。

4

周围扎篱笆,
里面撒上豌豆尖,
如果想吃豌豆尖,
跳进篱笆里面来。

---

① 该诗为讽刺情歌。

锅庄歌

演唱者：桑匹
翻译者：王金莲
记录者：李荣高
搜集地点：云南省迪庆藏族自治州香格里拉市

东方山顶上，
照着金太阳，
不是金太阳，
是毛主席的光辉。

香树岩上栽，
夏冬二季绿，
柳树水里栽，
冬天绿不了。

情歌五首

演唱者：白木
翻译者：李兆吉
记录者：李荣高
搜集地点：云南省迪庆藏族自治州香格里拉市

1

马鹿只是过草坝，
不要想它住草坝，
不吃庄稼六谷，
只吃草坝青草过。①

2

金子的戒指把，
银子的戒把头，
花纹不好的话，
可镶绿松石花。②

---

① 马鹿指青年，虽然漂亮，只暂时路过一下，你不要想打他的主意。
② 青年男女在谈恋爱时，一方向另一方提出，若不同意可另外找。

3

栽了一棵杨柳树,
长出一棵刺果树,
刺果树根到处窜,
能否永葆一辈子?①

4

柳树初开栽,
栽在河中间,
若知河水涨,
不栽就好了。②

5

盖了新房子,
房上倒细沙,
雨水滴不进,
要问沙把去。③

山歌

演唱者:春珠
翻译者:松银巴
记录者:郑孝儒
搜集地点:云南省迪庆藏族自治州香格里拉市格咱乡

雪山上的马鹿很惊慌,
惊慌是因为你有鹿茸,
任你怎么惊慌,
打你的枪在我手里。

森林里面的獐子在惊慌,
惊慌是因为你有了麝香,
任你怎么惊慌,
撵你的猎狗我领来了。

---

① 比喻对爱情不忠。
② 比喻如果知道你心会变,那我们开初不谈就好了。
③ 比喻我俩虽好,但能否好一辈子,这要看你啦。

情歌十三首

翻译者：苏郎甲楚
记录者：尹明举
搜集地点：云南省迪庆藏族自治州香格里拉市团结吉沙村

1

要么就架起一座金桥，
要么就水浅处踏水过河。
地方上连喝水处也没有，
金桥要往哪里架？
既然要架桥的话，
就要架八块金方的桥。

2

叫天鸟在盘飞的时候，
遭到了鹞鹰翅当头一击。

3

东方的草原很旺，
小犏牛的毛很好看，
小犏牛的毛好看，

是东方草原的恩情。

4

不是我大恩的父母，
我没有下不了决心的，
父母是胸襟上的纽扣，
无法把它摘了丢掉。

5

天上星宿最多，
没有大星好看。
世间人儿最多，
没有我年轻漂亮的伴侣。

6

丝线与棉线两样，

做很好看的配伴①，
但因棉线颜色不美，
不好意思和丝线配搭。

7

雪山虽被白雪掩盖，
却阻挡不了马鹿的行径。

已经围绕雪山转了三年，
但雪水不如意，我没有喝。

8

不爱的水中的木疙瘩，
即使我手冷了也不会用它烤火。

树枝被风吹动的时候，
以为是来了替我分忧的人。

9

使我伤心起来，
就像牛奶暴涨，
谁能让它不暴就煮熟。

伤心起来就像被风吹起的帐篷，
谁能把它的四角压下来。

忧伤就像白鸡的羽毛，
不知吹向何方？

10

羡慕雪山上眺望方便，
把房子盖在雪山顶上，
不但眺望没有方便，
反而遭大风吹刮。

11

羡慕太阳的温暖，
把房门开向东方，
不但太阳不暖和，
反而冲上了早上的寒流。

12

心爱的年轻情侣，
把你当作口边的酥油茶。

---

① 配伴：意为"很相配的伴侣"。——编者注

心爱的年轻情侣,
你比头上的金帽顶还要宝贵。

心爱的年轻情侣,
你比胸前金子的护身符还宝贵。

13

心爱的年轻情侣们,
你们那方有没有歇过鸟的树。
假如没有歇过鸟的树,
小伙子倒想歇一歇。

长情歌

翻译者：苏郎甲楚
记录者：尹明举
搜集地点：云南省迪庆藏族自治州香格里拉市小中甸镇团结村

下定三次不顾一切的决心,
要与心爱的人儿成配偶,
心爱的年轻情侣,
你说的话啰是当真？

所说的话都是真的,
假话从不跟你心爱的说。

所说的话如果当真,
不消多说,只需一句。

不是真话不给心爱的人讲,
不清洁的贡品不贡神前。

不消一百句,只要说一句,
一句就要像石上加铁。

所说的是真的话,
就约下好日期、好事情。

可以约定好日期、好事情,
可有别的配偶来干涉。

刚才是不知事的年轻人,
什么是干涉也不知道。

没有听说是年轻不知事,
背后拴着绳子是很多。

背后拴着我的绳子，
只有我母亲一个。

心想着的白蒿芝的山上，
被白雪锁上了锁。

我们几姊妹来商量，
要把白雪的锁来打开。

心爱的你像不满岁的羊羔，
你身上剪子来得早了。

心爱的你像三岁的骏马，
身上的金鞍备得太早。

心爱的你像初三的月亮，
记日子记得过早。

心爱的人儿你像刚冒山的太阳，
被云彩遮得太早。

主意打了千百个，
一个上也没有下定决心。

要打主意时你不打主意，
后来才打主意是赶不上了。

我只是不打主意而已，
不能下决心是没有的了。

要是心里不想就好，
想起来就叫人伤心。

使我伤心的原因，
就为你，年轻的情侣。

我的忧伤像一部经书，
只是不把它打开而已。

忧伤由内而积起，
身躯从外面衰老。

仅仅伤心还可以，
身躯不老就好了。

要伤心的时候就伤心，
经常伤心的人是没有。

在不满意的人们面前，
要装出没有伤心的神情。

心爱的啊，你别伤心了，
人们就愿你伤心。

伤心会积累起来的话，
比雪山还要高大了。

心想着不再伤心了，
不伤心，不由自己做主。

没有情意的山歌，
要是不唱该多好。

相约是去年就相约，
相见是今年才相见。

不相见的时间太长了，
以为你把忘水喝。

忘情的水从房后淌来了，
我不唱，我把它由房后引走了。

莫忘了我的话，
相见的时间越长越好。

去年相会的山头上，
今年时时想眺望。

相见是多么难啊，
但愿离别也这么难。

刚刚才相见，
切莫说离别。

聪明合伴的心爱的人，
请想个法儿莫离分。

我们的相会莫和别人比，
别人的相会不同我们的，
别人是千百个来全部相会，
我们的相会只有我和你。

当今的社会无规矩，
做官的人也无法律，
亲爱的我们几姊妹，
趁这样的时机来相配。

官家有十八道法门，
十八道法门我去开，
官家有十八层法梯，
十八层法梯我去登。

行朵情歌·说花

翻译者：雷震坤
记录者：罗祖熊
搜集地点：云南省迪庆藏族自治州香格里拉市尼西乡行朵村（今写作"形朵村"）

花儿开放了，开放了，
花儿多美丽，多美丽。

花儿到处都开放，
容貌都很鲜艳。

颜色永远不变的，
是崖畔腰的冬青树。

栽的是白赌花①，
开出来的是多丹花②。

种花的手艺高，
种出格桑花开了八个花瓣③。

种花种在这一面，
开了后颜色都往那面照。

花儿种在草坝上，
向着雪山开放。

你不要认为花儿朵朵小，
世界上它都能照到。

好心的花儿心肠好，
属于我该多么好。

年轻人像金子的花朵，
请把光芒往我照。

各种花本来不是生长在一处，
可在池塘里面就相聚了。

种了一坝多丹花，
也比不过一朵白浔花美丽。

---

① 白赌花：是一种黄菊花。
② 多丹花：黄色小花，味臭。
③ 格桑花一般只有三、五、六瓣的。

花也栽培了,
颜色也鲜艳了。

夏天种的花朵,
希望你在冬天也开放。

年轻的伙伴,
像花儿的颜色已经消退。

任松归姆花,
颜色是不会变的。

不需要的打马花,
开放在门口。

想着的桃花,
它开放的地方隔着几座山。

情舞调

搜集地点：云南省迪庆藏族自治州香格里拉市

为了长生伴随,
请将长带与我。
意欲短短相会,
请将鞋带与我。
只想今晚聚会,
请将戒指与我。
若想一生不散,
请将圆钟借我。
若是诚心待我,
请将耳环与我。
闲言冷语飞来,
请勿听入耳朵。
忘水房后流来,

请从屋下引走。
请在高山顶上,
烧起白的天香,
互相心心相印。

在白山顶上,
骑上白的马儿。
如果骑士的心地洁白,
何必如此慌扯。
在一堆石之中,
叫我寻找宝石的精华。
如果不是命中注定,
宝石找它不着。

将水引向高山，
并非力所不及，
鱼和水它俩，
同情的心儿不忍分开它们。

高山顶上的小松，
借我三天住宿，

如果有追兵赶来，
就说早已翻过高山。

有象牙的三角上面，
安上三个白铜的锅，
没有比这更牢实，
没有比这更漂亮。

四季歌

翻译者：牛智儒
记录者：曾有琥
搜集地点：云南省迪庆藏族自治州香格里拉市尼西乡汤满村（旧称汤美村）

一二三月是春天，
绿绿草坝美人冠，
大小草原草开满，
花儿不走在草原。
青年不住往前行，
莫说走后不转回，
明春花开再相会。

七八九月是秋天，
田间五谷真美观，
大小田地出满粮，
五谷不走在田间。
青年不住往前行，

莫说走后不转回，
明年秋收再相会。

十冬腊月正是冬，
遍地河水真美观，
大小河水漂哈达。
青年不住往前行，
莫说走后不转回，
明年河边又相会。

年轻的姑娘慈玲慈姆，
心里不要太焦愁。
美丽的帽子像鲜花，

是姑娘你的装饰。
丝罗绸缎领褂，
领扣就像三朵花。
胸前挂的银佛盒，
雕龙雕凤放金光。
丝线带子系腰间，
像那天空五彩虹。
美丽围腰系在身，
犹如春天开百花。
红绿丝线织鞋带，
美鸟飞禽绣上边。
红蓝金线做成鞋，
亮光闪闪照满地。
远看身穿如凤凰，
唱歌声音像百灵，
跳起舞来像蜜蜂①。
年轻的姑娘慈玲慈姆，
穿得美丽，唱得好听，
姑娘何必这样焦愁？

年轻的哥哥，
心里不要焦愁。
头戴美丽金边帽，
无价帽儿闪金光。
丝织藏绸缝褂子，

红白褂子穿身上。
胸前挂着银制圆佛盒，
犹如十五月亮亮堂堂。
腰别长刀多可爱，
五彩珊瑚镶在把手上。
身穿氆氇处坝②，
犹如鸟毛放黑光。
红绿丝绒织鞋带，
美鸟飞禽绣上面。
黑色金绒做鞋穿，
亮光闪闪照满地。
远看就像孔雀鸟，
唱歌声音像百灵，
跳起舞来真英雄，
犹如飞马过草原。
年轻的哥哥，
穿得美来唱得好，
又何必这样焦愁？

高高山上也走过，
帽子没被吹落；
半山腰上也走过，
腰刀没被贼抢走；
大小河水我过过，
鞋子没有被冲脱。

---

① 蜜蜂：形容灵活、优美。
② 处坝：藏语，形容大衣，穿在腰间，黑色，需两丈布才能缝一件。

盖房子的锅庄

翻译者：松银巴
记录者：郑孝儒
搜集地点：云南省迪庆藏族自治州香格里拉市格咱乡

很福祥的村中，
流着一条金河水，
金河边建一座金佛塔，
跳歌庄的伙伴围着它转啊，
绕着它转，大家都平安。

很福祥的村中，
流着一条银河，
银河边建一座银塔，
跳歌庄的伙伴绕着它转，
绕着它转，大家都吉祥。

很福祥的村中，
流着一条银河，
银河边建一座银塔，
跳歌庄的伙伴绕着它转，
绕着它转，大家都吉祥。

很福祥的村中，
流着一条玉河，
玉河边建筑一座玉佛塔，
跳舞的同伴来围它转啊。

这个村子像一个金坝子，
房子的大门一边像虎，一边像牛。
四周的墙像金的城墙，
墙上的木头像彩色的缎子铺着，
院中的柴火堆得像堆小山，
拴狗的杆子像旗杆一样，①
金狗跳来跳去像苍蝇飞翔一样，
梯子像彩色缎子铺成的一样，
梯板像虎皮做成，
头门照着太阳，
二门像月亮照着。
雕得精致的水缸啊，
比金子做成的还美观。

---

① 藏民家都养狗，拴在堆放的柴火旁边。

铜锅大得如同海子，
水如同海子涨，
铜锅里的酥油比月亮还亮，①
小酥油比星星还多，②
柱子是金子铸成，
梁是银子打成，
橡子是玉石雕成。
火塘四周是金子镶的，

烧的柴火像银子一样，
三脚是金子打的，
锅大得如同海子，
父亲像太阳一样，
母亲像月亮一样，
女儿像星宿一样。③
给的酒水永远吃不完，
给的饭如高山，永远吃不完。

打卦调

翻译者：苏郎甲楚
记录者：尹明举
搜集地点：云南省迪庆藏族自治州香格里拉市小中甸镇团结吉沙村

河水本想同流，
但因水源各是各，
水儿绕山绕谷，
愿在桥下汇合。

情侣我俩的知心话，
是刻在石上的文字，
连下三年大雨，
也别想把它冲掉。

水是想往下流，
鱼是想往上游，
水和鱼两个，
但愿心意同。

箭头落在草丛里，
决心要把它找回，
情侣走往异乡去，
决心把他等回来。

---

① 打了酥油之后，放在铜锅中。
② 打了酥油饼之后，还打成小圆形的。
③ 每唱一种形象之后，加上一句雅么雅么，即很好，很好！

马鹿走在山间，
就像情侣走去，
马鹿翻过山坡，
想必再不相会。

我俩情投意合，
可以等待一世，
寿命若有长短，
可在阴间相等。

猴子灵活的本领，
我虽没有具备，
高树上的果儿，
我有办法摘到。

情侣呵，你不管要什么，
你要什么对我说，
你就是要天上的星星，
我也可以摘到。

往水里打了个石头，
正巧打在鱼头上，
但愿天上的神佛，
保佑它不要完蛋。

山顶有雪阻拦，
绕着山脚过来，
山脚有水阻拦，
水上架起桥来。

情侣我俩中间，
扯了一根丝线，
有人坏了心眼，
想把丝线扯断。

屋后的杨柳树上，
歇着一对鹦哥，
残暴的老鹰飞来，
它把鹦哥拆散。

山间有一眼泉水，
泉水是不清洁的，
小小马鹿不知事，
把这泉水喝到肚里。

朝天搭起楼梯，
想把六星摘下，
只怪乌云无情，
它把六星掩藏。

我想你烧起天香，
可曾到你梦里；
我想你寄去了信，
可曾到你手里。

山歌

演唱者：白木等
记录者：李荣高
翻译者：李兆吉
搜集地点：云南省迪庆藏族自治州香格里拉市

唱山歌要在山顶上唱，
转音调变在海边转。

村庄不冒出火烟，
天空的云路要断了。

你唱山歌我来听，
如果音同我来对。

一对箭儿像母子团圆，
孤单的我像颗绿松石。

河水下流，波浪上翻，
脚往下行心未走。

这个地方最好在，
在久了就不想在了。

白生生的天鹅，它白它的，
它是天上的鹅，不会和我成亲。

又白又美的崖子，
为何老鹰不栖那里？

骑白马的是很多的，
备金鞍的只有一个。

哥哥是个放绵羊的，
一见绵羊想哥哥。

赞马

演唱者：李兆福
搜集地点：云南省迪庆藏族自治州香格里拉市

骏马的头像长命聚宝瓶，
骏马的耳朵像玉佛冠①，
骏马的前额像十五的月亮，
骏马的眼睛像天上的启明星，
骏马的鼻子像一双喇叭②，

骏马的嘴像长城的雉堞，
骏马的鬃毛像汉地的丝线，
骏马的前脚像射出去的箭一样，
骏马的后脚像张开的弓一样，
骏马的尾巴像柳树的枝枝一样。

声音被风吹走了

搜集地点：云南省迪庆藏族自治州香格里拉市

唤你，声音被风吹走了，
望你，又被高山遮挡了，
听见歌声很好听，
不知谁唱很伤心。

会见了百样树木，
没有见到过檀香树。

不是看雪山的高，
而是看日出的早。

---

① 玉佛冠：佛教跳神时戴头上的玉佛冠。
② 喇叭：即吹的唢呐。

六、六世达赖情歌四十五首

翻译者：齐耀祖
记录者：符国锦
搜集地点：云南省迪庆藏族自治州香格里拉市归化寺（噶丹·松赞林寺）
材料来源：藏传佛教经籍

1

东方的山岳顶上，
升起雪白的月亮，
亲爱慈母的容颜，
在我心里徘徊。

2

去年种下的麦苗，
今年麦秆已成熟，
从年轻到衰老的身躯，
像弓一样弯曲。

3

称心如意的人儿，
能够经常在一起，
比在海洋中获得宝贝
还要珍贵。

4

在路途中行走,
碰见一个美丽的村姑,
比拾得绿松①宝石还要高兴。

5

贵人官家的小姐,
如桃树林中的桃子,
长在高高的桃树梢上,
只有成熟才能落下。

6

我的心被她带走,
晚上睡不着,
白天得不得②,
只有灰心丧气。

7

到了花谢的季节,
蜂来不要悲伤,
这是命运决定的,
我也没办法挽回。

8

黄鸭落在水塘里,
想长住一段时间,
水塘结了冰,
只好展开翅膀飞走。

9

无心划动船儿,
马头向我回顾,
不会害羞的情人,
以后不要再缠在我身边。

10

我同市集的姑娘,
虽结起三个疙瘩,
不要犹豫不定了,
这样各走各的路。③

---

① 绿松：藏族最珍贵的宝石。
② 此处疑为翻译时的民族汉语语法,意为"爱而不得"。——编者注
③ 此诗意为"与路过的姑娘邂逅,以疙瘩比喻羁绊,劝人不要有非分之想"。——编者注

11

锦旗一般的情人，
插在柳树梢上，
栽培柳树的哥哥，
请勿用石头打它。

12

用墨写的黑字，
着水就没有了，
刻在心上的图画，
任何人也不能改变。

13

小小的黑色图章，
它不会说话，
懂得害羞正直的图章，
各自刻在心上。

14

美丽的"花洛"① 花儿，
当你摘去献佛时，

请把我这小小的蜜蜂，
一起带走。

15

我心爱的情人呵，
如果你要去学佛，
年纪轻轻的我，
也跟你一起去学佛。

16

在佛法高超的喇嘛旁边，
虽然我在跟前听经，
尽管我专心一致，
我的心却被带去。

17

天天拜佛像，
我的心丝毫没减情，
不见的情人呵，
却时时在我心间。

---

① 花洛：即海棠花。

18

如果我的心像你样，
去拜佛，
在我这生里，
就会活活地成仙。

19

纯白像玻璃的山上流下的小泉，
像龙吐出的甘露一样，
洒下的酒药无比的珍贵，
煮酒的姑娘是天上的仙女，
只要守戒的人喝了这甘露，
就不会受地狱的苦难。

20

像风一样的飞鸟，
路上插上金幡的围杆，
热情好客的姑娘，
召唤我来做客。

21

齿白如玉的姑娘，
虽然你看大家是一样，
但你的眼角啊，
可是永远挂在人的心里。

22

称心如意的情人，
既然我们结合在一起，
除了死别以外，
生着永不分开。

23

我已爱上你，
与佛的意志就脱节，
因佛寺里要念佛，
这就会得罪你。

24

情人你在想什么，
要是你真不会害羞，
"绿松"在你头顶上，
反正它不会说话。

25

喜笑颜开随你去，
我的心已被你带走，
要是你真同情我，
请定下誓言。

26

心爱的鸟已经被石头赶走了，
幸好有老佛来调解，
我们重新又和好，
过去的损失由你来负责。

27

我心里的话连父母都没说，
只向情人讲，
只因你的情郎太多了，
我的秘密都被别人知道。

28

美丽的"玉楚拉孟"①，
捉住猎女的是我，
有势的王子，
从我身边夺去。

29

当"侬波"②在自己的手中，
不知"侬波"的宝贵，
当"侬波"落在别人手里，
心中感到无限的悲伤。

30

我喜爱的人儿，
走到别人的身边，
我费尽了心血，
身体一天一天消瘦。

31

姑娘是由母亲生的，
桃子是桃树上长的，
新鲜的桃子，
比花开花谢还要快。

---

① 玉楚拉孟：仙女。
② 侬波：藏族最珍贵的宝贝。

32

年轻的情人,
你并不是豺狼生的,
如何把我的心肝撕烂,
而自己静静坐在一边?

33

野马跑遍山岗,
可以用绳子捆住,
情人变了心,
什么也留不住。

34

飞在天边的鹰停在岩石上,
也有抓住羽毛的时候,
欺人骗人的人呀!
我一样办法也没有。

35

天空飘来乌云,
是下冰雹、霜雪的象征,
出家人不僧不俗,
是佛教真正的敌人。

36

这块草泽①的草原,
不是跑马的场地,
无情无义的人,
是不能说心腹话的伙伴。

37

十五的月亮,
圆得像鼓,
月中的兔子,
寿命不能长。

38

月亮这个月走了,
下个月会出现。
吉祥、洁白的月亮,
每月都出现一次。

---

① 草泽:此处意为"布满湿地"。——编者注

39

当中的"吉轮磨"山①,
它会坚实地站立,
太阳、月亮绕着走,
永远不会错。

40

初三的月亮虽然有光,
白里有点黑,
十五的月亮是纯白的,
请你说清楚。

41

法力无边的,
护法的金刚,
你有能力,
请把敌人砸死。

42

住在布达拉宫的时候,

人都说"桑洋戛楚"②,
住在萨市区,
称成"懂松汪布"。

43

帽子戴在头顶上,
头发甩在外边,
有人说慢请慢请,
我答复请走。

44

内心充满了悲伤,
离别的时间不会太远,
到了时候,
一定会团圆。

45

白色的大雁,
请把翅膀借给我,
老远的地方我不去,
只想绕"礼堂"③一周就回来。

---

① 传说地球中心有"吉轮磨"山。
② 桑洋戛楚:达赖的名字。
③ 礼堂:达赖所生长的地方。

七、叙事长诗

茶调

翻译者：松秀清
记录者：罗祖熊
搜集地点：云南省迪庆藏族自治州香格里拉市小中甸镇团结村

在节日的时候，藏族青年男女有一个互相邀请吃茶的集会，被邀请喝茶的人，要对主人的茶会进行夸赞，赞歌大概分为四个段，第一段是夸赞坐垫，第二段是夸赞房屋，第三段是夸赞相会，第四段是夸赞爱情，在演唱过程中主宾常常起立对唱。

在男女最初互相邀请时，常常先唱长歌；如果邀请的次数多了，彼此很熟悉了，则就多唱情歌，茶会开始到中间阶段，唱说只到茶会快结束，天快亮了的时候，就唱离别的悲调。①

---

① 情歌从茶会开始唱到中间阶段，到茶会快结束，天快亮了的时候，就唱离别的悲调。——编者注

来宾唱：
大山、中山、小山三座山，
大弓、中弓、小弓三个弓，
拿起大弓到大山顶上，
幸运地一箭射中虎腋窝。
用花虎皮做下一个坐垫，
不能轻易决定谁坐在这垫子上。
请来活佛才可以坐在这垫子上，
我们的长辈父亲也可以坐在上边，
你们亲爱的姐妹或兄弟是可以坐的。
我们小辈的弟兄呵，
如果不把虎皮垫子朝上叠三叠放在一边，
或者不是向下面收去，
我们小辈的弟兄是没有坐下的权利。
即使有权利坐，
也没有那样的福气。

拿起中弓走到中山的半腰，
幸运地射中了豹子的腋窝。
用花豹皮做下坐垫，
不能轻易决定谁坐在上边。
请来的官家可以坐上，
我们长辈的母亲也可以坐上，
你们亲爱的姐妹或弟兄也可以坐上。
我们小辈的弟兄啊，
如果不把豹皮垫子朝上叠三叠放在一边，
或不把豹皮垫子朝下收去，
我们是没有权利坐下的。
即使有坐的权利，
也没有那样的福气。

拿起小弓走到小山脚下，
幸运地射中了水獭的腋窝。
用獭皮做下垫子，
不能轻易决定谁坐在上边。
请来的英雄可以坐在上边，
我们长辈的哥哥也可以坐上边，
我们亲爱的姐妹也可以坐上边。
我们小辈的弟兄啊，
如果不把水獭皮垫子朝上叠三叠放在一边，
或者不把水獭皮子朝下收去，
我们弟兄是没有权利坐下的。
即使有坐下的权利，
也没有那样的福气。

（过门，每唱完一段，又开头都有

过门了。① ）
真挚热情的知心侣伴，
年轻懂事的知心情侣，
主要是向你们请教，
我们多半是无法对答，
哪怕是对答得不好，
也请你们记在心上。

（过门完了，继续称赞。）
亲爱的人呀，
在你们火塘上座上，
闪耀着金色的光芒。
金子的床上铺着锦缎的坐垫，
谁能坐在这座位上，
是不能轻易决定的。
长辈的父亲可以坐在上边，
你们亲爱的姐妹也可以坐在上边。
我们小辈的弟兄啊，
如果不把垫子叠三叠放在上边，
或不把垫子朝下收去，
我们是没有权利坐下的。
即使有权利坐下，
也没有那样的福气。

亲爱的人儿，
在你们火塘的中座② 上，
闪耀着银色的光芒。
在银子的床上，
铺上氆氇的垫子，
谁能坐在垫子上，
那是不能轻易决定的。
长辈的母亲可以坐在上边，
亲爱的姐妹也可以坐在上边。
我们小辈的弟兄啊，
如果不把氆氇垫子折三折放在上边，
或不把垫子朝下收去，
我们是没有权利坐下的。
即使有权利坐下，
也没有那样的福气。

亲爱的人儿，
在你们火塘边的下座上，
闪耀着绿松石③ 的光芒。
在绿松石的床上，
铺上毛布垫子，
谁能坐在垫子上，
那是不能轻易决定的。
长辈的哥哥可以坐在上边，

---

① 以下开头的地方都有过门，过门大都相同，只是男女双方称呼不同而已。
② 中座：母亲的位子。
③ 绿松石：一种美玉。

亲爱的姐妹也可以坐上边。
我们小辈的弟兄啊，
如果不把垫子朝下收去，
我们是没有权利坐下的。
即使有权利坐下，
也没有那样的福气。
（第一段赞美垫子结束。）

（过门）
我们唱的都是真心话，
真情的嘴里说出了真实的话，
这是向姐妹们说心里的话。
（这时双方起立，主方又请客人坐下。）
主方唱：
多谢你们了，
唱得很好的客人请坐吧。
宾方唱：
谢谢你们了，
我们唱得不好。
主方唱：
谢谢你们了，
请帮我们多唱上几句吧。
宾方唱：
谢谢你们了，
我们知道的都已唱完了。
主方唱：

谢谢了，
你们好比天上财神的宝库。
宾方唱：
如果我们都能称得上天上财神的宝库，
亲爱的人儿，
你们宝贵的地方像宝贝的花朵，
已经有了对象，有了文字标记的，
你们又放到哪里呢？
主方唱：
再玩一会吧。
宾方唱：
说合了，是真的。
主方唱：
那我们就唱了吧。
宾方唱：
请唱吧。
主方唱：
亲爱的人儿，
你们唱的歌词，
让我们来形容一下吧。
如果用上方来形容，
那是天上的星星，
天上的星星数也数不清；
如果用下方来形容，
那是草坝上的鲜花，
草坝上的鲜花数也数不清。

宾方唱：
再玩一会吧。
主方唱：
说合啰，是真的。
宾方唱：
那我们就唱了。
主方唱：
请唱吧。
宾方唱：
我们小辈弟兄所唱的歌，
要形容我们唱的歌词的话，
那少得像一座山只有一个旗堆①，
一条河上只有一座桥，
只不过像山背后拾来的木渣拿来唱给你们。
主方唱：
再玩一会吧。

（第二段开始赞房子。）
宾方唱：
这房子是三旺的房子，
人旺、财旺、六畜常旺。
房子里有奔子栏乡的漆木桌子，
要形容这漆桌子的话，
它就像一匹枣骝色的骏马，

漆桌子上放着涂上金色的糌粑盒。
要形容这涂金的糌粑盒，
就像休息的一只黄鸭，
糌粑盒放着一只白瓷的盘子。
要形容这白瓷盘子的话，
就像东方天上的启明星，
白瓷盘子边放着小碟子。
要形容这小碟子的话，
就像天上的北斗星，
小碟子边放着白瓷碗。
要形容这白瓷碗的话，
瓷碗下面有个章，
瓷碗上有两条青龙来托宝，
瓷碗边上有望不断的花纹，
白瓷碗里装着姊妹爱情的茶。

一层坡、两层坡、三层坡，
翻过三坡到异乡。
在人地生疏的异乡，
能得到这样可口的茶，
是做梦也未曾想到。
虽然有着各种各样的梦，
但从来也未梦过这碗茶，
连这茶的影子也未曾想过，
今天却给上我们这美味的茶，

---

① 旗堆：喇嘛堆。

这实在是最体面的了。

一个坝、两个坝、三个坝,
走过三坝到异乡。
在人地生疏的异乡,
能得到这样可口的茶,
是做梦也未曾想到。
虽然有过各种各样的梦,
但从来也未梦过这碗茶,
连这茶的影子也未曾想到过,
今天却给上我们这美味的茶,
这实在是最体面的了。

一条河、两条河、三条河,
越过三河到异乡。
在人地生疏的异乡,
能得到这样可口的茶,
是做梦也未曾梦过。
虽然有过各种各样的梦,
但从来也未曾梦过这碗茶,
连这茶的影子也未曾想过,
这实在最是体面的了。

(过门)
真挚热情的知心伴侣,

年轻懂事的知心情侣,
主要是向你们请教,
我们多半是无可对答,
哪怕是对答得不好,
也请你们放在心上。

相会调

(第三段)

我们几姊妹的相会,
长长短短有三种。
长长的相会在天空,
碧蓝的天空好像绿松石的桌子,
温暖的太阳好像长寿的花瓶,
十五的月亮好像是白银的阿竜①,
尼左星好像一棵印度草,
白云好像是吉祥的哈达。
年轻时他们生长在不同的地方,
幸运地在这绿松石的桌子上相会了。
在这相会的地方,
再好的地方是没有了。
我们几姊妹的相会,
短短的相会是在半空中,
虹云彩霞本来不在一处生长,
幸运地在半空中相会了。
比这相会的地方,

---

① 阿竜是白银做的,挂在印度草上,插在花瓶里的饰物。

再好的地方是没有了。

我们几姊妹的相会,
不长不短相会在地面上。
第一是叫天子的毛色像花虎,
第二是肥壮的麦苗绿油油,
第三是青稞籽粒大饱满大丰收,
他们本不是生长在一个地方,
在肥沃的土地上相遇了。
比这相会的地方,
再好的地方是没有了。

我们几姊妹的相会,
相会在上方宽阔的草原上。
第一是宽阔的草原是外面的围墙,
第二是肥壮的牦牛是里面的宝贝,
第三是小小的牛犊是他们中间自豪的标记,
这三样东西本来不生长在一处,
在宽阔的草原上相会了。
比这相会的地方,
再好的地方是没有了。

我们几姊妹的相会,
相会在下方的小竹林里。
第一是小竹林是外面的围墙,
第二是肥壮的马是里面的宝贝,
第三是小马是其中的荣耀,
这三样东西本来不生长在一起,
幸运地在小竹林相会了。
比这相会的地方,
再好的地方是没有了。

第一是高山上的香樟树,
第二是山腰上的黄栗叶,
第三是山脚下的清凉水,
它们本来不生长在一处,
幸运地相会在金子的香台上。
这本来没有定下约,
是因为缘福自相会。

第一是高山牛场上黄生生的酥油,
第二是北边草原上的红砂盐,
第三是下方汉族地方的黑茶叶,
三个生长的地方不在一起,
幸运地在好看的白瓷碗里相会了。
这本来没有定下约,
是因为缘法自相会。

主方唱:
现在不要唱了,
我们姊妹相会应该谈谈知心话,
交换爱情的礼品,
割断腰带订下终身,

定下今后相会的日子。

主方唱：
你听着一下吧，
雪山上的白雪，
没有谁说人们也知道；
喇嘛寺里的花茶桶，
没有谁说也知道；
喇嘛寺里的铜瓢，
没有谁说也知道。

主方唱：
现在不要唱了，
我们姊妹相会，
应当谈谈知心话，
交换爱情的礼品，
割断腰带定下终身，
约下以后相会的日子。

主方唱：
你听着一下吧，
雪山上的白雪，
有没有谁也不知道；
喇嘛寺里的包铜花茶桶，

有没有谁都知道；
喇嘛寺里的黄铜瓢，
有没有谁都知道。

赞情调

客方唱：（第四段）
上方草原的奶子金湖边上，
三岁的最肥壮的奶牛，
角尖上放出金子的光彩，
角中间现出银子的花朵，
角根上现出白海螺的花纹。
我们几姊妹间相爱十八年，[①]
十八年相爱时间没有结束以前，
金子的光芒请莫消失了，
银子的花朵请莫变色，
白海螺的花纹请莫散开。
十八年相爱结束以后，
金子的光彩任它消失了，
银子的花朵也任它颜色变了，
白海螺的花纹也给它散了。
下方竹林的奶子的银湖边上，
枣骝马配上金鞍金辔头，
前鞍桥上放着金子的光辉，
后鞍桥上有银子的花纹。
我们几姊妹相爱十八年，

---

① 藏族过去风俗是未婚男女青年可以集体相爱十八年，这期间可唱情歌，一处玩耍，十八年后男婚女嫁，那又是另一回事。在这集体恋爱的十八年中法律也无限制。

十八年相爱时间没有结束以前,
金子的光芒请莫消失,
银子的花朵任它变色,
白海螺的花纹也任它散了。

在附近草场的奶子的绿松石湖边上,
吉祥的绵羊有着很长的羊毛,
毛尖上放射着金子的光彩,
毛中间有着银子的花朵,
毛根上有白海螺的花纹。
我们几姊妹相爱十八年,
十八年相爱没有结束以前,
金子的光辉请莫消失,
银子的花朵任它变色,
白海螺的花纹任它散开。

我们唱的这些都是真心话,
真情的嘴里道出了真实的情况,
这是向你们姊妹直说心里话。

对唱:
我们几姊妹的心,

一问可以同心同情,
二问可以同心同意,
三问可以心满意足,
四问可以有决心。

若有决心,高山①顶上可以砌香台,
不能砌普通的香台,
要砌的香台比雪山高,
可以挡住马鹿的来路,
让同情我们的人来高兴,
妒忌我们的人,让他伤心。
给我们几姊妹很好的荣誉,
激流水上可以架金桥,
这不是架普通的金桥,
要架八个金方的牢实的金桥,
可以阻住河中来往的鱼儿,
让同情我们的人来高兴,
妒忌我们的人,让他伤心。
在最宽阔的草原上放牧着牦牛群,
放牧牦牛也非随便地放,
让牦牛布满整个草原。

(过门)
主方唱:

---

① 传说在金子的山背后有一尊金子的佛(灵的阿堆),青年人问他:"十八年恋爱的规矩可有?"灵的阿堆答道:"有。"青年人又问:"十八年恋爱的这个人是很有恩惠的人了,死后祝他升天堂。如果不兴下终身可以自由结合的规矩,这是最无情的了,这人死了以后都要下阎王的铜锅。"

再玩一会吧。
客方唱：
说合啰，是真的。
主方唱：
那么我们就唱了。
客方唱：
请唱吧。
主方唱：
我们几姊妹的心，
一同心也同情，
二同心也同意，
三已满足心意，
四是有很大的决心。
有决心可以翻山越岭，
可以搭桥过河，
可以到遥远的异乡居住，
可以跟别个官家去上粮落户。

最公道的一个官真公道，
最公道的官是北京的皇帝，
由皇帝那儿来一个圣旨，
交给不合理的对象，
不合理的对象自己又没有，
把它交到父亲的手头。
父亲拿圣旨到皇帝那里的时候，

我们姊妹就可以恣情结合，
可以把高山移成平地，
可以把草原变作良田。
没有房子也不要紧，
可以用篱笆棚当房子，
它比高楼大厦还舒适。
没有衣服也不要紧，
可以用雪山上的爽姆①做衣服，
它比锦绸绫罗还漂亮。
没有装饰不要紧，
我们高山上的果子，
比珍珠玛瑙还漂亮。
没粮食吃也不要紧，
我们有雪山上的白雪，
比大白米饭还可口。
让同情我们的人高兴，
让忌妒我们的人伤心，
让我们几姊妹得到荣誉，
让成长中的青年羡慕我们。
（这时主方用身上的带子去给心爱的人，并说："用这做爱情的标记是否看得上？"）
（客方接了带子并回答："若是你真心给的话，提什么看得上看不上。"）
然后客方也丢出带子，主方接好

---

① 爽姆是雪山上的一种大叶植物。

后，主客二人用两手拉着两根带子，这时另一个人用刀子放在带子中间并问道：
你们姊妹是要做十八年相爱的标记，
还是终身成婚的标记？
要做就做一辈子相爱的标记，
十八年相爱只会使人伤心。
执刀人：
要不要问问你们长辈父亲？
长辈父亲不必问。
执刀人：
要不要让母亲知道？
不必告诉母亲。
执刀人：
自己的事是否完全自己能做主？
自己的事自己完全可以做主。
（执刀人就用刀把两条带子斩为两段，二人各持两段做永恒的标记。这时歌已进行到后半夜，开始唱长歌。）

白墙像扑白瓷碗，
大门好像牦牛和虎在斗，
天井像铺着的虎皮，
柴堆堆得又高又齐，

拴狗棒像窈窕的白杨树，
拴狗的链子像金扣连成。
大狗像蜜蜂嗡嗡不停，
猪食槽好像绸子的大道，
肥猪像螺丝一排排，
骏马槽像刀尖扣起一样，
骏马像雪山一样雄壮，
梯边像整齐的叠纸，
走廊像铺着的豹皮，
中门像太阳刚出山，
内门好像闪亮光，
水缸架像连环的八卦图，
水缸像满溢的海子。
酥油饼像东方的启明星，
小酥油团鸡窝星，
大红铜瓢像歇着的黄鸭，
小黄铜瓢像闪电光，
中柱像笔直的旗杆，
横栋像举起的宝剑。
楼楞①排得很整齐，
烟囱好像星门开，
火塘边像刀尖扣起，
铁三脚像三尊佛，
楼顶平得像虎皮，
屋厦好像大鹏鸟展翅飞翔，

---

① 楼楞：此处指滇西北木楞房的木楞。——编者注

盖屋板好像站着的白鸡，
栈槽像新绸的路。
贵房的来历说完了，
说完了请莫取笑。
要讲红漆桌子的来历，
用檀香木做桌面，
用扁柏木来做桌脚，
用银朱漆增加它的光彩，
红漆桌的来历就是这样了。
红漆桌上的金糌粑盒，
要说糌粑盒的来历的话，
百个英雄中挑上一个最有力，
放上排最能干的人，
他上去到大山林里面，
三座大山林上巡视了一回，
三座大山上没有看准；
中等的三座山上巡视了一下，
三座中山上也没有看准；
三座小山上巡视了一下，
三座小山上看准了。
三棵大树上巡视了一下，
三棵大树没有看准；
三棵中树上巡视了一下，
三棵中树上没有看准；

三棵小树上看了一下，
三棵小树上看准了。
从上面砍了十八斧，
由里面钵了十八钵，
木片像白鸡在飞舞，
挥动的斧头像闪电，
声音像青龙在天上吼。
晚上拿到格咱村①，
太阳光下晒三天，
火苗头上烤三夜，
青青水里煮三煮，
拿过去，拿到旋房里。
巧手的旋匠，
用大旋凿从外面旋了十八旋，
用小旋凿从里面旋了十八旋，
旋下的木花像雪花撒地下，
旋了一台、两台，旋三台②，
往上拿到漆房里。
巧手的漆匠，
盒内漆上银朱漆，
盒边上画上万里长城，
盒外面画上吉祥如意图案，
水盆里面放着白青稞的细糌粑，
糌粑上放上银调羹，

---

① 古时格咱以旋木器出名。
② 糌粑盒三台（台，云南汉语方言，意为"层"。——编者注）。

糌粑盒的来历就这样了。

金糌粑盒边的白瓷盘,
讲白瓷盘的来历的话,
瓷盘好像启明星,
一是高山牦牛的酸奶渣,
二是家中黄牛的甜奶渣,
三是吉祥绵羊的油奶渣。
用光亮的刀子切成片,
用蜂种来染一染,
好看的白瓷盘上增加饰样了。
白瓷盘上边的白瓷碗,
要讲白瓷碗来历的话,
白瓷碗生长在汉族地方,
巧手的汉人瓷匠,
捡了一样石、两样石、三样石,
一样土、两样土、三样土,
浅水里面来讲和,
五色火种烧成样,
瓷碗下面有个章,
瓷碗边上两条青龙来抢宝,
瓷碗边上望不断的花纹。

要讲茶的来历的话,
我们几弟兄都是一个比一个年轻,
思考的能力是一个比一个弱。
要讲的话,

这座山,那座山,三座茶山,
这边树,那边树,六棵茶树,
这边的叶子,那边的叶子,
九片茶叶子。
三个汉族小伙子来栽它,
三个汉族姑娘来采它,
微风吹下来的茶,
竹笼里面蒸出来的茶,
太阳光下晒的茶,
笋叶里面包的茶,
用细篾子条编篮子,
篮子里面装的茶,
好的老板买的茶,
好的脚夫背的茶,
得力的骡子运的茶,
越过怒江、金沙江的茶,
爬了十三个松林的茶,
下过十三个青冈树坡的茶,
穿过小中甸坝子的茶,
十字街前卖的茶,
长辈的父亲买来的茶,
青稞量满斗换来的茶,
白银装满口袋换来的茶,
骏马鞍上搭来的茶。
把茶放在茶盒里的时候,
像黑衣线团在滚动;
从茶盒里切出来的时候,

好像断岩一样齐；
把茶放进铜锅里的时候，
好像黑雀落平坝；
茶从铜锅边上涨的时候，
好像温泉喷水花，
好像波浪冲在岩石上；
把茶滤在茶筒里的时候，
好像打开了青雨的大门；
茶在茶筒里打的时候，
好像空中的青龙齐声吼；
把茶放在茶壶里的时候，
好像打开了磨坊的水闸门；
把茶倒在瓷碗里的时候，
像巧手银匠拉出来的银线。

敬山神，敬山神，
敬这边的山神，
如果万敬这方神山的话，
恐怕今夜神祈不来迎，
恐怕明早神祈不后送，
恐怕不前迎后送。
茶在茶碗里吹三下的时候，
好像空中风吹动了白云。
茶苦了好像大鹏的茶胆，
茶甜了好像蜜糖，
茶黄了好像大雁的蛋黄，
这就是茶的三个真味道。

十八年相爱的茶不消说，
是白头偕老的合茶。
茶的来历讲完了，
讲完了请莫取笑。
（客方喝完后休息，又听主方唱。）

主方唱：
心爱的你们几弟兄，
由崎岖道路上请来的时候，
想用三双鞋子来迎接，
想带上三根靴带来搀扶，
可惜来迎来扶都没做到。
心爱的你们几弟兄，
别以为我们没有感情，
我们小的几姐妹，
想起来已经很惭愧。
由水上请来的时候，
心想用最漂亮的三座桥来迎接，
心想用大小的鱼儿来搀扶，
迎也没来迎，扶也没来扶。
心爱的你们几弟兄，
别以为我们没有感情，
我们小的几姐妹，
想起来已经很惭愧。
还在途中的时候，
心想打起一罐酥油茶来迎接，
还要带上三朵鲜花来搀扶，

迎也没来迎，扶也没来扶。
心爱的你们几弟兄，
别以为我们没有感情，
我们小的几姐妹，
想起来已经很惭愧。
请到大门口来的时候，
心想用三个调迎接，
心想唱三个调子来搀扶，
迎也没来迎，扶也没来扶。
心爱的你们几兄弟，
别以为我们没有感情，
我们小的几姐妹，
想起来已经很惭愧。
请到房子里来的时候，
心想用三个金子的床来迎，
心想用三个锦绸垫子来扶，
迎也没来迎，扶也没来扶。
心爱的你们几弟兄，
别以为我们没有感情，
我们小的几姐妹，
想起来已经很惭愧。
（长歌结束，主方拿出大米酥油蜜糖饭来招待客人。）

主方：
白大米饭里没有毒，
即使有毒的话，
可以怪腊普①的纳西人，
不怪腊普的纳西人，
那是怪我们自己。
蜜糖里面没有毒，
即使有毒的话，
不可以怪蜜蜂，
而是怪我们自己。
牛场上的黄酥油没有毒，
如果有毒的话，
可以怪放牛的牧人，
不怪养牛的牧人，
是怪我们自己。
最香的茶里面是没有毒的，
即使有毒的话，
可以怪②种茶的汉人，
不怪采茶的汉人，
是怪我们自己。

（白）请吧请吧，
最小的鸟肠子里也能装七颗粮食，
如果你们一点都不请，

---

① 腊普是纳西的产米区。
② 疑原本缺漏"怪"字。

其中必有缘故了，
是不是在你家对象那里赌起咒来？
（白）——客方：
砍柴和砍垫圈①的栗叶，
每天可以砍两转，
吃茶的话，
不兴吃两次，
我们这些是自由自主的人，
好像饿了的犏牛跑到蔓菁地里，
好像饿了的老熊到荞子地里面。

客方：
请吧，你们给我们吃的，
我们一而再、再而三地吃，
如果我们不吃的话，
那我们也不会咽下去。
（你们给出的东西）
好像从世界上最大的山上挖下来，
好像由最深的海洋里掏出来一样，
如果不是最大的山，
那已被我们吃完了。
如果不是海洋的话，
已经被我们掏干了。
就因为是地球上最大的山，

所以没有完。
就是因为海洋，
所以没有干。

说梦调

客方：
昨夜里有三件好梦，
梦见不爬山已到坡顶。
梦见不走草原，
已到草原终点。
梦见不涉水，
已到河对岸。
梦见在东方砌了一个香台，
梦见你们几姐妹在搬石头，
梦见我们几弟兄在砌石头，
梦见你们几姐妹在生火，
梦见我们几弟兄在砍香叶子，
梦见你们几姐妹在撒香水，
梦见我们几弟兄在念香经，
梦见香烟弥漫了天空，
梦见香烟变成了五彩虹，
梦见虹头在吸水，②
这梦并非坏梦，是好梦。

昨夜里没有梦见腊普的纳西人，

---

① 垫圈：意为"垫牲口圈"。——编者注
② 说虹吸水，象征男女相爱，生儿育女，吉祥如意。

今早上的白米饭好吃，
饭好吃，
让我们把白米堆成雪山。
昨夜里梦中没有梦见蜜蜂，
今早土蜜糖很好吃，
糖好吃，
让我们采来更多的蜜糖。
昨夜梦里没梦见种茶的汉人，
今早上喝上了喷香的茶，
茶好吃，
让我们把它作为爱情的茶。
昨夜梦里没梦上北方的村庄，
今早上吃上了适味的北方盐，
盐适味，
三年以后味不改。
昨夜里没梦上高山上的牧场，
今早上吃上了黄酥油，
酥油香，
让我们把百条牦牛放上牧场。
昨夜里没梦上河谷地区，
今早上吃上了香甜的水果，
水果甜，
桌上水果摆九盘。
（水果摆九盘已成成语，只在男女恋爱喝茶才摆。）
昨夜里没梦上房屋，
今早上房顶盖得很暖和，

风不吹，雨不淋，
很暖和，
让我们再盖上三层房板。
昨夜梦里没梦上深山老林，
今早上五色火苗很温暖，
很温暖，
让我们给它像篝火一样烧得旺。
昨夜梦里没梦见肥沃的土地，
今早上吃上了好吃的白青稞糌粑，
糌粑香，
让我们把青稞堆满仓。

昨夜晚打搅了长辈的父亲，
打搅了父亲，请你别生气，
在以后给你寄来很美的酒，
好美酒不是单独送，
白绸成匹配着来。
昨夜里母亲辛苦了，
母亲呵，因你辛苦莫在意，
在以后给你送好味茶，
好味茶不是单独送，
酥油、北盐配着来。
昨夜晚打搅你家小孩子，
小孩呵，因为打搅了你，
莫在意，
在以后，好吃的糖果寄着来，
可口的糖果不是单独送，

印度的铜钱配着来，
草原的鲜花配着来。
昨夜晚哥哥也是辛苦了，
哥哥呵，因你辛苦莫在意，
在以后，柔软的十字花氆氇寄着来，
柔软的氆氇不是单独送，
狐狸皮儿配着来。
昨夜晚心爱的人儿很合伴，
很合伴，我们永远不会忘，
到后来颜色好看的棉布寄着来，
好看的棉布不是单独送，
五色丝线配着来。

颂鸡叫调

客方：
天亮前叫的鸟儿数也数不清，
掌握时间的是十八只鸟，
昨晚上我们相会的时间已很迟了，
相会晚了，
再加上我们开始唱调子也晚了。
由于时间晚了，
这十八只鸟的名字不再叙了，
说一说九只鸟的名字也就算了。
鸡架上黄金色的种鸡，
给三个活佛在司晨，
它掌握时辰最合适了，
时辰适合又准确。

时辰准了，
诵经诵得早。
鸡架上的白色银鸡，
给三个官家掌握时辰，
它掌握时辰最合适了，
时辰适合又准确。
时辰准确了，
官司断得早。
鸡架上绿色的绿松石鸡，
给三个乡绅掌时辰，
它掌时辰最合适了，
时辰合适又准确。
时辰准了，
值夜、旅行得早。
嗓音好的公鸡，
给所有的人们掌时辰，
它掌时辰最合适了，
时辰适合又准确，
时辰准了起得早。
雪山上的白雪鸡，
给雄壮的鹿群掌时辰，
它掌时辰最合适，
时辰适合又准确，
时辰准了长鹿茸。
山林里的画眉鸟，
给獐子子母掌时辰，
它掌时辰最适合，

时辰适合又准确,
时辰准了长獠牙①。
有虎纹的蜜蜂,
给草原上鲜花掌时辰,
它掌时辰最合适,
时辰适合又准确,
时辰准了色新鲜。
有豹皮斑的叫天雀,
给肥沃的土地掌时辰,
它掌时辰最适合,
时辰适合又准确,
时辰准了苗儿吐。
河上游着白肚皮的水鸟,
给河里的鱼儿掌时辰,
它掌时辰最适合,
时辰适合又准确,
时辰准了现金色。

(过门)
鸡,一只鸡开始叫头遍,
高尚的活佛起床的时间到了,
长辈的父亲起床的时间到了,
我们几弟兄要走的时间也到了。
要走的时间不走的话,
会受到父亲的惩罚。

鸡,二只鸡开始叫二遍了,
官家起床时间到了,
我们弟兄要走的时候也到了。
要走的时候不走的话,
长辈的母亲会用手掌打。
鸡,三只鸡开始叫三遍了,
乡绅起床的时间到了,
同辈的哥哥要责骂的,
可怜的我们几弟兄,
长辈的父亲没有烧早香以前,
我们回到家里面。
母亲还没有做早活以前,
我们要回到家里面。
哥哥没有把马群放掉以前,
我们要回到家里面。
家家户户不背早水以前,
我们要回到家里面。
假若不是这样的话,
会引起众人的讥笑。

(过门)
真挚热情的知心侣伴,
年轻懂事的知心侣伴,
主要是向你们请教,
我们多半是无可对答,

---

① 獐子生獠牙后就长麝香。

哪怕是对答得不好，
也请你们放在心上。
（天亮前快离别，唱悲调。）

悲调

客方：
自己的伤心和别人的伤心，
别人的伤心是草尖的露水，
草尖上的露水是可以化的，
太阳一出就化了。
别人的伤心和自己的伤心，
自己的伤心是雪山顶上的白雪，
雪山顶上的白雪是不会化的，
即使化了雪底下的水不会解冻，
解冻了，三年潮气不会干，
自己的伤心就是这样了。
像这个样，叫人想起就伤心，
像这个样子，想起来就懊丧，
除了伤心而外，没有其他办法，
除了懊丧而外，没有其他权利。
若有办法的话，
哪怕能解除半点也好，
没有办法的话，
再伤心也无可奈何了。
自己的伤心和别人的伤心，
别人的伤心像石板上的青霜，
石板上的霜是可以化的，

太阳一出就化了，
化了以后半点钟潮气就没有了，
别人的伤心就像这样了。
别人的伤心和自己的伤心，
自己的伤心就像房顶上的炊烟，
房顶上的炊烟永远不会消散，
一阵消散，一阵又起来，
自己的伤心就是这样了。
这样子，叫人想起就伤心，
像这样子，叫人想起就懊丧，
除了伤心而外，没有其他的办法，
除了懊丧而外，没有其他权利。
若有办法的话，
哪怕能解除半点也行，
没有办法的话，
再伤心也无可奈何了。
自己的伤心和别人的伤心，
别人的伤心像草原上雨后的积水，
雨后的积水是会干的，
下过雨以后它就流走了，
别人的伤心只是这样。
别人的伤心和自己的伤心，
自己的伤心就像金沙江和怒江的水，
金沙江水和怒江水是没有得干的，
自己的伤心就是这样了。
像这样了，叫人想起懊丧了，
除了伤心而外，没有其他的办法，

除了懊丧而外，没有其他的权利。
若有办法的话，
哪怕能解除半点也好，
没有办法的话，
再伤心也无奈何了。

伤心啊，伤伤心心地走到雪山上，
碰上了伤心的公马鹿，
公马鹿的伤心，
是没有长齐好看的鹿角，
自己的伤心就是这样了。
像这样了，使人想起就伤心，
像这样了，使人想起就懊丧，
除了伤心，再没有其他办法，
除了懊丧，再没有其他权利。
若有办法的话，
哪怕能解除半点也好，
没有办法的话，
再伤心也没奈其何。
这样伤心啊，
伤伤心心走进大森林，
碰上了伤心的獐子，
獐子最大的伤心，
是它没长出好看的獠牙，
自己的伤心，
就仿佛是这样。
像这样，叫人想起就懊丧，

除了伤心，没有别的办法，
除了伤心，再没有别的权利。
若有办法的话，
哪怕能解除半点也好，
没有办法的话，
再伤心也无奈其何。

伤心啊，伤伤心心走到河水边，
碰到了河里伤心的鱼儿，
鱼儿最大的伤心，
是它显不出好看的金子色，
自己的伤心就是这样了。
像这样，叫人想起就伤心，
像这样，叫人想起就懊丧，
除了伤心，没有其他办法，
除了懊丧，没有其他权利。
若有办法的话，
哪怕能解除半点也好，
没有办法的话，
再伤心也没奈其何。

（过门）

伤心啊，在伤心的坡头上，
长着三棵伤心的檀香树，
不忍心砍，绕树转三转，
不忍心丢下，往后望三望。
砍了它罪孽又太大，
丢下它又没有不使人懊丧的办法。

若有办法的话，
哪怕能解决半点伤心也好，
如果没有办法，
再伤心也没奈其何。

伤心啊，在伤心坡的山腰上，
长着三棵伤心的扁柏树，
不忍心砍，绕树转三下，
不忍心丢下，往后望三望。
砍了它罪孽又太大，
丢下它又使人懊丧，
砍了它罪孽再大任其大，
丢下它又没有解除懊丧的办法。
若有办法的话，
哪怕能解除半点伤心也好，
没有办法的话，
再伤心也没奈其何。

伤心呀，在伤心坡的山脚下，
长着三棵伤心的杨柳树，
不忍心砍，绕树转三下，
不忍心丢下，往后望三望。
砍了它罪孽又太大，
丢下它又使人懊丧，
砍了它罪孽再大任其大，
丢下它又没有解除懊丧的办法。
若有办法的话，
哪怕能解除半点伤心也好，
没有办法的话，
再伤心也没奈其何。

相爱的我们几姊妹，
今生没有匹配夫妇的权利，
已经肯定了毫无希望了。
今生没有匹配夫妇的权利的话，
死后到阴间同路吧。
听说阴间的路上有个贤买坡，
只是听说，也只是耳朵听过，
眼睛是没有看见过。
死时只相隔天把①的话，
约定在贤买坡脚相等，
权法最大的阴间阎王，
会明定谁的阴功大小。
心爱你们几姊妹，
你们生长在世的时候是有钱人，
死后到阴间是阴功大的人。
遇到明定阴功大小的时候，
我们几姊妹不要忘记发了誓言。

死时如果相隔数月的话，

---

① 天把：云南汉语方言，意为"一两天"。其中"把"字在这里意为"多一点"。——编者注

在贤买坡的坡腰相等一下,
用白石头架起烧火的锅桩一下,
拾起檀香木做烧柴一下,
舀起清清的凉水准备烧茶。
权法最大的阴间阎王,
会明定谁的阴功大小。
心爱的你们几姊妹,
在世间是有钱的人,
死后也是你们的阴功大。
到明定阴功大小的时候,
我们几姊妹莫忘记以往的誓言。

死时相隔数年的话,
约定在贤买坡的坡头上相等一下,
莫计较到阴间的迟早,
等三年也不要烦躁。
权法最大的阴间阎王,
会定明谁阴功大小。
心爱的你们几姊妹,
在世时是有钱的人,
死后也是你们的阴功大。
到明定阴功大小的时候,
我们几姊妹莫忘记以往的誓言。

死后投生来世的话,
不要像这样,不要像那样,
不要像雪山一样,

往上看顶上是积雪白皑皑,
往下看河水、江水晃荡荡,
往右看高耸的松杉黑压压,
往左看青干树叶一片黄。
回转来世的话不要像雪山,
回转来世的话要像马鹿一样,
像马鹿一样情意深长,
饿了的话可以吃雪山上的药草,
渴了的话可以喝雪山上绿松石般
的清水,
回转来世要像马鹿一样。
转世的话不要像这个,不要像那个,
不要像山林里的獐子,
像獐子是一点情谊也没有。
一边是大网阻挡,
一边是木扣子阻挡,
一边是狼狗阻挡,
一边是有人来阻挡,
像獐子一样是情谊没有了,
不要像獐子一样。

转世的话要像大山林一样,
山顶上有香樟叶的帽子,
山腰上有黄竹子的腰带,
山脚下有金子的绿水,
像山林一样情谊深长,
转世就要像山林一样。

伤心啊，伤心，这伤心的孔雀，
孔雀的伤心是找不到檀香树的树梢，
所以孔雀没有歇息的地方。
即使找到了歇息的地方，
没有檀香树的香味，伤心了，
不能显出孔雀的美丽，伤心了。
再比这伤心的没有了，
再比这懊丧的没有了。
除了伤心而外，没有别的办法，
除了懊丧而外，没有别的权利。
如果没有办法的话，
再伤心也没奈何了。

伤心啊，伤心，我这伤心的鹦哥，
鹦哥最伤心的是找不到扁柏树树梢，
所以鹦哥没有歇息的地方。
即使有个歇息的地方，
也没有扁柏树颜色美，
没有扁柏树的美丽，伤心了，
不能显出鹦哥的绿色，伤心了。
再比这伤心的是没有了，
再比这懊丧的没有了。
除了伤心而外，没有别的办法，
除了懊丧而外，没有别的权利。
若有办法的话，
哪怕是解除半点伤心也好，
如果没有办法，
再伤心也无奈其何了。

伤心啊，我这伤心的布谷，
最大的伤心是找不到杨柳树树梢，
所以布谷鸟没有歇息的地方。
即使有歇息的地方，
也没有柏杨树的窈窕，
没有柏杨树的窈窕，伤心了，
布谷的声音不好听，伤心了。
再比这伤心的没有了，
再比这懊丧的没有了。
除了伤心而外，没有其他办法，
除了懊丧而外，没有其他权利。
若有办法的话，
哪怕能解除半点伤心也好，
如果没有其他办法，
再伤心也无奈其何了。

伤心啊，在东方大理海的边上，
长着不成材的三种灌木，
它有生长权利，
而没有窈窕的资格。
鸟儿只有歇息权利，
没有鸣叫资格。
我们几姊妹就像这样了，
是这样了，想起就伤心了，
是这样了，想起就懊丧了。

相约调

（客方天快亮时唱）
我们几姊妹的相约，
相约像绸子结的疙瘩，
即使绸子断了，
约定疙瘩已不能解。

我们几姊妹的相约，
相约像石头上的花纹，
即使石头烂了，
约定花纹也不能消失。

我们几姊妹的相约，
相约像白螺蛳壳上的花纹，
即使白螺蛳壳砸了，
花纹也不能消散。

我们几姊妹的相约，
相约像高山顶上的大茶花，
大山茶花的颜色，
像金子的颜色一样，
相约金子的颜色，
九年也不要变化。

我们几姊妹的相约，
相约像山腰上的小山茶花，

小山茶花的颜色，
像银子一样的颜色，
白银一样的颜色，
约定九年也不要变化。

我们几姊妹相约，
相约就像高山脚下的喇叭花，
喇叭花颜色像玛瑙一样红，
玛瑙一样的颜色，
约定三年不要变化。

东方大理海边上，
长着像白绸一样的三棵树，
第一棵树约定做房柱，
第二棵树约定做房子横梁，
第三棵树约定做房子的楼楞，
这三棵树盖出来的房子，
十八年相爱的房子是不必说了，
要约定做终身的住所。

鸡叫、鸟叫、孔雀叫，
孔雀是叫在上方，
孔雀是叫在上方的拉萨，
拉萨有驰名的歌手，
唱出很合我们心意的歌。
请孔雀鸟带来一下吧，
不是无故请把歌带来，

是我们几姊妹有了相约。

鸡叫、鸟叫、鹦哥叫，
鹦哥是叫在下方，
鹦哥在下方的汉族城里叫，
汉族城里有公道的法官，
制出合我们心意的法律。
不是无故请把法律带来，
是因为我们几姊妹有了相约。

鸡叫、鸟叫、布谷叫，
布谷是叫在自己的家乡，
家乡有能说会道的土官，
他说出合我们心意的话。
请布谷鸟把他的话唱出来吧，
不是无故地请布谷鸟唱，
是我们几姊妹有了相约。

（过门）
真挚热情的知心伴侣，
年轻懂事的伴侣们，
我们所唱的都是向你们请教，
我们多半是无可对答，
哪怕是对答不好，
也请你们放在心上。

离别调

（天亮后唱）

客方唱：
很相爱的我们几姊妹，
舍不得离别啊，舍不得离别，
就像羊毛与松香。
因为松香羊毛粘在一起，
是这样难舍难分。
该死的不公道的配偶，
在五色上面把我们分开。

舍不得离别啊，舍不得离别，
舍不得离别就像酸水与奶浆。
因为是酸水与奶浆，
这样的难舍难分。
该死的不公道的配偶，
在竹滤子上把我们分开了。

舍不得离别啊，舍不得，
舍不得就像青稞与麦麸皮。
正因为是青稞与麦麸皮，
才是这样难舍难分。
该死的不公道的配偶，
把我们从山峰上分开。

舍不得啊，舍不得分开，

舍不得分开的我们几姊妹,
没有一个心爱的舍得分开。
但因为不是一个神山,
我们只好分开了。

舍不得分开啊,舍不得分开,
舍不得分开的我们几姊妹,
没有一个心爱的舍得分开。
但因为不是一个村庄,
我们只好分开了。

舍不得分开啊,舍不得分开,
舍不得分开的我们几姊妹,
没有一个心爱的舍得分开。
但因为不是一个住宅,
我们只好分开了。

舍不得分开啊,舍不得分开,
舍不得分开就到拉萨去朝经。
有了经的福缘之后,
分开也情愿了。

舍不得分开啊,舍不得分开,
舍不得分开到汉族地方去经商。
有了对本的利润以后,
分开也心甘情愿了。

舍不得分开啊,舍不得分开,
舍不得分开就在自己的家乡建一
个粮仓。
有了满仓的粮食以后,
分开也心甘情愿了。

在草原的金湖边上,
八个虎子相遇了。
相爱的我们几姊妹,
老虎的花纹刚要显出来的时候,
我们就得各走一方了。
要各走一方了,想起就伤心了,
要各走一方了,想起就懊丧了。
在草原银白的奶子湖边上,
八个豹子相遇了。
相爱的我们几姊妹,
豹子的花斑刚要显出的时候,
我们得各走一方了。
要各走一方了,想起就伤心了,
要各走一方了,想起就懊丧了。
在草原的绿松石的湖边上,
八个一样的水獭相会了。
相爱的我们几姊妹,
水獭的爪子刚要显出来的时候,
我们就得各走一方了。
要各走一方了,想起就伤心了,
要各走一方了,想起就懊丧了。

心爱的啊,生长你们的贵庄,
贵庄就像一个檀香树的城镇。
心爱的你们几姊妹,
你们几姊妹就像檀香树一样,
檀香树是生长在这个地方。
寻常的我们几弟兄,
我们几弟兄就像孔雀一样,
孔雀是远方飞来的鸟,
孔雀要飞回自己的家乡,
檀香树只得孤单地留在这儿。
檀香树若有决心跟随去的话,
若有决心跟着去,有心带你是真的,
带着来了,也没有伴儿说是非,
若不是的话莫隐瞒,说直话。

心爱的啊,生长你们的贵庄,
贵庄就像一个扁柏树的城镇,
心爱的你们几姐妹就像扁柏树一样,
扁柏树生长在这个地方。
寻常的我们几弟兄,
我们几弟兄就像鹦哥一样,
鹦哥是远方飞来的鸟,
鹦哥要飞回自己的家乡,
扁柏树又得孤单地留在这儿。
扁柏树若有决心跟随去的话,

若有决心跟着去,有心带你是真的,
带着来了,也没有伴儿说是非,
若不是这样的话,有无决心把鹦哥留下?
若有决心留下,有心在下是真的,
在下了有没有伴侣来埋怨?
若有的话莫隐瞒,说直话。

心爱的啊,生长你的贵庄,
贵庄就像一个柏杨树的城镇,
心爱的你们几姊妹就像柏杨树一样,
杨柳树是生长在这个地方。
寻常的我们几弟兄,
我们几弟兄就像布谷鸟一样,
布谷鸟是远方飞来的鸟,
布谷鸟要飞回自己的家乡,
杨柳树只得孤单地留在这儿。
杨柳树若有决心跟随去的话,
若有决心跟着去,有心带你是真的,
带着来了,也没有伴儿说是非,
若不是这样的话,有无决心把布谷鸟留下?
若有决心留下,有决心在下是真的,
在下了有没有伴侣来埋怨?
若有的话莫隐瞒,说直话。

禾天木与斯玛珍

搜集地点：云南省迪庆藏族自治州香格里拉市

很早很早以前，
在一个古老的部落里，
有一个靠近山谷的村庄。
村头上住着一个有钱有势的人家，
他家的火塘是九个锅架的火塘，
他家就像天一样，
谁也不敢触犯，
家里有个姑娘斯玛珍。
村尾住着一个孤苦伶仃的人家，
他家的火塘是三个石头桩，
家里有一个儿子，
专帮有钱人家放牛，
他的名字叫作禾天木。

禾天木与斯玛珍，
他俩是一对相爱的情人。
世上再也找不出第二对伴侣，
能比他俩的情意深，
他们在世没有成双配，
死后投生配成双。

草原上宽宽的牧场上，
禾天木赶着别人的牛群，
天天来到草场上。
斯玛珍赶着自己的牛群，
天天来到这块草场上。

"牦牛大伙在一起放，
金戒指互相换了戴上，
在这宽阔的草原上，
共同来玩一下，
采集起草原上所有的花朵，
让心爱的礼物藏在花朵下。"
斯玛珍的歌声传到了禾天木的身旁。

禾天木一声声回答了斯玛珍：
"不敢跟你同在草原上同放牧，
不敢跟你换戴金戒指，
不敢跟你共同来玩耍，
不敢跟你把礼物藏花下。"

接连唱了三四天，

禾天木同斯玛珍的那些话儿，
天天都是照常不变。
三四天的时间已经消失，
禾天木又听到了姑娘的歌声，
这歌声仍然不变，
它是那么恳切，那么真诚。
禾天木开始唱道：
"披家① 的姑娘斯玛珍，
你家有集中钱财的仓库，
是架九个铁三脚的富足人家，
你家的牦牛黑了草坝，
各个村庄都有你家的债仓，
一百零八部经书摆设在你的家，
你家有数不尽的珍珠珊瑚。
我家是上无房板不避雨的人家，
我家是三个石头起火的家，
我是连身子也当给了人的人家。
不配不配，婚不配，
不敢跟你换戴金戒指。"
斯：
"勒家② 的儿子禾天木，
不跟你换戴金戒指。
如果不能跟你相爱，
家有九个铁三脚也无益，

家有牦牛也是虫子，
家有粮食也是酒糟，
一百零八部大经也如碎纸，
十六部小经也如墨渣，
珍珠珊瑚也是碎石头。"

他们没有换戴金戒指，
第一天的日子里，
斯玛珍仍然唱起了调子：
"勒家的儿子禾天木，
牦牛搭伴在一起放，
金戒指请互相换戴上，
在这宽宽的草原上，
共同来玩耍，
采集起草原上所有的花朵，
让心爱的礼物藏在花朵下。"

禾：
"不配不配，婚不配。
你是像天一样人家的姑娘，
今生是有钱享富贵的人，
死后是有果有因的人，
不敢跟你换戴金戒指。"

---

① 披家：村头之意。
② 勒家：村尾之意。

斯：
"别说别说，别这样说，
人间钱财靠自己的手。
只要我俩成婚配，
欢乐的太阳共同烤，
痛苦的雪地一起走，
苦不苦来也不知。
即使有苦也只是三年，
三年的时间只能算三天。"

禾：
"给真给真，话给真，
给是真人说真心话？
如果是真人真心话，
可以换戴金戒指。
如果换了金戒指，
在你母亲跟前怎样说？
你家尼姑如果知道了，
你又怎样对她讲？"

斯：
"人生只有一个心，
一心跟你说真话，
唯独难把心挖出给你看。
母亲跟前只说：'戒指失落了。'
尼姑多嘴只说：'你莫管！'"

斯玛珍的金戒指给了禾天木，
禾天木没有金戒指，
一个银竹筒套在斯玛珍的手上。
从这一天开始，
俩人一天也不离分，
牧场上的欢乐难说尽。

斯：
"勒家的儿子禾天木，
你好像晴天的太阳一样，
不见你一个时候，
就跟太阳躲进了云里一样。"

禾：
"披家的姑娘斯玛珍，
你好像草坝上的鲜花，
不见你一个时候，
草原也好像冬天一样枯黄。"

禾天木与斯玛珍的爱情，
被别人议论纷纷，
议论被尼姑知道了，
尼姑问起了斯玛珍。

尼：
"你手上的戒指怎么不见了？
是不是给了放牛的禾天木？"

斯:
"别多嘴，别多嘴，尼姑别多嘴，
金戒指不见你莫问，
禾天木的友情你莫管。"
多嘴的尼姑告诉斯玛珍的母亲:
"姑娘的金戒指给了禾天木，
禾天木看上了斯玛珍，
还不管教管教你的姑娘，
听听外面怎么议论。"

斯玛珍的母亲问斯玛珍:
"你的金戒指哪里去了？
你跟放牛娃娃好了，
你把你的金戒指拿出来。"

斯玛珍:
"母亲，你不要怒，
你听我的话一下，
我的金戒指背水去掉在水里面，
已经打失了。"

一天洗手时，戴的银竹筒在手上，
被尼姑发现了，
尼姑去告诉她母亲:
"前次说金戒指丢失是骗人，
禾天木的银竹筒是斯玛珍戴着的，
若不信你就去看吧。"

母亲将斯玛珍叫到跟前，
狠狠地打了斯玛珍。
"你败坏了家里的名声，
你跟放牛娃娃谈情说爱。"
母亲气得害了病。
母亲说:
"要吃禾天木的心肝，
我的病才能好。"

叫来了大儿子奔车娃:
"你要我的病好，
你得拿起大弓去，
一箭射死放牛娃娃，
挖出他的心肝来给我吃了，
我的病就会好了。"

大儿子听了母亲的话，
背起大弓出去了:
"不忍心，不忍心，
无故杀人不忍心，
射一只大雁来抵命，
拿大雁的心来抵孤儿的心。"

大雁的心肝拿到母亲跟前，
禀告自己的母亲:
"母亲，请你听一下，
儿一箭射死了禾天木，

他的心肝我已经挖来了,
愿母亲的病早一点好清。"

母亲从罐子里拿出来煮熟的心肝:
"不是不是,不是禾天木的心肝,
没有一点孤儿的心肝味,
你白白地伤了大雁的命,
造下了深深的罪孽,
养你大儿子没意思了。"

母亲把二儿子奔给娃叫到跟前:
"二儿子,你听着一下,
母亲的病是很重了,
要吃禾天木的心肝,我的病才能好。
你带上弩弓去把禾天木射死,
挖来他的心肝给我吃。"

二儿子背起弩弓走了,
他边走边唱道:
"不忍心啊,不忍心,
无故杀人不忍心,
射一只灌木丛里的野鸡来替人命,
拿鸡的心肝来代替禾天木的心肝。"

二儿子将野鸡心肝拿到母亲跟前:
"母亲,你听一下,
一箭射死了禾天木,

禾天木的心肝挖来了,
将它煮给母亲,
愿母亲的病早点好。"

母亲将煮熟了的心肝拿到跟前:
"不像不像,不像孤儿的心肝,
无故杀死了野鸡造下罪孽,
养你这个二儿子辛辛苦苦,
也是个不成器的东西。"

母亲把小儿子布常瓦叫到跟前:
"小儿子,你听着,
拿起小弓去找禾天木,
将他射死挖出心肝,
拿来给母亲吃了,
母亲的病就会好。"

小儿子拿着小弓走了,
边走边唱道:
"不忍心呀,不忍心,
无故杀人不忍心,
一箭射死房顶上的麻雀,
拿麻雀的心肝来顶禾天木的心肝。"

小儿子回到家里,到母亲跟前:
"母亲,请你听一下,
一箭射死了禾天木,

禾天木的心肝拿来了，
愿母亲的病早点好。"

母亲拿煮熟了的心肝：
"不像不像，不像禾天木的心肝，
你白白杀死房顶的麻雀，
造下深恶的罪孽，
我白白把你养大成了人。"

"给你们三个儿子去做这事，
结果都没有做成，
养儿育女变成了敌人，
女人的嘴胜过男人的嘴，
织布的梭刀胜过男人的大腰刀。"
她拿起梭刀跑到禾天木那里，
一梭刀杀在禾天木的肋骨上，
禾天木被她砍伤了。

斯玛珍去放牛不见了禾天木，
整天是一个人在草坝里徘徊。
"禾天木啊，禾天木，
为什么不见你把牛赶到草原上，
莫非是你害了病？
莫非是你变了心？"

斯玛珍去看禾天木，
伤很重的禾天木睡在床上，
翻个身也不可能，
话也说不起了。
斯玛珍说：
"禾天木啊，
我去卜卦的跟前卜卦去，
我去找算命先生去算命了，
要吃什么药我去找来，
愿你的伤口早点好。"

玛珍去卜卦人跟前卜卦，
知了禾天木受伤的情形。
"只有雪山上公马鹿的心血、
孔雀鸟的苦胆，
才能医得好禾天木的伤痕。"

斯玛珍去算命先生跟前算命，
仍然是要雪山上的公马鹿心血、
孔雀鸟的苦胆，
才能使禾天木的命得长久。
"如果找不到这两样东西，
禾天木的命是不会长久的。"
斯玛珍到处去找药，
只要遇到人就唱道：
"像我父亲一样有恩情的人，
（如遇女的，则唱像'母亲'）
如有公马鹿的心血，
有孔雀鸟的苦胆，

要头上的珍珠玛瑙,
或胸前的护身镜,
我都可以拿给你们,
请给这药去救一救被无故伤害的
禾天木的命。"

找来找去找不到药,
她又去卜卦人面前卜卦,
寻求找药的地方,
好心肠的卜卦人说:
"要翻十八个一个还比一个高的
雪山,
到那里有一个猎人,
从他那里可以找到公马鹿的心血;
要过十八个一个还比一个低的河谷,
那里能找到孔雀鸟的苦胆。"
斯玛珍翻过了十八座雪山,
遇到了背着鹿角的猎人,
斯玛珍向他唱道:
"像父亲一样的恩人,
请给我一点公马鹿的心血,
你要我头上的珍珠玛瑙,
或胸前的护身镜,
我都可以给你,
我要去救无人照顾的禾天木的命。"
猎人从枪的鹿角盒里拿出了鹿心
血,说:

"你头上的珍珠玛瑙我也不要,
也不要你的胸前护身镜,
你拿去这新鲜的鹿心血,
愿你早点救转禾天木的命。"

斯玛珍拿来了公马鹿的鲜血,
又往下面走呀,走呀,去找孔雀胆,
过了十八道一道比一道深的河谷,
遇到了一个背着孔雀翎的猎人:
"像父母一样有恩的猎人,
请你给我一点孔雀胆吧!
我要救无人照管的人,
孤苦伶仃的禾天木的命,
你如喜欢我头上的珍珠玛瑙,
或是我胸前的护身镜,
我都可以拿给你。"
猎人对她说:
"你有心救无人照顾的禾天木的命,
我不要你头上的珍珠玛瑙,
也不要你胸前的护身镜,
我有贞洁的孔雀胆,
将它送给你,
请拿上它,去救禾天木的命。"

斯玛珍带回了这两种药,
来到禾天木那里。
禾天木的病已十分沉重了,

斯玛珍在禾天木前说：
"我翻了十八座大雪山，
过了十八道一道比一道深的河谷，
找来了公马鹿的心血和孔雀胆，
吃了这两种药你的病就可以好了。"
斯玛珍开始煮鹿心血和孔雀胆，
禾天木吃下了鹿心血和孔雀胆，
眼睛看得见光了，
嘴也能够讲话了。
禾天木说道：
"斯玛珍！斯玛珍！
我俩的相爱，
你只能把它当作住三晚上的旅馆一样。
若要是一辈子的住宅，
你得细细考虑。
我如今好像西山树尖的太阳，
我的病是很难好的了。"
斯玛珍接着答道：
"禾天木啊，禾天木！
你想的这个想错了，
我跟会卜卦的一百个人卜过卦，
我请会算命的一百个人算过命，
缠着你的鬼像住三天的旅客，
我们之间的爱情是一世的住宅，
你的病是会很快好的。"
"斯玛珍啊，斯玛珍！

你对我的深情厚意是很难忘，
今生不能够报答你的恩情，
死了以后，
把你的深情厚意记在心上。
今生我俩如果能过一世，
明早东方天边上会出现一朵白云，
如果明早东方天边上有绵羊大的白云，
那我的病就是好了，
我们俩能够生活一辈子。
明早东方的天边上，
如果有猪那么大的一朵乌云出现，
那么，斯玛珍啊！
那就是我已经死了，
只有那阴间去相遇了。"

第二天清晨，
斯玛珍一起床就跑出来看天边，
东方的天上一点云也没有，
只有天边上立着猪那么大的一朵乌云，
斯玛珍知道禾天木已经死了。
她哭啊！哭啊！
三天三夜吃不下一点饮食。
斯玛珍哭得害了病，
母亲请家里的尼姑来劝斯玛珍。

尼姑唱：
"放牛娃娃死也死了，
你不吃饮食哭也没有用，
只要你好好活下来，吃饭穿衣，
母亲包给你找一个很好的女婿。
在我们的部落里面，
随你去挑女婿得了。"

斯玛珍唱：
"若要我在母亲的身边跟一辈子，
若要我来报答母亲的恩，
就得答应我一件事情，
要用高尚的丧礼来火葬禾天木，
要部落里远近十八天路的人，
集中来为禾天木送殡，
要由禾天木家中铺一条绸的彩路，
直到火葬禾天木的地方。
禾天木的灵棺要从彩绸路上经过，
要由我自己去主祭禾天木的灵魂。"
尼姑去告禀母亲知道，
母亲说举行隆重高尚的丧礼是可以，
要部落里远近十八天路的人都来参加送殡，
用彩绸铺起丧路也可以，
禾天木的灵棺要经过彩绸路上也可以，
只有一件事不可能，

斯玛珍不能主祭禾天木的魂灵。
送殡那一天，斯玛珍要躲在家里，
她说这也可以，
但在送殡那一天，
家里的一把钥匙要交她，
母亲要代她去主祭禾天木。
母亲答应斯玛珍的条件，
丧礼那一天，
部落里远近十八天路的人，
男女老幼，喇嘛叫花子，
所有的人听说是最隆重的丧礼葬禾天木，
全都来到了禾天木火葬的地方，
斯玛珍的母亲做了主祭人，
将禾天木的灵棺从彩绸路上接到葬地。
一层一层的人群拥挤不堪，
第一排坐的是活佛，
第二排坐的是喇嘛，
第三排坐的是父老们，
第四排坐的是老妈妈们，
第五排坐的是男的青年小伙子，
第六排坐的是小姑娘们，
第七排坐的是叫花子，
第八排坐的是叫花子带去的狗群。

这一天，斯玛珍在家里，

用钥匙将家里的十八个仓全都打开来，
驮上一驮好几年的骨头，
驮上一驮糌粑团，
驮上一驮珍珠玛瑙，
驮上一驮狐皮做的帽子，
驮上一驮茶叶，
驮上一驮好酒，
驮上一驮喇嘛的袈裟，
驮上一驮活佛的金顶。

斯玛珍嘱咐村里的小姑娘：
"等火葬的火焰最旺的时候，
众人说把烧火的柴捡下来捡下来时，
请你们把柴加进火里面去；
众人说向火里洒水洒水的时候，
请你们向火里面洒下油去。"

斯玛珍用马驮起东西到火葬场去，
到了狗群在的地方，
斯玛珍唱道：
"别拦，别拦，别拦我往火葬场，
狗群不要把火葬场阻拦，
狗最喜欢的是骨头，
我已驮起骨头驮子来了。"
下了骨头驮子，
骨头丢向狗群旁边，

狗头乱开去抢骨头，
斯玛珍走上前去一排。

"别拦，别拦，别拦这个火葬场，
叫花子不要拦往火葬场，
叫花子喜欢的是糌粑团，
我给你们驮起糌粑团来了。"
放下糌粑团的驮子，
把它们分散丢向四方，
叫花子忙去抢糌粑，
斯玛珍向前又进了一排。

"别拦，别拦，别拦我往火葬场，
好看的姑娘们，
姑娘们喜欢的是珍珠玛瑙，
珍珠玛瑙我驮来。"
卸下珍珠玛瑙的驮子，
将它们撒向四方，
姑娘们忙去捡珍珠玛瑙，
斯玛珍向前走了一排。

"别拦，别拦，别拦往火葬场，
英雄男儿别拦往火葬场，
英雄男儿喜欢的是狐皮帽，
狐皮帽我驮来了一驮。"
卸下狐皮帽，将它们丢向四方，
男儿们忙去捡狐皮帽，

斯玛珍又向前走过一排。

"别拦，别拦，别拦火葬场，
所有的母亲别拦往火葬场，
母亲们喜欢的是香茶，
香茶我驮来了一驮。"
卸下香茶，将它们撒向四方，
母亲们忙着去捡茶叶，
斯玛珍又进了一排。

"别拦，别拦，别拦火葬场，
所有的父亲别拦往火葬场，
父亲们喜欢的是青稞酒，
好酒我驮来了一驮。"
卸下青稞酒，将它们分到四方，
父亲们忙去喝好酒，
斯玛珍又向前进了一排。

"别拦，别拦，别拦往火葬场，
喇嘛和尚别拦火葬场，
喇嘛和尚喜欢的是黄袈裟，
好的黄袈裟我驮来了。"
卸下黄袈裟把它们四面散开，
喇嘛们忙去抢黄袈裟，
斯玛珍又向前进了一排。

"别拦，别拦，别拦火葬场，

高尚的活佛别拦往火葬场，
活佛喜欢的是金帽顶，
金帽顶我带来了一驮。"
将金帽顶撒在地上，
活佛们忙去拾金帽顶，
斯玛珍已进到了火葬场的边上。

斯玛珍唱：
"禾天木啊，禾天木！
是我斯玛珍来朝你的灵来了。"
火焰朝着斯玛珍这边飘过来了。
"火焰你不要缠我，
是不是要祭给你头上的珍珠玛瑙？"
一面将头上的珍珠玛瑙解下来烧在火里，
火焰仍然在缠着她。
"火焰你不要缠我，
是不是要我胸前的护身镜？"
又将胸前的护身镜解下来烧在火里，
火焰还是不离开她。
"火焰你不要缠我，
是不是要我身上的福衣？"
福衣烧在了火里，
火焰仍不离开斯玛珍的身。
"火焰你不要缠我，
是不是要我阴间同行路？"
斯玛珍边唱边纵身跳进了火里。

火焰收回去了,
火焰烧得更旺起来。
众人说:"快点把柴捡掉!"
姑娘们将柴加进了火里。
众人说:"快快拿水来,泼进火里。"
姑娘们将一桶桶油泼了进去,
熊熊的火海冲天而起,
斯玛珍烧在了火焰里。

火烧尽以后,在火葬场里,
一堆黑灰和着一堆白灰,
堆在那里,并排着像两座坟墓。
斯玛珍的母亲,
想分清哪一堆是姑娘的骨灰,
以便将她另外埋在一地。
母亲去找卜卦的先生卜卦,
卜卦的先生说:
"一堆黑骨灰,一堆白骨灰,
哪是斯玛珍的骨灰?
哪是禾天木的骨灰?
要分辨这两堆灰各是谁,
白白的骨灰是斯玛珍,
黑黑的骨灰是禾天木。"
母亲将白骨灰葬在大路上边,
母亲又将黑骨灰葬在大路下边。

两个坟堆长起了两棵柳树,

两棵柳树的枝在大路上面挽在一起,
路上边的柳树唱起了调子:
"路上边的柳树是我斯玛珍,
路下边的树是禾天木。
我俩今生不能成婚配,
死了还是在一起。"

歌声被尼姑听见了,
尼姑去告给了母亲,
斯玛珍的母亲拿起斧子,
心想着又去卜卦,
她告诉了卜卦人,
要怎样才能使他俩不挽在一起,
卜卦先生告诉她:
"要把两棵柳树都砍了,
路上边的树桩挂狗头,
路下边的树桩挂猪头,
树就不会再长了。"
母亲砍去了两棵青柳树,
路下边的树桩上挂上了猪头,
路上边的树桩上挂上了狗头。

一个赶着一百匹骡子的老板路过这里,
过路时,路上边的树桩又唱起:
"过路的善心的老板,
请你做一件好事情吧,

请把路上边的狗头挂在路下边的
树桩上，
请将路下边的猪头挂在路上边的
树桩上。"
老板回答：
"我要赶我的路程，
哪有时间来管你的闲事？"
斯玛珍唱：
"你不是善心的老板，
你踩这座雪山时，
一百匹牲口只会剩下一匹。"
雪山的雪很大，
老板的牲口在翻雪山时，
死得只剩下了一匹。

又来了一个赶着一匹牲口的商人，
路上边的树桩又唱了：
"拉一匹牲口的好商人，
请你把路上边的狗头挂在路下边
的树桩上一下，
把路下边的猪头挂在路上边的树
桩上。"
那个人回答：
"你这样说可能还是有原因的，
我就照你说的做吧。"
路上边的狗头挂在了路下边的树
桩上，

路下边的猪头挂在了路上边的树
桩上。
路上边的树桩又唱：
"你是一个善心的商人，
你翻雪山时，
一匹牲口会变成一百匹牲口，
行狗会自己由天上下来。"
商人到了雪山背后以后，
牲口真的变成了一百匹，
行狗也有了，
他成了一个大老板。
两棵柳树又长起来了，
两棵柳树枝在大路上方又挽在一起。
路上边的柳树又唱起来：
"树梢上有猪头的是我斯玛珍，
树梢上有狗头的是禾天木，
我俩生时不能成婚配，
死了以后还是在一起。"

歌声又被尼姑听见了，
尼姑禀告母亲知道，
斯玛珍的母亲把两棵柳树从根挖起，
砍了之后，将两棵柳树烧掉，
把树灰撒在湖里，
柳树灰一到湖里，
便成了一对黄鸭。

游在后面的黄鸭唱道：
"前面游的黄鸭是禾天木，
跟在后面的是我斯玛珍，
我俩生时不能成婚配，
死了之后还是在一处。"

歌声又被尼姑听见，
尼姑又去禀告母亲知道，
母亲请了部落里所有的猎人，
谁打得这两只黄鸭，
就奖给一百两银子。
各地猎人都来到这个村里，
游在后面的黄鸭唱：
"背着枪的猎人，
请你不要打前面的黄鸭，
前面的黄鸭是禾天木，
要打你就打后面的黄鸭，
后面是我斯玛珍。"
来了一个猎人，听了以后就回去了，
来了两个猎人，听了以后也回去了，
所有来的猎人，不忍心枪杀他们，
一个个都回去了。

这故事流传已一千多年，
一千年来，
人们想着禾天木和斯玛珍，
兴下了规矩不打黄鸭。
"打死了一只黄鸭，
他的罪孽是竖一个金子宝塔也不能抵消的。"

八、格言谚语

撒家格言三十则

翻译者：齐祖耀
记录者：侯开伦

　　智者面前没有困难，能克服困难的人不是傻子，只有空中飞翔的鹰才能把凶猛的青蛇征服，而笨拙的乌鸦只能在青蛇面前低头。

　　虽然学问无量，但别人的细微的长处都应该吸取，这样更能成为无一不懂的人。

　　智者虽会受到欺骗，但他的作为永远坚贞；细小的蚂蚁虽然没有眼睛，但比有眼的生物更敏捷几倍。

　　不努力刻苦地学习，随便敷衍就不可能成为有学问的人；如果满足于微小的成绩，就不能得到更大的收成。

必要办的事情，事先就应该有个计划，如果事后才知道，就是愚蠢的人。

真理的智慧是永远灭不了的，很多的人会来学习，正如玛拉玛檀香一样，它的香味飘到四方。

不遭到残暴君主的虐待，就不知道贤王的恩惠；不遭到高烧的病状，就不知道高山泉水的清凉。

善良的人虽然居住在遥远的地方，但他的亲戚、邻居仍然会得到他的好处，正如高空的云雨，能使田里的禾苗得到滋润、生长。

发了霉的种子，再也不会开花结实，烧毁了的檀香再也没有香气。

品德高尚的人，遇到不如意的事用不着叹息，正如月亮遇到蚀只是暂时的。

品德高尚的人，虽然失去了生命，但品德仍然永存；黄金任用火来炼，但黄金的颜色永不减。

当别人怕你的时候，你不要太高兴；当你受到批评时，你不要生气，能这样的人才算真正有见识。

不管你做任何事情，只要为大家着想，任何难办的事情，一定能够成功。

贪心的人不管怎样的富裕，但他的行为越来越坏；流水任你怎样堵塞，但它永远往下流。

坏人任你怎样说好，但始终虚伪不长久，正如彩画的玻璃一到水中就现出了原形。

伟大的事业要完成，必须与坏人坏事做斗争，田里的庄稼要得好收成，必须把自然灾害战胜。

坏心的人做的事情，对己对人都是有害的，直树是要被砍掉的，弓箭是伤人的凶器。

不为别人着想，正如牲畜一样；只为自己的吃喝着想，野兽也能这样。

无才的人，外表就流露出来，正如胆小的狗，见了生人就汪汪地叫起来。

君子经常回顾自己的缺点，小人经常看人家的缺点，正如孔雀经常看望自己的尾巴，猫头鹰使人看起都讨厌。

聪明的人，虽然做出坏事，也会成为好事的；愚蠢的人，做了坏事，就无法挽回，野火见风会更旺，灯火遇风就熄灭。

为人如黄金一样，任何时候都不要变色，莲花虽长在污泥里，但天天向上，长得好看。

小人得势是坏事的根根，君子得势是成事的根根，狐狸得势到处乱噪，狮子得势则安安稳稳。

好人长期生活在坏人之中，会使自己变坏，泉水怎样香甜，流入海内就会有咸味；坏人生活在好①人之中，会使自己变好，拿起麝香插在臭的东西上，东西也散出芬芳。

骗子的话，对己对人都无益，正如猫头鹰任你高声鸣噪，但仍不好听。

坏人会说漂亮的话，如果相信他就会吃亏；渔人用香饵去喂鱼，但鱼儿上了钩就会死去。

坏人暂时能做点好事，但不能一直做下去，正如一颗毒刺，在未长成时，它是不会有害的。

嘴说的是一样，心想的是一样，这真正是骗人的人。

你欺骗的手段任怎样高明，但始终会暴露出来的，正如鹿子披着狗皮去偷吃庄稼，但人家也会把它杀死。

骗人的话虽然有道理，但不了解，不能轻易相信；孔雀虽然长得美丽，但吃了它的胆汁，就会毒死。

---

① 原文为"坏"字，疑有误。

小中甸谚语八则

翻译者：苏郎甲楚
记录者：尹明举
搜集地点：云南省迪庆藏族自治州香格里拉市小中甸镇
材料来源：口述

庄稼种早不吃亏。

年轻时要求才学，
土润时候要播种。

茶花开时宜种荞，
糖梨花白种蔓菁。

子月[①]要见穗，
丑月要见青，[②]
寅月要见熟。

天空无鸟大的乌云，
却下出九庹厚的白雪。

动不得的是烧红的铁，
吃不得的是孔雀的胆。

猪肉生蛆猪肉亏，
事情越拖越不利。

皮子趁潮的时候鞣，
儿子趁小的时候教。

---

① 藏历子月是农历五月。
② 指青稞灌浆。

图书在版编目(CIP)数据

云南大学1962年藏族民间文学调查资料集/云南大学文学院编．—北京：商务印书馆，2023
（云南大学少数民族民间文学调查资料丛刊）
ISBN 978-7-100-22084-2

Ⅰ.①云… Ⅱ.①云… Ⅲ.①藏族—民间文学—文学研究—史料—迪庆藏族自治州 Ⅳ.①I207.9

中国国家版本馆CIP数据核字（2023）第057904号

权利保留，侵权必究。

云南大学少数民族民间文学调查资料丛刊
云南大学1962年藏族民间文学调查资料集
云南大学文学院 编

商 务 印 书 馆 出 版
（北京王府井大街36号 邮政编码100710）
商 务 印 书 馆 发 行
北京顶佳世纪印刷有限公司印刷
ISBN 978-7-100-22084-2

2023年6月第1版　　　开本710×1000 1/16
2023年6月北京第1次印刷　印张19
定价：120.00元